Ein klarer Geist

Ein Paranormaler Cozy Mystery Crime
DIE GEISTERDETEKTIVIN BAND 3

JANE HINCHEY

Übersetzt von
TANJA LAMPA

Amateurdetektivin, Privatdetektivin in Ausbildung, Geisterflüstererin.

Das bin ich. Audrey Fitzgerald, Geisterdetektivin. Ich habe mich endlich mit der Tatsache abgefunden, dass ich nicht nur mit Geistern, sondern auch mit Tieren kommunizieren kann. Nun, vor allem mit einem Tier, mit meinem großen grauen Teddybär von Kater, Thor. Was ich noch nicht herausgefunden habe, ist, wie ich meine neu entdeckten Fähigkeiten vor den Einwohnern von Firefly Bay geheim halten kann.

Als mich die Präsidentin der Historischen Gesellschaft engagierte, damit ich eine verschwundene Halskette wiederfinde, dachte ich, ich hätte endlich einen Fall, der keine geisterhafte Einmischung erforderte. Wie schwer konnte es schon sein, ein fehlendes Schmuckstück zu finden? Doch die Dinge wurden sehr schnell kompliziert, als die Halskette an einem unerwarteten Ort auftauchte und meine Klientin plötzlich tot war.

Jetzt stecke ich bis zum Hals in Geistergeschwätz, ich muss einen Mord aufklären, meine Prüfungen zur Privatdetektivin stehen bevor, ich mache mir Sorgen, dass ich Thor auf Diät setzen muss, und ich glaube, ich habe mich versehentlich in Captain Cowboy Hot Pants – alias Detective Kade Galloway – verliebt. Aber das Schlimmste von allem? Was schreibe ich auf meine Visitenkarte, ohne die Leute in der Stadt zu verschrecken? Amateurdetektivin, Privatdetektivin in Ausbildung, Geisterflüstererin oder Geisterdetektivin?

Begleiten Sie Audrey Fitzgerald in der Geisterdetektivserie, einem paranormalen Cozy Mystery Crime mit einer sprechenden Katze, einem Geist und einem Mordfall, der gelöst werden will.

ANMERKUNG DER AUTORIN

Hallo und willkommen in der seltsamen und verrückten Welt meiner Fantasie. Ich hoffe, Sie genießen Ihre Zeit hier.

Wenn Sie alles Übernatürliche so sehr lieben wie ich, dann wird Ihnen die Reise gefallen – zumindest gehe ich davon aus.

Ghost Mortem ist das erste Buch meiner Geisterdetektiv-Reihe, dem weitere folgen. Melden Sie sich also für meinen Newsletter an, damit ich Sie benachrichtigen kann, wenn das nächste Buch fertig ist.

Sie können sich hier für meinen Newsletter anmelden:

www.janehinchey.com/subscribe-deutsch

Okay, bereit, ein wenig zu zaubern und einige Rätsel zu lösen?

Dann sehen wir uns auf der anderen Seite wieder!

xoxo

Jane

Sexy. Originell. Raffiniert. Drei Worte, die ich normalerweise nicht mit mir in Verbindung brachte, aber heute hatte ich es geschafft. Ich war die perfekte Verkörperung von Jane Bond. Ich strich mit den Händen über die Kurven meines schwarzen, taillierten Kleides und bewunderte mein Spiegelbild im Ganzkörperspiegel in der Damentoilette des Firefly Bay Museums, wobei ich mich hin und her drehte, um alle Blickwinkel zu prüfen. Das Kleid war ein Klassiker. Knielang, schlichter Ausschnitt, ärmellos.

Mein blondes Haar war zu einem französischen Zopf geflochten, nur war er nicht lang genug, sodass es über hundert Haarklammern gebraucht hatte, um ihn zu fixieren. Meine Kopfhaut protestierte schon jetzt, aber ich ignorierte das Unbehagen. Jane Bond würde sich nicht über ein paar Haarnadeln beschweren.

An meinen Füßen glänzten schwarze Lackstilettos, meine Beine wurden von einer Zwanzig-Den-Strumpfhose umhüllt. Eine mutige Geste meinerseits, denn

Strumpfhosen und ich passten nicht gut zusammen. Aber ich arbeitete gerade an einem Fall und verzweifelte Zeiten erforderten verzweifelte Maßnahmen.

Ich öffnete die Abendtasche, die an meinem Unterarm baumelte, zog meinen Chanel-Lippenstift heraus und trug erneut die Farbe 99 – Piratenrot – auf die Lippen auf, die ich mit einem knallenden Geräusch zusammenpresste, bevor ich den Stift wieder in meine Handtasche schob. Ich schlug die Handflächen zusammen und streckte die Zeigefinger aus, richtete meine Pistolenattrappe auf mein Spiegelbild, gab zwei Schüsse ab und blies den Rauch mit einem perfekten Schmollmund von den Fingerspitzen.

„Jane Bond, nehme ich an?", fragte Ben, der plötzlich hinter mir auftauchte.

„Oh Mann!" Ich ließ meine falsche Waffe fallen und spürte, wie ich rot wurde. Nicht, dass ich irgendetwas hätte, wofür ich mich schämen müsste. Ben war ein Geist, und ich war die Einzige, die ihn sehen oder hören konnte. Wem sollte er also erzählen, dass ich auf der Toilette herumgealbert hatte?

Ich besah mich noch einmal im Spiegel und bewunderte ein letztes Mal den schwarzen, geschwungenen Eyeliner, bevor ich mich zur Tür wandte. „Hast du unsere Klientin gefunden?", fragte ich.

„Ähm. Audrey?"

Ich blieb stehen und schaute an die Decke. Ich kannte diesen Ton. Der Ton, der mich warnte, dass mir nicht gefallen würde, was er als Nächstes zu sagen hatte.

„Was?"

„Du hast eine Laufmasche in deiner Strumpfhose."

„Natürlich habe ich das." Ich seufzte. Ich wusste, dass

ich die Götter herausforderte, indem ich eine durchsichtige Strumpfhose anzog, aber ich hatte mich entschlossen, alles zu riskieren. „Wo?"

„Linke Wade, knapp über dem Knöchel."

„Fällt es wirklich auf?" Ich überlegte kurz, ob ich sie ignorieren und so tun könnte, als würde sie nicht existieren, aber Ben machte alle Hoffnungen zunichte.

„Oh ja. Was hast du gemacht, deinen Daumen durchgesteckt? Sie reicht bis unter den Rock."

„Das ist ein Kleid, kein Rock", brummte ich, während ich meine Handtasche auf die Waschtischplatte warf und den Saum meines Kleides hochzog. Dann hielt ich inne und warf einen Blick auf meinen besten Freund. „Dreh dich um."

Er lachte und tat wie ihm geheißen. „Du bist eine absolute Katastrophe, Audrey Fitzgerald."

Ich schlüpfte aus der Strumpfhose, wickelte sie zu einem Knäuel und warf sie in den Müll. Die Sache war, dass Ben recht hatte. Ich war der ungeschickteste Mensch, den ich kannte, und heute Abend wusste ich, welches Risiko ich eingegangen war, nicht nur mit der Strumpfhose, sondern auch mit den Stilettos. Aber ich arbeitete an einem Fall. Das Risiko war es mehr als wert.

„Und?", forderte ich Ben auf, während ich meine Handtasche aufhob. „Hast du unsere Klientin gefunden?"

„Ja, habe ich." Ben warf einen Blick zurück und als er sah, dass alles an der richtigen Stelle saß, drehte er sich um. „Anita Finley ist hier."

„Gut." Ich nickte. „Dann lass uns loslegen und die fehlende Diamantenkette finden."

Ben schnaubte. „Das sind wohl kaum die Kronjuwelen,

Fitz. Du tust so, als sei es eine unbezahlbare, mit Diamanten besetzte Halskette. Es ist ein einzelner Anhänger, der eher einen emotionalen als einen materiellen Wert hat."

„An einer Goldkette. Also ist es eine Diamantkette."

„Ich glaube, du machst mehr daraus, als es ist. Sie sagte selbst, dass der Verschluss defekt sei. Wahrscheinlich hat er sich gelöst und die Kette ist heruntergefallen, ohne dass sie es bemerkt hat. Sie könnte überall sein."

„Mrs Finley glaubt, dass sie gestohlen wurde und hat Delaney Investigations beauftragt, sie zu finden." Ich schob mich an ihm vorbei und ignorierte den eisigen Schauer, der an der Stelle über meinen Arm tanzte, an der wir uns berührten. „Und ich werde sie finden." Ich verdrängte die nagende Sorge, dass dieser ganze Fall sehr an die sprichwörtliche Nadel im Heuhaufen erinnerte.

Ich trat aus der Toilette und ging durch die Glastüren in das Museum. Es war an das 1870 errichtete Steinhaus angebaut worden, das ursprünglich als Feuerwache gedient hatte und heute die Historische Gesellschaft von Firefly beherbergte, deren Präsidentin meine Mandantin Anita Finley war. Das Museum selbst war ein moderner Flügel, ganz aus Glas und Chrom. Und heute Abend fand das jährliche Dinner des Museums statt.

Ben, der mit leisen Schritten neben mir herging, lächelte. Ich mochte es nicht, wenn Ben grinste. Das bedeutete in der Regel, dass etwas im Busch war. Etwas, das mir nicht gefallen würde.

„Was?"

„Warst du schon einmal in so einem Laden, Fitz?", fragte er und legte den Kopf schief.

Ich zuckte mit den Schultern. „Nein. Warum?“

„Oh, nichts, nichts. Bitte.“ Er trat zur Seite und winkte mit einem Arm. „Geh ruhig rein.“

Kopfschüttelnd bahnte ich mir meinen Weg durch das Foyer des Museums zur Hauptveranstaltung. Ich hatte Kellner mit Silbertabletts, Frauen in Abendkleidern und Männer in Anzügen erwartet. Was ich vorfand, war ein Holztisch, beladen mit Spaghetti, Sandwiches, Papptellern und Pappbechern, und etwa zwanzig Leute, die mit vollbeladenen Tellern in der Hand herumgestanden. Ihre Kleidung bestand zumeist aus T-Shirts und Baumwollblusen, gelegentlich aus Tweed und reichlich Jeansstoff.

„Nun, die sind ja alle schick.“ Ich biss die Zähne zusammen, setzte ein Lächeln auf und ging auf Anita Finley zu, die sich gerade mit Keagan Dunn unterhielt. Keagan war der Inhaber der Artistic Affair Gallery nebenan und Vizepräsident der Historischen Gesellschaft. Trotzdem war er sehr angenehm anzuschauen. Ich schätzte ihn auf Ende dreißig, Anfang vierzig. Er hatte dickes, braunes Haar, das in mehrere Richtungen abstand und einen neuen Schnitt vertragen könnte, war glatt rasiert und seine Brille mit dunklem Gestell verlieh ihm einen kauzigen Touch.

„Aber, Audrey.“ Anita sah mich von oben bis unten an. „Sie sehen ja einfach reizend aus.“

Ich lächelte schwach und fuhr mir mit der Hand über den Bauch. „Overdressed trifft es wohl eher.“

Keagan musterte mich von oben bis unten sehr gründlich, bevor er seinen Blick hob und mir in die Augen sah. Der Glanz der Wertschätzung in ihnen entging mir nicht. „Wenn nur mehr Frauen auf ihr Aussehen stolz wären. Sie sehen wunderschön aus." Bevor ich ihn aufhalten konnte, hatte er meine Hand genommen und ihr einen Kuss auf den Rücken gehaucht. Ich blinzelte überrascht.

„Ähm. Danke." Ich löste meine Hand aus seinem Griff und widerstand dem Drang, sie an meinem Kleid abzuwischen. Jane Bond würde das nicht tun, und da ich mich bereits darauf festgelegt hatte, den 007-Spion zu verkörpern – also die weibliche Version, die ich mir in meinem Kopf vorstellte – musste ich meiner Rolle treu bleiben. So gut ich konnte, und natürlich ohne die am Oberschenkel befestigte Pistole, denn das wäre einfach zu gefährlich gewesen. Außerdem hatte ich weder einen Waffenschein noch eine Erlaubnis zum verdeckten Tragen einer Waffe. Noch nicht. Aber das sollte sich bald ändern. Morgen würde mich Captain Cowboy Hotpants – alias Detective Kade Galloway – alias mein Freund – zu meiner allerersten Unterrichtsstunde auf den Schießstand mitnehmen. Gott, steh uns bei.

„Das ist also das alljährliche Dinner des Museums, ja? Ist es immer so voll?", scherzte ich.

Anita strahlte. Sie war das, was ich als eine freundliche Frau bezeichnen würde. Ende fünfzig, silbernes Haar, mollige Figur und besessen von der Historischen Gesellschaft. Als sie mich gestern angerufen hatte, um meine Dienste in Anspruch zu nehmen, hatte sie eine ganze Weile über ihre Arbeit als Präsidentin des Vereins geredet. Soweit ich das beurteilen konnte, ging es dabei hauptsächlich um Veranstaltungsmanagement. Allein im nächsten Monat hatten sie einen Kuchenverkauf, einen Filmabend, einen Tag der offenen Tür und eine gemeinsame Veranstaltung mit dem Museum geplant – „Einhundert Jahre Modegeschichte". Ganz zu schweigen von der kleinen Soiree heute Abend.

„Die Beteiligung ist hervorragend", stimmte Anita mir zu. „Fast das gesamte Komitee der Historischen Gesellschaft und das Museumskomitee sind hier."

„Richtig, richtig." Ich nickte. „Wie viele Personen gehören dem Komitee der Historischen Gesellschaft an?"

„Acht."

„Und dem Museumskomitee?"

„Sieben."

Ben zählte durch. „Sie haben also … fünf legitime Gäste und der Rest sind allesamt Ausschussmitglieder. Kein Wunder, dass sie sich nicht herausgeputzt haben." Er richtete seine Aufmerksamkeit auf die Biertische. „Mann, ich wünschte, ich könnte etwas essen."

„Oh, da ist Lacey!" Anita entdeckte jemanden auf der anderen Seite des Raumes und hob die Hand, um zu winken. „Bitte entschuldigen Sie mich einen Moment, Audrey. Mischen Sie sich unter die Leute und holen Sie sich etwas zu essen."

Während ich Ben am Buffet traf, fragte ich mich wie so oft, was ich am meisten vermissen würde, wenn ich tot wäre? Kaffee! Die Antwort lautete ganz klar: Kaffee. Dicht gefolgt vom Essen. Als ich den Geist vor mir beobachtete, wie er versuchte, ein Sandwich aufzuheben, unterdrückte ich ein Lachen und folgte ihm, belud meinen Teller mit Leckereien und suchte mir eine Stelle an der Wand, von der aus ich die Teilnehmer des heutigen Treffens beobachten konnte.

Ich steckte mir einen Hauch von Schinken, Käse und Spinat in den Mund, und meine Augen rollten praktisch in den Hinterkopf, als die Aromen auf meiner Zunge explodierten. „Oh mein Gott. Die sind der Hammer", sagte ich zu niemandem und nahm schon den nächsten Bissen, bevor ich den ersten hinuntergeschluckt hatte. Teigkrümel flatterten auf mein Dekolleté und die blassgoldenen Krümel hoben sich deutlich von meinem schwarzen Kleid ab. Ich wackelte mit den Schultern, um sie zu lösen, aber sie hingen fest.

„Musst du wirklich so aussehen, als ob du einen Orgasmus hättest, während du das isst?", brummte Ben und schwebte zu mir herüber. Ich hob eine Schulter, denn wir befanden uns in einem Raum voller Menschen und nur ich konnte ihn sehen. Er deutete auf meine Brust und bewegte seinen Finger kreisförmig hin und her. „Du hast da etwas …"

„Ich weiß, ich weiß." Nachdem ich das Gebäck aufgegessen hatte, pustete ich mir die restlichen Krümel von den Fingern und staubte meinen Busen ab. Das war ein Grund, warum ich Schwarz trug. Das verdeckte die Flecken. Denn ich schüttete immer irgendetwas auf mich. Aber man konnte sich absolut drauf verlassen, dass ich auch Krümel fallen ließ, die sich deutlich von Schwarz abhoben.

„Siehst du etwas Verdächtiges?", fragte ich leise und ließ den Blick durch den Raum gleiten. Menschen standen in kleinen Gruppen zusammen, umklammerten ihre Pappteller und tratschten wie verrückt. Keiner von ihnen sah wie ein typischer Schmuckdieb aus.

Bei einer so geringen Anzahl von Menschen in einem so großen Raum hallten die Stimmen wider. Jemand ließ eine Servierzange auf den Boden fallen, und das Geräusch hallte schrill durch den Raum. Die Köpfe drehten sich, der Schuldige errötete und flüsterte eine Entschuldigung, hob eilig die Zange auf und legte sie zurück auf den Tisch.

„Also bitte, Vernon, leg sie nicht wieder auf den Tisch." Ich erkannte Mary Wilson, die Sekretärin der Historischen Gesellschaft, die gerade nach vorne stürmte und dabei mit ihrem runden Körper von einer Seite zur anderen wankte, während sie sich an den Tisch drängte und nach der Servierzange griff. „Sie hat auf dem Boden gelegen. Ich werde sauberes Besteck aus der Küche holen." Und schon watschelte sie von dannen, wobei sich ihre arthritischen Knie weigerten, sich zu beugen. Die Gespräche wurden fortgesetzt.

„Warum sind wir nochmal hier?", fragte Ben, der neben mir schwebte, die Arme vor der Brust verschränkt und die Leute vor uns mit einem verärgerten Blick bedachte.

„Ich habe es dir doch gesagt. Anita wollte, dass ich komme. Sie ist überzeugt, dass ein Mitglied des Ausschusses ihre Halskette gestohlen hat. Und das hier ist die beste Möglichkeit, sie kennenzulernen."

„Und warum denkt sie das?"

„Weil sie beim letzten Treffen erwähnt hat, dass sie die Halskette heute Abend tragen würde. Sie holt sie nur zu besonderen Anlässen heraus und der heutige Abend ist für Anita eine große Sache." Ich griff nach einem Sandwich auf meinem Teller, das mit etwas belegt war, das wie Hühnchen, Mais und etwas Rotem, möglicherweise Tomaten, aussah, und schob es mir in den Mund. Die Explosion der Aromen auf meiner Zunge war nicht das, was ich erwartet hatte. Erstens: kein Huhn. Möglicherweise Krabben? Jedenfalls irgendetwas aus dem Meer. Aber der Clou war, dass etwa drei Sekunden später mein Mund in Flammen stand.

Ich verzog das Gesicht, um das Inferno in meinem Mund zu verbergen, eilte zum Tisch, schnappte mir eine Handvoll Servietten, drehte mich um und spuckte das teilweise zerkaute Sandwich hinein. Meine verzweifelte Suche nach einem Mülleimer blieb erfolglos, also stopfte ich das Ganze in meine Handtasche.

„Alles in Ordnung?" Anita Finley tauchte mit einer attraktiven Rothaarigen im Schlepptau wieder auf.

Ich blinzelte mit tränenden Augen, öffnete den Mund, um etwas zu sagen, brachte aber nur ein Krächzen heraus. Oh mein Gott, ich hatte mir möglicherweise die Stimmbänder verbrannt. Und dabei hatte ich noch nicht einmal etwas von diesem Höllensandwich hinuntergeschluckt.

„Ah." Die Rothaarige nickte wissend. „Sie haben eines von Eleanors Sandwiches gegessen, was?"

„Mftsh?" Ich berührte zaghaft meine Lippen, um mich zu vergewissern, dass sie noch an meinem Gesicht hingen.

„Anita, bring unserem Gast etwas Milch, ja?", bat die Rothaarige. Anita beeilte sich, zu gehorchen. Die Rothaarige stand vor mir und versperrte mir die Sicht auf den Rest des Raumes. „Entspannen Sie sich einfach. Und atmen Sie. Die meisten von uns wissen, dass sie um Eleanors Sandwiches einen großen Bogen machen sollten. Sie scheint das Konzept eines Hauchs von Chili einfach nicht zu begreifen. Ich weiß nicht genau, wie viel sie in ihre Mischung packt, aber es reicht, um einem den Zahnschmelz von den Zähnen zu entfernen."

Anita kam mit einem Becher Milch zurück, den sie mir in die Hand drückte. Ich trank ihn in einem Zug leer und das Feuer ließ etwas nach. „Was ist noch in diesen Dingern?", fragte ich keuchend. „Ich dachte, es wäre Hühnchen."

„Das ist ihre Meeresfrüchte-Überraschung", antwortete die Rothaarige. „Eine Mischung aus Krabben, Shrimps, Tomaten und Käse."

„Und Chili", fügte Anita fast als Entschuldigung hinzu. „Oh, mein Gott!", rief sie plötzlich. „Sie sind doch nicht etwa allergisch, oder? Ich habe einen Epinephrinstift, falls Sie ihn brauchen. Ich weiß nicht, wie oft ich Eleanor schon gebeten habe, keine Gerichte mit Meeresfrüchten mitzubringen – ich bin selbst allergisch –, aber sie ignoriert mich nach wie vor. Wir erkennen sie mittlerweile schon von Weitem und machen einfach einen großen Bogen um ihre Speisen und dabei ist mir völlig entfallen, Sie zu warnen. Es tut mir so leid."

„Ist schon gut. Mir geht es gut", sagte ich, da mein Mund inzwischen zum Glück taub war.

„Das würde nicht passieren, wenn wir das Budget für ein Catering hätten", murrte Anita. „Aber die Bücher sehen dieses Jahr nicht so gut aus. Wir mussten selbst für das Essen sorgen. Ansonsten würde ich Lacey bitten, sich um das Essen für alle unsere Veranstaltungen zu kümmern. Ach, wie unhöflich. Audrey, das ist meine beste Freundin, Lacey Stevens. Lacey, das ist Audrey Fitzgerald. Lacey ist Köchin!"

„Stimmt das?" Sie hatten eine Köchin im Ausschuss und ließen so etwas wie Eleanors Meeresfrüchte-Überraschung durchgehen? Aber vermutlich musste man dankbar sein, dass überhaupt jemand etwas zum Abendessen mitbrachte, wenn man nicht über das nötige Budget verfügte.

„Freut mich, Sie kennenzulernen, Audrey." Lacey Stevens lächelte, ihre kastanienbraunen Locken fielen ihr um die Schultern. Ich beäugte sie kritisch. Das war Anitas beste Freundin? Sie sah jünger aus als Anita, vielleicht Ende vierzig, war makellos geschminkt, trug einen knallroten Lippenstift und einen Eyeliner, der meinem nicht unähnlich war, und einen schicken gelben Hosenanzug. Ihre Füße steckten in High Heels.

„Hier, probieren Sie das mal." Lacey ging mit anmutigen Schritten zum Buffet und kehrte mit einer Nudeltasse auf einer Serviette zurück. „Eine meiner Spezialitäten und etwas, von dem ich weiß, dass Anita es essen kann." Sie lächelte ihre Freundin herzlich an. „Die sind mit Hühnchen, und die einzigen Gewürze sind Ingwer, Knoblauch und Sojasoße. Oh, und Erdnussöl. Sie reagieren doch nicht etwa auf Erdnüsse allergisch, oder?"

„Nein, zum Glück habe ich keinerlei Allergien." Vorsichtig probierte ich einen kleinen Bissen und meine Augen weiteten sich. Es war köstlich. Sogar meine gebratenen Geschmacksknospen waren dieser Meinung.

„Nicht wahr?", meinte Anita grinsend. „Das ist der Hammer."

„Okay", sagte ich und nahm noch einen Bissen. „Ich glaube, das ist gerade mein Lieblingsgericht geworden."

Lacey lachte. „Das sagen alle. Und woher kennen Sie beide sich?"

Anitas Gesicht wurde knallrot und Panik machte sich in ihren Zügen breit. Oh Mann, ich hatte das ungute

Gefühl, dass sie mich auffliegen lassen wollte. Der Grundgedanke des heutigen Abends war, dass ich die Komiteemitglieder beider Gesellschaften treffen und befragen konnte, ohne dass diese etwas davon mitbekamen. Und auf keinen Fall sollten sie erfahren, dass Anitas Diamantenkette gestohlen worden war. Aber all das hatte Anita in diesem Moment vergessen und ich wusste, dass sie gleich alles ausplaudern würde.

2

„Ich habe Audrey engagiert, damit sie …", setzte Anita an, doch ich fiel ihr ins Wort.

„Anita hat mich engagiert, damit ich ihr beim Kelsh-Nachlass helfe", erklärte ich freundlich lächelnd, während ich Anita am Handgelenk packte und ziemlich fest zudrückte. *Wir haben darüber gesprochen, erinnern Sie sich?*, versuchte ich ihr mit meinem Blick zu übermitteln.

„Ich bin Zeitarbeiterin", erklärte ich. „Als Anita anrief und fragte, ob ich Interesse hätte, ihr ein oder zwei Tage bei der Katalogisierung des Nachlasses zu helfen, konnte ich einfach nicht ablehnen."

Die Grundlage für meine Tarngeschichte entsprach der Wahrheit. Bevor ich Privatdetektivin wurde, hatte ich als Bürokraft gearbeitet, und Dudley Kelsh hatte keine lebenden Erben, sodass er sein gesamtes Vermögen verschiedenen Wohltätigkeitsorganisationen vermacht hatte und das Inventar seines Hauses an die Historische Gesellschaft ging. Anita hatte mir erzählt, dass es nichts Wertvolles enthielt, nur ein paar alte Möbel und jede

Menge Krimskrams, aber sie wollte trotzdem, dass seiner Spende der gebührende Respekt gezollt wurde.

„Das Kelsh-Haus?" Lacey zog eine perfekt manikürte Braue hoch. „Ich glaube kaum, dass da etwas katalogisiert werden muss. Ich dachte, das Komitee hätte beschlossen, dass wir einen Flohmarkt veranstalten?"

Anita versteifte sich. „Das haben wir. Aber wir sind gesetzlich verpflichtet, Aufzeichnungen darüber zu führen, was wir verkaufen oder verschenken."

Ich hatte keine Ahnung, ob das stimmte oder nicht, aber ich hatte keine Lust, darüber zu diskutieren.

Lacey hegte diese Bedenken offensichtlich nicht. „Wirklich, Anita? Du verschwendest unsere wertvollen Ressourcen, indem du eine Aushilfskraft anstellst, die den Schrott eines einsamen alten Mannes katalogisiert?" Sie schnaubte. „Wir hätten lieber einen Müllcontainer mieten und unsere Ausgaben begrenzen sollen."

„Harte Worte." Mein Mund war mal wieder schneller als mein Gehirn gewesen und beide Frauen sahen mich überrascht an. Ich lächelte schwach und versuchte krampfhaft, meinen Ausbruch zu verbergen, als mir eine Idee kam. Eine gute Privatdetektivin musste schnell denken können und allmählich glaubte ich, dass ich das Zeug dazu hatte, eine zu werden. „Als Anita mir erklärte, dass es sich um einen Auftrag im Namen der Gesellschaft handelt, habe ich sofort auf mein Honorar verzichtet. Sie sehen also, es wurde kein Geld verschwendet. Und das alles für einen guten Zweck. Ich bin mir sicher, dass Sie als Mitglied der Historischen Gesellschaft das zu schätzen wissen, Lacey, nicht wahr?"

Lacey legte den Kopf schief und taxierte mich von

oben bis unten, als ob sie ihren ersten Eindruck von mir noch einmal überdenken wollte. Schließlich lächelte sie mich zuckersüß an. „Natürlich. Würdet ihr mich kurz entschuldigen?"

Anita und ich sahen ihr nach.

„Sie ist wirklich Ihre beste Freundin?", fragte ich.

„Ja, das ist sie", meinte Anita seufzend. „Ich weiß, ich weiß, alle halten uns für ein seltsames Paar. Ich meine, sehen Sie uns an. Sie ist schön, anmutig, stilvoll. Ich bin dick, altmodisch und langweilig." Sie lachte selbstironisch. „Aber es hat einfach Klick gemacht. Ich habe noch nie eine Freundin wie Lacey gehabt. Sie ist erst vor ein paar Monaten nach Firefly Bay gezogen, um die Stelle als Küchenchefin im Hotel anzutreten. Sie trat der Historischen Gesellschaft bei, um Freunde zu finden, und tada, hier stehen wir. So verschieden wie Tag und Nacht."

Ich klopfte Anita aufmunternd auf den Rücken. „Freundschaften gibt es in allen Formen und Größen." Ich sah mich im Raum um und betrachtete die möglichen Verdächtigen. Wer hatte bloß Anitas Halskette gestohlen? „Okay, da wir gerade allein sind: Erzählen Sie mir noch einmal, was Ihrer Meinung nach mit Ihrer Halskette passiert ist. Und dann stellen Sie mich den Verdächtigen vor."

„Also gut. Das Komitee ist letzte Woche zusammengekommen, um diese Veranstaltung heute Abend zu besprechen. Wer würde aufschließen, wer würde welche Speisen mitbringen? Ich wünschte, Eleanor hätte auf mich gehört und nicht ihre Meeresfrüchte-Überraschungssandwiches mitgebracht. Nochmals, es tut mir so leid."

Ich tat ihre Entschuldigung mit einer Handbewegung

ab. „Wer war bei diesem Treffen dabei? Alle? Und bei unserem letzten Gespräch meinten Sie, Sie hätten bei dieser Gelegenheit erwähnt, dass Sie diese Diamantkette tragen wollten?"

„Genau! Deshalb habe ich Sie engagiert, weil ich ihnen ausdrücklich gesagt habe, dass ich sie heute Abend tragen würde. Normalerweise bewahre ich sie zu Hause auf und trage sie nicht oft, aus Angst, sie zu verlieren. Sie war ein Geschenk meiner Eltern zu meinem einundzwanzigsten Geburtstag. Nach der Besprechung fuhr ich also nach Hause, holte sie aus der Schublade und ließ sie auf der Kommode in meinem Schlafzimmer in ihrer Schmuckschatulle liegen. Und dann habe ich gestern bemerkt, dass sie verschwunden war. Ich sah überall nach und fragte mich, ob ich sie aus Versehen auf den Boden geworfen hatte, aber sie war nirgends zu finden. Dann habe ich Sie angerufen."

„Und Sie meinten, dass einige der Ausschussmitglieder zwischen dem Abend der Sitzung und gestern in Ihrem Haus waren?"

„Ja", bestätigte sie mit einem energischen Kopfnicken. „Nicht der gesamte Ausschuss, wohlgemerkt. Aber drei seiner Mitglieder. Und im Nachhinein kam es mir verdächtig vor, dass erst alle drei bei dem Treffen dabei waren, bei dem ich die Halskette erwähnte, dann alle drei in meinem Haus auftauchten und die Kette schließlich verschwunden war."

„Zeigen Sie mir die drei", bat ich sie.

„Keagan Dunn ist bei mir aufgetaucht." Sie nickte in Richtung des gut aussehenden Kunsthändlers. „Er wollte über ein altes Gemälde sprechen, das wir auf dem Dachboden des Kelsh-Hauses entdeckt haben. Wertlos, aber recht schön, und der Ausschuss stimmte zu, dass Keagan die Reinigung und Restaurierung des Bildes in seiner Galerie beaufsichtigen solle, bevor es dem Museum geschenkt werden würde."

Keagan schien mir nicht der Typ zu sein, der eine Diamantkette klaute, aber ich merkte mir ihre Worte. Er war in ihrem Haus gewesen und hatte die Gelegenheit gehabt.

„Wer noch?"

„Noreen Bellamy." Ich folgte Anitas Blick zu einer Frau, die eine schwarze Hose, eine grüne Bluse und eine schwarze Weste trug, deren Knöpfe sich über ihrem dicken Bauch spannten. Sie hatte schulterlanges, rötlichbraunes Haar, dem jeglicher Sinn für Stil fehlte, und eine schwarz umrandete Brille saß auf ihrer Nase. „Noreen ist unsere Schatzmeisterin", erklärte Anita. „Und die Buchhalterin meines Mannes Logan."

„Okay." Sie sah tatsächlich wie eine typische Buchhalterin aus. Oder wie eine Bibliothekarin. „Sie kam also bei Ihnen vorbei, um mit Ihnen über die Konten der Gesellschaft zu sprechen?"

„Nein, nein. Sie war dort, um Logan zu sehen. Sie kümmert sich seit Jahren um die Buchhaltung seines Bauunternehmens. Er spricht mit mir nicht darüber. Als er die Firma gegründet hat, habe ich natürlich versucht, mich einzubringen, aber ich arbeitete damals als Lehrerin und wir hatten Tyler. Also hatte ich sehr viel zu tun. Finley Constructions wurde immer größer und Logan genoss bald einen ausgezeichneten Ruf als Bauunternehmer, weshalb es für alle einfacher war, jemanden für die Buchhaltung einzustellen, der sich um alles kümmerte."

„Und dieser jemand war schon immer Noreen gewesen?"

„Ach du meine Güte, nein. Logan hat das Geschäft vor zweiundzwanzig Jahren gegründet. Seitdem gab es vier oder fünf Buchhalter. Noreen ist seit ungefähr fünf Jahren bei ihm."

Interessant. Würde eine Freundin der Familie, die sich um die Finanzen des Unternehmens von Anitas Mann kümmerte, so dreist sein, ihren Arbeitgeber zu bestehlen? Oder, genauer gesagt, die Frau ihres Arbeitgebers?

„Okay. Und wer war Ihr dritter Besucher?"

„Mary Wilson, die Sekretärin der Historischen Gesellschaft. Sie wollte ein paar Flyer für den Filmabend abgeben. Jedes Komiteemitglied ist verpflichtet, Flugblätter zu verteilen. Mary entwirft sie, druckt sie aus und verteilt sie dann an die einzelnen Mitglieder."

„Sie bringt sie Ihnen nach Hause?", fragte ich überrascht. Nicht nur, dass Mary übergewichtig war, sie hatte auch Arthrose in den Knien, die ihr bestimmt Probleme machte.

Anita konnte sich ein Grinsen nicht verkneifen. „Auf ihrem Elektroroller. Und ein kleiner Tipp: Wenn sie Ihnen auf dem Bürgersteig entgegen kommt, gehen Sie ihr besser aus dem Weg. Sie ist bekannt dafür, dass sie über den einen oder anderen Fuß fährt."

„Zur Kenntnis genommen."

„Wissen Sie, wenn ich so darüber nachdenke, kann es Mary nicht gewesen sein."

„Oh? Warum nicht?"

„Ich glaube nicht, dass Mary die Treppe in meinem Haus hinaufgehen könnte. Unsere Schlafzimmer und das zweite Bad befinden sich im Obergeschoss. Der Wohnbereich im Erdgeschoss. Und die Halskette wurde zuletzt in meinem Schlafzimmer gesehen. Außerdem erinnere ich mich jetzt wieder ... sie ist nicht einmal reingekommen. Sie hupte auf ihrem Roller und ich ging hinaus, um die Flugblätter bei ihr abzuholen."

„Okay, dann können wir Mary also von der Liste der Verdächtigen streichen. Bleiben noch Keagan und Noreen."

Anita runzelte die Stirn und ich kannte diesen Gesichtsausdruck gut. Gewissensbisse. Schuldgefühle. Inzwischen bedauerte sie bestimmt schon, dass sie mich engagiert hatte, um ihre Kollegen unter die Lupe zu nehmen.

„Sehen Sie." Ich legte eine Hand auf ihre Schulter. „Sie sagten, Ihr Sohn Tyler habe angedeutet, dass Sie sie vielleicht einfach verloren haben, richtig? Sie hätten gemeint, der Verschluss sei defekt, als Sie sie zum letzten Mal getragen haben?"

„Endlich siehst du es ein!" Ben, der bisher seine Zeit am Buffet verbracht hatte und nun wieder zu uns gestoßen war, warf die Hände in die Luft. „Das ist ein fruchtloses Unterfangen, das deiner Zeit nicht wert ist, Fitz."

„Sei still", schimpfte ich. Ich versuchte gerade, Anita zu beruhigen, da konnte ich meinen geisterhaften Handlanger wahrlich nicht gebrauchen.

„Wie bitte, meine Liebe?", fragte Anita und sah mich

mit einem misstrauischen Sie-haben-jetzt-nicht-gesagt-dass-ich-still-sein-soll-oder?-Blick an.

„Ich sagte, dass die Halskette vielleicht einfach verloren gegangen ist. Nicht gestohlen." Ich ignorierte meinen Ausrutscher und hoffte, sie würde es auch tun. Ich war die einzige Person, die nicht nur Bens Geist sehen und hören, sondern auch mit ihm sprechen konnte. Und manchmal war das wirklich eine Qual.

Sie biss sich auf die Unterlippe. „Das würde ich gerne glauben." Ihr Seufzer kam aus tiefstem Herzen. „Aber leider kann ich mich nicht erinnern, sie aus der Schmuckschatulle genommen zu haben. Oder sie angelegt zu haben. Wie hätte ich sie also verlieren können?"

„Das ist tatsächlich eine gute Frage", stimmte ich ihr zu. „Aber ich werde der Sache auf den Grund gehen. Lassen Sie mich mit Keagan und Noreen plaudern, während Sie den Abend genießen und sich keine Gedanken machen."

„Du bist so ein Weichei", warf Ben mir vor, während wir zusahen, wie Anita Finley in ein angeregtes Gespräch über Highland-Terrier verwickelt wurde.

„Was glaubst du denn, was mit der Halskette passiert ist?", flüsterte ich, wobei ich versuchte, die Lippen nicht zu bewegen.

„Wahrscheinlich hat sie sie einfach von der Kommode gestoßen. Sie lag noch in der Schatulle, also nehme ich an, dass sie sie auf dem Boden nicht bemerkt hat und mit einem Fußtritt in ein schwer zu erreichendes Versteck befördert hat. Unter der Kommode oder so."

„Sie sagte, sie hätte das ganze Zimmer abgesucht. Gründlich."

„Hast du das auch getan? Es abgesucht, meine ich. Ihre Vorstellung von einer gründlichen Suche und deine Vorstellung von einer gründlichen Suche sind möglicherweise zwei völlig verschiedene Dinge. Hat sie die Möbel verschoben?“

„Alles gute Argumente“, seufzte ich. „Ich werde morgen früh auf dem Rückweg vom Schießstand bei ihr vorbeischauen und selbst danach suchen.“

3

Während ich Galloway zusah, wie er die Magazine der zwei vor uns liegenden Pistolen überprüfte, schlug mein Herz immer schneller und Schweißperlen traten mir auf die Stirn. Ich war mit einer dreisten Zuversicht an die Sache herangegangen, die jedoch schnell schwand, je näher der Zeitpunkt rückte, in dem ich einen dieser tödlichen Gegenstände in den Händen halten würde.

„Du musst wissen, wie man damit umgeht", meinte Galloway und legte die schwarze Waffe, die er in der Hand gehalten hatte, auf das umgedrehte Zweihundert-Liter-Fass zurück, das als Ablage diente. „Aber ich hoffe, dass du sie nie benutzen musst."

„Geht mir genauso", meinte ich und konnte ein nervöses Kichern nicht zurückhalten. „Sorry, es ist nur … ich töte nicht einmal Spinnen."

„Ich auch nicht. Zumindest nicht mit einer Waffe." Sein Scherz brach die Spannung und ich musste unwillkürlich lachen. Er nickte in Richtung Waffe. „Jetzt bist du dran."

Als er mir gesagt hatte, wir würden zum Schießstand gehen, hatte ich angenommen, er meinte jenen in der Stadt, den mit Bahnen und Kabinen und Sicherheitsausstattung – und bei dem ich einigermaßen sicher sein konnte, dass ich nicht versehentlich mich oder ihn erschießen würde. Stattdessen standen wir nun in einem verlassenen Tunnel, der zu einer alten Mühle gehörte, die vor Jahrzehnten stillgelegt wurde, und es waren weit und breit keinerlei Sicherheitsvorkehrungen zu sehen. Nur der Tunnel, der am hinteren Ende von zwei großen Baustellenlampen beleuchtet wurde, eine Schnur, an der drei Zielscheiben baumelten, die Tonne und wir. Die Katastrophe war vorprogrammiert.

„Kommst du oft hierher?", fragte ich und wischte die verschwitzten Handflächen an meiner Jeans ab.

„Manchmal." Er zuckte mit den Schultern. „Wenn ich Dampf ablassen muss."

„Du lässt Dampf ab, indem du auf Gegenstände schießt?"

„Ja, manchmal. Ich weiß, dass du Zeit schinden willst, Fitz." Er schüttelte den Kopf und stellte sich dicht hinter mich. „Sicherheit geht vor", sagte er, die Lippen nah an meinem Ohr. Ich fröstelte, griff mit zitternder Hand nach der Schutzbrille und dem Gehörschutz. Galloway legte ebenfalls seine Schutzausrüstung an, bevor er über mich hinweg nach der Pistole griff und sie mir reichte.

„Drei Dinge musst du dir unbedingt merken. Erstens: Halte die Waffe in eine sichere Richtung." Er nickte in Richtung der Zielscheiben. „Zweitens: Lass den Finger solange vom Abzug, bis du bereit bist, zu schießen. Und drittens, lass die Waffe solange ungeladen, bis du sie benutzen willst."

Mir wurde übel. „Alles klar." Ich war mir sicher, dass ich mich jeden Moment übergeben müsste. Aber ich drehte mich trotzdem zu ihm um, weil ich unbedingt wollte, dass es endlich vorbei war. Waffen machten mich nervös und ich war überzeugt, dass ich nicht das Zeug zu einer verantwortungsvollen Waffenbesitzerin hatte.

„Du schaffst das, Fitz." Ben, der die alte Mühle erkundet hatte, war zurückgekehrt. Erschrocken wirbelte ich mit erhobener Waffe herum.

„Wow!" Galloway packte mein Handgelenk und führte meinen Arm in Richtung der Zielscheiben. „Da lang."

„Klar." Ich nickte, umklammerte die Waffe mit beiden Händen, kniff die Augen zusammen und machte mich bereit zu schießen.

„Augen auf", meinte Ben, während Galloway näher kam, so nah, dass ich seine Wärme am Rücken spürte und mir Gedanken durch den Kopf gingen, die nichts mit dem Abfeuern einer Waffe zu tun hatten. Ich zitterte und war mir ziemlich sicher, dass ich ohnmächtig werden oder mich übergeben würde, vielleicht auch beides.

„Ganz ruhig." Galloway zog den Schutz von meinem Ohr. „Halte sie so." Er positionierte meine Hände so, dass die eine die andere umfasste. „Fürs Erste nehmen wir zwei Hände."

„Fürs Erste?", quietschte ich.

„Ja. In manchen Situationen kann man nicht beide Hände benutzen. Daher musst du auch mit dem Einhandgriff vertraut sein."

Ich nickte ruckartig und stieß mit dem Kopf an seinen.

„Atme tief durch, heb die Arme, visier dein Ziel an und drück vorsichtig den Abzug."

Er ließ meinen Gehörschutz los und ich tat, wie mir geheißen, schwang die Arme nach oben, starrte auf das Ziel, zielte, so gut ich konnte, und drückte ab. Der Schuss hallte durch den Tunnel und die Zielscheibe flatterte nicht einmal.

„Gar nicht mal so schlecht", log Galloway mit erhobener Stimme, damit ich ihn durch den Ohrschutz hindurch hören konnte. „Denk daran, den Abzug sanft durchzudrücken. Nicht reißen! Versuch es noch einmal."

Atmen und abdrücken, atmen und abdrücken. Runde für Runde verfehlte ich das Ziel kilometerweit.

„Ist die kaputt?" Ich starrte auf die Waffe in meiner Hand und drehte sie hin und her. Wieso hatte ich das Ziel noch nicht getroffen? Galloway legte eilig seine Hand auf meine und richtete die Waffe wieder auf das Ziel. „Erschieß dich bloß nicht selbst. Oder mich."

„Bis jetzt schieße ich mit Bravour auf diesen Dreckshaufen", brummte ich und wurde zunehmend frustrierter. Ich hatte nicht erwartet, gut darin zu sein, aber gehofft, zumindest den Rand der Zielscheibe zu treffen. Bislang lag meine Erfolgsquote, an ihr vorbeizuschießen, bei hundert Prozent.

Wir machten eine kurze Pause, um nachzuladen, und ich achtete auf jede Bewegung, die Galloway machte. Er hatte die Glock und die Smith & Wesson mitgebracht, die in Bens Waffensafe gelegen hatten. Nun reichte er mir die andere Waffe. „Versuch die mal. Und jetzt nehmen wir nur eine Hand."

„Okay." Warum er wollte, dass ich es einhändig versuchte, wenn ich ein unbewegliches Ziel nicht einmal mit beiden Händen treffen konnte, war mir schleierhaft, aber ich brachte mich pflichtbewusst in Position und streckte den Arm aus. Galloway schob mich so lange hin und her, bis ich seitlich stand, die Hände auf meine Schultern gelegt.

„Seitlich zum Ziel", sagte er und strich mir die Haare aus dem Nacken. „Schau an deiner Schulter entlang über den Arm geradeaus auf dein Ziel."

Ich tat, wie mir geheißen, und versuchte, die Hitze zu ignorieren, die mich bei seiner Nähe durchströmte.

„Halte sie fest. Beine auseinander."

Ich war schon versucht, mich umzudrehen und ihm eine zu verpassen, als sich seine Hand an meine Hüfte legte und mich gegen ihn drückte, wobei sich mein Hintern an seinen Unterleib schmiegte.

„Einatmen." Ich sog einen Atemzug ein. „Fokussieren." Ich starrte auf das Ziel vor mir. „Ausatmen." Ich ließ den Atem aus, den ich angehalten hatte. „Vorsichtig abdrücken."

Ich schoss und zu meiner großen Überraschung traf ich das Ziel. Also, das Papier um das Ziel herum, aber wenigstens hatte ich diesmal überhaupt etwas getroffen.

„Toll gemacht. Versuch es noch einmal, dieses Mal allein." Er trat einen Schritt zurück und mit ihm verschwand die Hitze in mir. Ich vermisste sie, vermisste die Ablenkung durch ihn, aber was wichtiger war: Ohne diese Ablenkung konnte ich mich besser konzentrieren. Ich stellte mich seitlich zur Scheibe und schoss eine Kugel nach der anderen ab, wobei ich zweimal das Ziel traf. Es waren zwar keine Volltreffer, aber ich hatte den äußeren Kreis getroffen, was ich als Erfolg wertete.

„Gut gemacht, Fitz!", rief Ben und ich lächelte schwach. Die Waffe fühlte sich in meiner Hand nicht so natürlich an, wie Ben es gesagt hatte. Er hatte mir versprochen, dass sie mir ganz vertraut vorkommen würde, sobald ich mich an das Gewicht und das Gefühl gewöhnt hatte. Doch das tat sie nicht. Sie fühlte sich an, als würde ich meine Urgroßmutter besuchen und aus ihrem besten Porzellan Tee trinken. Ich hatte natürlich keine Urgroßmutter und trank auch keinen Tee und allein der Gedanke, empfindliches Porzellan in der Hand zu halten, löste bei mir einen Nesselausschlag aus.

Ich ließ den Arm entkräftet sinken. „Ich glaube nicht, dass das etwas für mich ist." Ich hatte vergessen, den Finger vom Abzug zu nehmen, und schoss eine Kugel in den Boden neben meinem Fuß. Ich sprang erschrocken zur Seite, drückte erneut ab und gab einen weiteren Schuss ab.

„Hey!" Galloway trat in meine Intimsphäre ein und fuhr mit der Hand an meinem Arm entlang, um die Waffe zu holen. „Das ist dein erster Versuch. Das braucht Übung."

Ich zog meine Ohrenschützer herunter und blinzelte ihn an. „Was?"

„Ich sagte, toll gemacht für das erste Mal."

„Ich war total schlecht."

„Du hast das Ziel getroffen", widersprach er. „Das ist ein Erfolg."

„Glaubst du wirklich?" Ich war nicht davon überzeugt, dass man den heutigen Tag als erfolgreich bezeichnen konnte. „Wenn der Dreck das Ziel war, habe ich es getroffen." Ich zog mein Handy aus der Gesäßtasche und sah auf die Uhr. „Oh mein Gott. So spät schon? Ich habe Mrs Finley versprochen, bei ihr vorbeizuschauen."

„Deine neue Klientin?"

„Ja. Ben meint aber, es sei Zeitverschwendung."

„Oh? Warum?" Galloway löste die Magazine aus beiden Waffen und verstaute sie in der schwarzen Sporttasche aus Bens Schrank. Als Galloway vorhin mit der Tasche die Treppe heruntergekommen war, hatte ich mich lebhaft daran erinnert, wie Ben genau das Gleiche getan hatte. Es war fast so, als hätte sich ein Bild von Ben auf Galloway gelegt, und ich war so überwältigt und sprachlos gewesen, dass ich ihm wortlos zum Auto gefolgt war. Sogar Bens Geruch hing noch an der Tasche und es zerriss mir auch noch Monate später fast das Herz, dass ich meinen besten Freund verloren hatte.

„Er denkt, dass Mrs Finley die Halskette verloren hat und dass es gar keinen Fall gibt."

„Und was denkst du?" Galloway schloss den Reißverschluss der Tasche, warf sie sich über die Schulter und lief los. Ich folgte ihm.

„Ich bin mir nicht sicher. Sie ist überzeugt, dass sie gestohlen wurde." Ben hatte mir vorgeworfen, dass ich mich von meinen Gefühlen leiten ließe und zu viel Mitleid mit Anita Finley hätte.

„Komm schon, Fitz", meinte Ben und lief dann schweigend neben uns her, als wir aus dem Tunnel ins Tageslicht traten. „Du weißt, dass ich recht habe. Dieser Fall ist reine Zeitverschwendung."

„Ja, klar. Vielleicht könntest du etwas Hilfreiches tun,

zum Beispiel in ihrem Haus danach suchen?", meinte ich und wartete, während Galloway zu einem Metallkasten an der Außenseite des verwitterten Schuppens ging, der den Eingang zum Tunnel bildete, und den Stromschalter betätigte. „Wenn du dir die Mühe gemacht hättest, zu unserem ersten Treffen zu kommen, hättest du die Kette vielleicht schon gefunden und der Fall wäre gelöst."

Wenn ein Geist rot werden könnte, würde Ben jetzt erröten. Aber er verschränkte die Arme vor der Brust und senkte das Kinn. „Ich musste mich um wichtige Sachen kümmern."

Ich schnaubte. „Dauerwerbesendungen anzuschauen, ist wohl kaum eine wichtige Sache."

„Ich hätte nie gedacht, dass mir das Einkaufen fehlen würde", seufzte er. „Aber es ist ein Laster, das ich wirklich vermisse."

„Was hält Ben von deinen Schießkünsten?" Galloway kehrte zurück, legte einen Arm um meine Schultern und drückte mir einen Kuss auf die Wange, wobei seine Bartstoppeln über meine Haut streiften und sie kribbeln ließen.

„Sag ihm, dass ein blinder Affe es besser gemacht hätte", antwortete Ben.

„Ein blinder Affe?", krächzte ich. „So schlecht war ich nicht!" Ich wollte ihm einen Schlag auf die Schulter versetzen, aber da er körperlos war, sauste mein Arm durch die Luft und traf ins Leere. Ich konnte meinen Vorwärtsdrall nicht mehr stoppen, geriet ins Taumeln und wäre fast umgefallen. Galloway lachte und hielt mich fest.

„Was hat er gesagt?", fragte Galloway. Jetzt, da er

wusste, dass ich den Geist meines besten Freundes sehen und mit ihm sprechen konnte, war das Leben viel einfacher, wenn auch merkwürdig.

„Nichts Wichtiges", brummte ich und fing mich wieder. „Aber wir müssen los. Sonst komme ich noch zu spät."

„Ich halte das immer noch für Zeitverschwendung." Ben folgte uns zum Auto und setzte sich auf den Rücksitz.

„Das sagtest du bereits."

„Ich glaube wirklich, dass du deine Zeit besser nutzen solltest, um für deine Prüfung zu lernen", fuhr er fort. Ehrlich gesagt, auf der Nörgelskala war Ben schlimmer als meine Mutter.

„Erinnere mich nicht daran." Ich drehte mich um und musterte ihn über die Rückenlehne des Sitzes hinweg. „Ich meine es ernst, Ben. Erinnere mich nicht daran. Ich weiß, dass meine Prüfung zur Privatdetektivin bevorsteht, du musst mir das nicht ständig sagen." Mein Magen war ohnehin schon verknotet.

Galloway tätschelte mein Knie. „Alles wird gut. Du schaffst das." Eines der vielen Dinge, die ich an Kade Galloway mochte, war nicht nur, wie tolerant er gegenüber einem Geist als fünftes Rad am Wagen war, sondern auch, dass er die unheimliche Gabe besaß, unseren Gesprächen zu folgen. Wenn man bedachte, dass er stets nur eine Seite davon hörte, war das eine ziemliche Leistung.

„Erzähl mir mehr über diesen Fall. Warum ist Ben dagegen?"

Ich berichtete ihm von der verschwundenen Diamantkette und dass Ben dachte, sie sei nur verloren gegangen und nicht gestohlen worden. Als wir zu Hause ankamen, hatte ich ihm alles erzählt und konnte an seinem Gesicht ablesen, dass er Bens Ansicht zustimmte. Er öffnete den Mund, um etwas zu sagen, aber ich hob die Hand, um ihn zum Schweigen zu bringen. „Es ist egal, was du denkst. Ich habe den Fall übernommen. Es ist mein Fall. Nicht Bens. Nicht deiner. Wenn ich am Ende zu denselben Schlussfolgerungen komme wie ihr beide, werde ich es Mrs Finley selbst sagen."

„Okay, okay. Ist angekommen." Dann küsste er mich und sämtliche Gedanken, die mir im Kopf herumschwirrten, verschwanden im Nu. Dieser Mann konnte küssen. Ich schlang die Arme um seinen Hals und ignorierte das Stechen des Schaltknüppels in meinen Rippen. Ich schnurrte förmlich.

„Ähm?" Bens Gesicht erschien erschreckend nah und ich schoss mit einem Quietschen hoch.

„Mach das nie wieder!", keuchte ich und hielt mir die Hand vor die Brust.

„Ben, mein Freund", sagte Galloway mit seiner tiefen, sexy Stimme. „Ich glaube, wir zwei müssen uns mal unterhalten. Darüber, dass du uns nicht stören sollst, wenn wir … Zeit mit uns verbringen."

Ben lachte und schwebte durch die Windschutzscheibe des Wagens. „Nein, nein, ist schon in Ordnung."

Ich gab mit zusammengebissenen Zähnen weiter, was er gesagt hatte, und fügte hinzu: „Er läuft gerade durch die Autoscheibe, obwohl er genau weiß, dass ich das hasse. Er ist so ein Mistkerl."

„Das habe ich gehört!", rief Ben von draußen. „Aber

wenn du nicht aufhörst, herumzuknutschen, kommst du noch zu spät."

Ich fluchte, weil er recht hatte. „Das stimmt. Ich komme zu spät. Ich muss los. Steht das Mittagessen noch?"

„Auf jeden Fall. Ruf mich nach dem Treffen mit deiner Klientin an."

Ich küsste ihn kurz zum Abschied, sprang aus seinem Auto und eilte zu meinem eigenen. Mein nagelneuer Honda CR-V stand in der Garage, und obwohl ich um Bens Nissan Rogue trauerte, den ich versehentlich zu Schrott gefahren hatte, war ich total verliebt in mein neues Gefährt. Es war ein wunderschönes Metallic-Blau, startete per Knopfdruck und besaß eine Rückfahrkamera. Kurz gesagt, es war perfekt.

Ich verband mein Handy über Bluetooth mit dem Unterhaltungssystem des Autos und rief meine Mutter an, während ich zu Anita fuhr, um mit ihr meine Erkenntnisse vom gestrigen Dinner zu besprechen. Wir hatten uns für zehn Uhr verabredet und mir blieben keine fünf Minuten, wenn ich pünktlich sein wollte.

„Audrey, mein Schatz, wie geht es dir?"

„Hey, Mom." In meiner Eile, zu Anita zu kommen, nahm ich die Kurve ein wenig zu schnell und die Reifen quietschten auf dem Asphalt. Ich nahm etwas Gas weg. Schnelle Autos und ich waren keine gute Kombination.

„Was war das?", fragte Mom. „Sitzt du im Auto?"

„Alles gut, Mom. Ich telefoniere über die Freisprechanlage."

„Audrey ..." Ich hörte die Sorge in ihrer Stimme und

konnte es ihr nicht verdenken. Ich tat immer irgendetwas, das ihren Blutdruck in die Höhe trieb.

„Ehrlich, Mom, es ist alles in Ordnung. Hör zu, ich kann nur kurz telefonieren, weil ich auf dem Weg zu einer Klientin bin, aber kann ich dein Rezept für Hühnchenpastete bekommen?"

„Audrey Fitzgerald, willst du etwa kochen?"

„Sehr witzig, Mom. Kannst du es mir einfach per E-Mail schicken? Bitte?"

„Planst du ein besonderes Essen für Kade?", wollte sie wissen und ich verdrehte die Augen. Ja, ich war offiziell mit Captain Cowboy Hot Pants, Kade Galloway, dem heißesten Detective in Firefly Bay, zusammen. Ich konnte es selbst kaum glauben. Nicht das mit den Hot Pants, das stand außer Frage. Aber das mit dem Polizisten. Seit Ben aus dem Polizeidienst entlassen worden war, hasste ich alle Polizisten. Sie waren gemein und ich traute keinem von ihnen. Aber Galloway hatte es geschafft, meine Schutzmauer zu überwinden und mich davon zu überzeugen, dass nicht alle Polizisten schlecht waren. Dabei war die Tatsache sehr hilfreich gewesen, dass er geheime Korruptionsermittlungen innerhalb des Firefly Bay Police Department leitete.

„Ich dachte, es wäre an der Zeit", meinte ich seufzend. „Er muss schließlich wissen, was auf ihn zukommt."

Ben, der neben mir auf dem Beifahrersitz saß und bis jetzt glückselig geschwiegen hatte, schnaubte. „Wie wahr. Der arme Kerl sollte sich lieber schon mal ein paar Magentabletten besorgen."

„Okay, Schatz, ich schicke es dir. Wann ist der große Tag?", fragte Mom.

„Das weiß ich noch nicht. Wir treffen uns zum Mittagessen. Mal sehen, wie sein Dienstplan in der nächsten Woche aussieht."

„Oh, gut, dann kannst du auch gleich unser Familienessen mit ihm einplanen. Meinst du nicht, dass es an der Zeit ist, dass wir ihn alle kennenlernen?"

„Mom", stöhnte ich, „ihr kennt ihn doch schon."

Sie schniefte. „Nun, ja, wir kennen ihn gut genug, um ihn auf der Straße zu grüßen, aber wir kennen ihn nicht wirklich."

„Ich bin mir nicht sicher, ob er schon bereit für unsere Familie ist", protestierte ich.

„Unsinn. Bring ihn morgen Abend mit. Ich bestehe darauf."

„Mal sehen. Ich verspreche nichts. Okay, ich muss los, Mom. Bis dann." Ich beendete das Gespräch, bevor sie noch etwas sagen konnte, parkte am Straßenrand vor Anitas Haus und stellte den Motor ab.

„Du gehst mit Kade zum Familienessen?", fragte Ben mit hochgezogenen Augenbrauen.

„Eine verrückte Idee, oder?"

„Irgendwann muss er sie kennenlernen", meinte Ben.

„Muss er das?" Ich stieg aus dem Auto, schlug die Tür zu, eilte den Weg zu Anitas Haus hinunter und klingelte. Innerhalb von Sekunden wurde die Tür aufgerissen und Anitas Sohn Tyler stand vor mir. Das freundliche Willkommenslächeln auf seinem Gesicht schlug schnell in Enttäuschung um.

„Du hast wohl jemand anderen erwartet, was?", fragte ich.

Tyler Finley war ein blonder, blauäugiger Traum von

Teenager. Mit seinen zwanzig Jahren war er ein sehr gut aussehender junger Mann und ließ mit Sicherheit so manches junge Mädchenherz schneller schlagen. Ich legte den Kopf schief und bewunderte die Art und Weise, wie er in blauer Jeans und weißem T-Shirt so aussehen konnte, als wäre er direkt einer Modezeitschrift entsprungen.

„Falls Sie Mom suchen, sie ist nicht da." Er schaute über meinen Kopf hinweg, als ob er hoffte, jemand anderen hinter mir zu sehen.

„Oh? Ich dachte, sie hätte gesagt, wir sollen uns heute Morgen hier treffen … Aber vielleicht meinte sie die Historische Gesellschaft?"

„Wahrscheinlich." Tyler zuckte mit den Schultern. „Sie sollte zwar nicht die Putzkolonne spielen, aber Sie kennen Mom ja. Sie mischt sich überall ein und traut niemandem zu, seine Arbeit richtig zu machen." Mit diesen Worten schlug er mir die Tür vor der Nase zu und ich trat überrascht einen Schritt zurück.

„Okay", murmelte ich und kehrte zu meinem Auto zurück. Jetzt würde ich zu spät kommen, weil ich zum falschen Treffpunkt gefahren war. „Ich könnte schwören, dass sie sagte, wir sollen uns um zehn bei ihr zu Hause treffen."

„Vielleicht ist etwas passiert?", schlug Ben vor. „Vielleicht ist derjenige, der aufräumen sollte, nicht gekommen und sie musste für ihn einspringen?"

„Möglich." Ich ließ den Motor an, schaute in den Rückspiegel und fuhr los. „Es gibt nur einen Weg, das herauszufinden."

Der vergangene Abend war im Hinblick auf meine

Ermittlungen eine völlige Pleite gewesen. Ich hatte mit Keagan und Noreen geplaudert und von keinem der beiden etwas Nützliches erfahren. Nur für den Fall, dass eines der anderen Ausschussmitglieder etwas über die fehlende Halskette wissen würde, hatte ich mich auch mit ihnen unterhalten. Nichts. Jedenfalls nichts von Interesse. Allerdings hatte ich viele Gartentipps und mehrere Anfragen bekommen, der Historischen Gesellschaft beizutreten.

4

Auf dem gemeinsamen Parkplatz der Historischen Gesellschaft und des Museums standen zwei Autos und keines davon gehörte Anita. Ich parkte trotzdem neben ihnen und ging hinein. Es konnte schließlich nicht schaden, nachzusehen, ob jemand sie gesehen hatte.

„Oh, hallo, Audrey, wollen Sie uns zur Hand gehen?" Keagan Dunn kam mit einer Mülltüte in der Hand und einem Augenzwinkern auf mich zu.

„Nein. Ich bin auf der Suche nach Anita. Ist sie hier?"

„Ich habe sie heute noch nicht gesehen", rief Noreen Bellamy, die gerade mit einem Klappstuhl an mir vorbeilief. „Vielleicht war sie aber auch schon früher hier. Haben Sie in ihrem Büro nachgesehen?"

„Sie hat ein Büro?"

Keagan ließ die Tüte fallen und zog seine Handschuhe aus. „Warten Sie, ich zeige es Ihnen. Sie ist oft an den Wochenenden hier. Die Arme, ich glaube nicht, dass sie viel Privatleben hat, wenn Sie wissen, was ich meine."

Ich folgte Keagan von der modernen Glasstruktur des

Museums zu den rustikalen Steinziegeln der Historischen Gesellschaft. Die Haupttür, eine schwere Holztür, war geschlossen – und verriegelt, wie er erkannte, als er den Knauf drehte. Er griff in seine Tasche und zog einen Schlüsselbund hervor. Als er meinen Blick bemerkte, sagte er: „Wir haben alle einen Schlüssel."

„Alle?" Da mussten ziemlich viele Schlüssel im Umlauf sein.

„Nun, natürlich nicht das gesamte Komitee, nur diejenigen mit einer offiziellen Funktion, also Präsident, Vizepräsident, Schatzmeister und Sekretär."

„Okay." Ich nickte und folgte ihm durch die Tür. Auf der anderen Seite war es schummrig und kalt. Fröstelnd rieb ich mir die Hände an den Armen, um mich zu wärmen.

Das Gebäude war alt, aber schön. Eine Treppe führte in den oberen Stock. Der grüne Blumenteppich und das abgenutzte Geländer verrieten das Alter des Hauses.

„Okay." Keagan blieb stehen. „Sie wissen, dass dieses Gebäude früher einmal die alte Feuerwache war, oder?"

Ich nickte. „Ja." Der Glockenturm auf dem Dach verriet es.

„Auf dieser Seite des Gebäudes befanden sich die Schlafsäle für die diensthabenden Feuerwehrleute. Und auf dieser Seite …", er zeigte in die andere Richtung, „waren die Geräte untergebracht. Natürlich ist das Gebäude seither ziemlich stark renoviert worden, aber ich denke, wir konnten viel von seinem ursprünglichen Charme bewahren."

„Es ist wunderschön", pflichtete ich ihm bei. Aber es war kalt. Und es roch alt. Und muffig. Meine Nase zuckte.

„Die öffentlichen Veranstaltungen finden in der alten Garage statt, die einen schönen, großen Raum hergibt. Und dann gibt es noch die Büros, die Küche und die Toiletten sowie bei Bedarf einige kleinere Besprechungsräume im ehemaligen Schlafbereich." Er ging weiter und ich folgte ihm. „Anitas Büro ist gleich hier unten links."

„Was ist oben?", fragte ich.

„Hauptsächlich Lagerräume. Dort oben ist es ziemlich ungemütlich, da die Dachstühle nicht viel Platz zulassen. Vermutlich diente der Bereich in erster Linie als Zugang zum Glockenturm."

Er blieb vor einer geschlossenen Tür stehen und klopfte mit den Fingerknöcheln dagegen. „Ich glaube nicht, dass sie hier ist", meinte er schließlich. Er drehte den Knauf, um sicherzugehen, und sein Gesicht verriet seine Überraschung, als er sich drehen ließ und die Tür aufschwang.

„Normalerweise schließt sie immer ab, nehme ich an?" Ich trat an ihm vorbei und in Anitas Büro. Es war ziemlich klein und bot kaum Platz für einen Schreibtisch und einen Aktenschrank.

„Richtig", bestätigte Keagan mit einem Kopfnicken. „Nun, unnötig zu erwähnen, dass sie nicht hier ist. Aber wenn Sie wollen, können Sie ihr eine Nachricht hinterlassen." Er deutete auf die Klebezettel, die auf ihrem Schreibtisch lagen.

„Ist schon in Ordnung. Ich ruf sie später einfach an. Wir waren heute Morgen um zehn Uhr verabredet, ich ging aber davon aus, es wäre bei ihr zu Hause, aber sie war nicht da. Also dachte ich, sie wäre vielleicht hier."

„Das ist sie normalerweise auch. Wie ich schon sagte,

hat sie nicht wirklich ein Privatleben. Ich habe ein Gespräch zwischen Lacey und ihr angehört. Offensichtlich hat Logan eine Affäre." Er beugte sich verschwörerisch vor, um den Klatsch und Tratsch weiterzugeben.

„Wirklich?" Das hatte sie mir gegenüber nicht erwähnt. Wenn man eine Privatdetektivin engagierte, um eine verschwundene Halskette zu finden, würde man sie dann nicht auch engagieren, um herauszufinden, ob der eigene Mann einen betrog? „Glauben Sie das?"

Keagan zuckte mit den Schultern. „Ich muss gestehen, dass ich überrascht war. Ich meine, eine Affäre? Wie abgedroschen."

„Sie glauben also nicht, dass er eine Affäre hat?" Entscheide dich, Mann.

Er kicherte. „Hören Sie, ich weiß nur, dass Logan in letzter Zeit nicht wie sonst ist. Ich selbst bin nicht davon überzeugt, dass er eine Affäre hat, aber Lacey schwört, dass es so sein muss. Anita war nur gewillt, einzuräumen, dass er ihr definitiv etwas verheimlicht." Er warf einen Blick auf seine Uhr. „Ich muss jetzt leider zurück und Noreen beim Aufräumen helfen. Ich weiß nicht, wo Lacey steckt. Sie steht auch auf dem Dienstplan und sollte längst hier sein."

Ich verließ Anitas Büro und wartete, während Keagan ihre Tür abschloss. „Sie sind also normalerweise zu dritt für die Reinigung zuständig?"

„Ja. Zu dritt brauchen wir nur etwa eine Stunde. Jeder nimmt am Abend die Reste mit nach Hause, sodass wir uns nicht um das Essen kümmern müssen. Es geht eher darum, den Müll rauszubringen, Tisch und Stühle zusammenzupacken und zu kehren. Und falls nötig, den Boden zu putzen."

„Okay. Danke, dass Sie für mich nachgesehen haben." Ich folgte ihm durch Flur und Haupteingang und wartete noch einmal, während er abschloss.

„Vielleicht ist sie im Kelsh-Haus", meinte er, steckte die Schlüssel ein und drehte sich mit zusammengezogenen Augenbrauen und zusammengekniffenen Augen zu mir um. „Geht es bei Ihrem Treffen nicht genau darum? Um das Kelsh-Haus? Ich habe gestern Abend gehört, dass Anita Sie beauftragt hat, sein Inventar zu katalogisieren?"

„Ich mache das ehrenamtlich." Das war die Tarnge-schichte, die wir uns ausgedacht hatten, und sie schien sich schnell herumgesprochen zu haben. „Ich habe zwischen zwei Aufträgen ein paar Tage Zeit und Tabellen sind genau mein Ding."

„Konnten wir Sie nicht davon überzeugen, der Histo-rischen Gesellschaft dauerhaft beizutreten?"

„Tut mir leid, nein. Aber bei dieser Gelegenheit helfe ich gerne." Und in dem Moment wurde mir klar, dass ich den Kelsh-Nachlass vielleicht wirklich katalogisieren musste. „Haben Sie vielleicht die Adresse?", fragte ich ihn freundlich grinsend. „Dann könnte ich nachsehen, ob Anita dort ist. Und Sie haben recht, vielleicht wollte sie mich die ganze Zeit dort treffen." Das war allerdings selt-sam, da sie mir das weder gesagt noch die Adresse genannt hatte.

„Natürlich. Geben Sie mir Ihre Handynummer. Dann schicke ich sie Ihnen per SMS."

Nachdem wir die Nummern ausgetauscht hatten,

piepte mein Telefon und die SMS mit der Adresse von Dudley Kelsh erschien auf meinem Bildschirm.

„Danke, Keagan, dann überlasse ich Sie jetzt mal wieder sich selbst."

„Ich helfe gerne. Lassen Sie bald mal wieder von sich hören."

Ich kehrte zu meinem Auto zurück und schaute mich nach einem Zeichen von Ben um. Ich hatte ihn seit unserer Ankunft nicht mehr gesehen und nahm an, dass er sich auf Erkundungstour begeben hatte, aber ich konnte schlecht nach ihm rufen. „Verdammt, wo steckst du denn?", flüsterte ich, stieg in den Wagen und gab Dudley Kelshs Adresse in das Navi ein. Dann fiel mir eine Bewegung auf, oben im Glockenturm. Ich beugte mich vor und schaute durch die Windschutzscheibe ... und da stand Ben und versuchte krampfhaft, die Glocke zu läuten. Ich unterdrückte ein Lachen, als ich sah, wie er nach der Glocke griff und immer wieder darin verschwand. Ich fragte mich, ob ich ihm sagen sollte, dass der Mechanismus schon vor Jahren entfernt worden war.

Kopfschüttelnd ließ ich den Wagen an, machte mich bereit und tatsächlich, eine Sekunde später saß er auf dem Beifahrersitz. „Und, hast du dich gut amüsiert?", stichelte ich.

„Ich habe Nachforschungen angestellt."

„Aha?" Ich fuhr rückwärts aus der Parklücke und bog in die Summer Street ein. Das Kelsh-Haus lag am Stadtrand, höchstens zwanzig Autominuten entfernt.

„Ja. Und ich habe herausgefunden, dass manche Geister Gegenstände berühren und bewegen können."

Ich starrte ihn an, während er versuchte, die Hand auf

das Armaturenbrett zu legen. Natürlich ging sie einfach durch es hindurch. „Und wie betreibst du diese Forschung?"

„Ich sehe mir Dokumentarfilme an. Manchmal gehe ich auch in die Bibliothek und schaue mir an, was die Kinder lesen. Und wenn es um etwas Paranormales geht, lese ich über die Schulter mit."

„Igitt, wie unheimlich."

„Sie wissen ja nicht, dass ich da bin. Und es ist ja nicht so, dass ich mir selbst ein Buch ausleihen könnte. Nicht, dass sie das heutzutage noch oft tun. Die meisten Bücher sind elektronisch." Er schob schmollend die Unterlippe vor.

„Und? Was hast du herausgefunden?" Meine Frage holte ihn aus seiner Schmollecke heraus.

„Sehr viel!", meinte er grinsend. „Da ist dieses Mädchen, Alys. Sie stellt für ein Klassenprojekt Nachforschungen über das Paranormale an und liest über ..."

„Sag es nicht. Geister?" Am Ende der Summer Street blieb ich stehen, sah auf das Navi und setzte den Blinker, um nach links in die Sunshine Avenue abzubiegen. Wer auch immer diese Straßen benannt hatte, muss ein großer Sommerfan gewesen sein, dachte ich mir, während ich halb Ben zuhörte und mich halb darauf konzentrierte, wohin ich fuhr. Dabei musste ich die ganze Zeit darüber nachdenken, was Keagan über Anita und ihren Mann Logan gesagt hatte. Ging es wirklich um die angebliche Affäre ihres Mannes? War die verschwundene Halskette nur ein Vorwand? Aber sie hatte nicht einmal angedeutet, dass es einen anderen Grund geben könnte, mich zu engagieren. Sie hatte mich gestern Abend zum Dinner eingeladen, damit ich die Komiteemitglieder kennenlernen und befragen konnte. Ihr Mann war nicht einmal dort gewesen.

Den Partner zu observieren, war einer der Hauptgründe, warum man einen Privatdetektiv engagierte. In meiner Ausbildung wurden sämtliche Statistiken angeführt und ich wusste, dass es in den meisten meiner Fälle darum gehen würde, zu beweisen, dass jemand eine Affäre hatte, oder zu beweisen, dass er keine hatte. Am Ende ging es immer um Geheimnisse. Wer hatte welche und warum?

Die Fahrt zum Kelsh-Haus gab mir Zeit, meine Gedanken zu sortieren. Um ehrlich zu sein, war ich der Frage, wer Anitas Halskette warum gestohlen hatte, kein Stück näher gekommen. Falls sie überhaupt gestohlen worden war. Bei Schmuckdiebstählen ging es in der Regel um Habgier – den Schmuck stehlen, verkaufen und das Geld einstreichen. Dabei war Anitas Halskette kaum etwas wert. Keine hundert Dollar. Der Diamant selbst war von schlechter Qualität und die Kette hatte neun Karat. Welcher Mensch, der halbwegs bei Verstand war, würde sie also stehlen? Ich gab es nur ungern zu, aber Ben könnte recht haben.

Als ich von der Schnellstraße auf einen Feldweg abbog, drosselte ich das Tempo, um die Schlaglöcher zu umfahren.

„Ist das Kelsh-Haus ein Bauernhof?", fragte Ben und blickte aus dem Fenster auf die Felder um uns herum.

„Es sieht ganz so aus." Wir fuhren durch ein Schlagloch, das Auto wackelte heftig von links nach rechts und ich wurde ziemlich durchgeschüttelt.

„Immer schön langsam, Fitz." Ben versuchte, sich an den Armlehnen festzuhalten, und ich sah, wie er mit dem Fuß nach der Bremse suchte.

„Entspann dich. Alles gut." Aber ich nahm den Fuß etwas mehr vom Gaspedal. „Wenn wir noch langsamer fahren, bleiben wir stehen."

„Vielleicht gehe ich lieber schon mal vor", sagte Ben mit zusammengebissenen Zähnen.

„Du machst mir wirklich Komplexe wegen meines Fahrstils", beschwerte ich mich und warf ihm einen bösen Blick zu.

„Du hast mein Auto zu Schrott gefahren!"

„Das war ein Unfall!"

Bevor wir uns noch länger über meine Fahrweise streiten konnten, bogen wir um die Ecke und ein Haus kam in Sicht. Aus irgendeinem Grund hatte das Kelsh-Haus in meinem Kopf sehr schick geklungen. Wie … ein Herrenhaus. Was nun vor mir stand, war jedoch alles andere als das. Ein altes, zerfallendes Bauernhaus, oder besser gesagt ein Bretterbau in deutlicher Schräglage mit herabhängenden Dachrinnen und einem ehemaligen Lattenzaun, von dem nur noch ein paar Teile standen. Und mittendrin der Schrott. Fahrräder, Schubkarren, eine Badewanne! Im Vorgarten stand eine verrostete Autokarosserie, überwuchert von Gras und Unkraut. In der Nähe befand sich eine alte Scheune, die in ähnlichem, wenn nicht gar schlechterem Zustand zu sein schien.

„Das war nicht gerade das, was ich erwartet hatte", meinte ich und stand mit offenem Mund da. Kein Wunder, dass Lacey einen Müllcontainer vorgeschlagen hatte. Das Ganze sah aus, als müsste es abgerissen werden.

„Sieh mal!", meinte er. „Ist das nicht Anitas Auto?"

Ein blauer Kleinwagen war an der Seite des Hauses geparkt.

„Ja, ist es." Ich parkte hinter ihm.

„Ich glaube, ich kann sie drinnen sehen." Ben deutete auf das Seitenfenster.

Ich spähte durch das schmutzige Glas und konnte gerade so eine Silhouette erkennen, die sich hin und her bewegte. Ich stieg aus und bahnte mir einen Weg durch Schutt, Unkraut und Trümmer zur Haustür, während ich rief: „Anita? Ich bin's, Audrey. Entschuldigen Sie die Verspätung. Ich dachte, wir wären bei Ihnen zu Hause verabredet. Und dann hat es ein bisschen gedauert, bis ich Sie gefunden habe."

„Audrey, Gott sei Dank!", antwortete Anita. „Ich kriege die Tür nicht auf."

„Oh? Klemmt sie?" Ich legte die Hand um den Knauf und drehte ihn. Er bewegte sich zwar nur langsam, saß aber nicht fest. Ich stieß die Tür auf und trat hinein. Anita war sehr eifrig gewesen. Der vordere Raum war größtenteils ausgeräumt, nur ein altes Sofa und ein Couchtisch waren übrig geblieben, und an einer Wand stapelte sich ein Haufen Kartons.

„Igitt. Was ist das denn für ein Geruch?" Ich wedelte mit einer Hand vor der Nase herum. Was auch immer es war, es stank ekelhaft.

„Das muss aus der Küche kommen." Anita erschien in der Tür und warf die Hände in die Luft. „Dudley hatte es nicht so mit dem Putzen. Oder damit, den Müll rauszubringen."

„Alles in Ordnung?", fragte ich. Anita sah irgendwie gestresst und blass aus.

„Oh ja, alles in Ordnung. Ich habe nur die Tür nicht aufbekommen und bin wohl in Panik geraten."

„Ähm. Audrey?" Ben war draußen geblieben, um sich das verrostete Auto näher anzusehen, trat nun aber durch die Tür.

„Oh mein Gott!", keuchte Anita und hielt sich die Hand vor die Brust. „Wer ist das?"

„Was?" Ich schaute von Ben zu Anita und wieder zurück. „Sie können ihn sehen?"

„Natürlich kann ich ihn sehen. Er steht ja genau dort!" Sie zeigte auf Ben, der mich anschaute. Mir fiel die Kinnlade herunter. Wenn sie Ben sehen konnte, bedeutete das, dass sie entweder auch Geister sehen konnte oder …

„Ich glaube, sie ist tot", formte Ben wortlos mit dem Mund in meine Richtung. Ich hatte das ungute Gefühl, dass er recht hatte. Sie war genauso blass wie Ben. Verwaschen. Keine lebendige, atmende Farbe mehr.

„Wie lange sind Sie schon hier, Anita?", fragte ich, während ich zu ihr hinüber ging und einen Arm um die Schultern legte. Das vertraute eisige Kribbeln überzog meine Haut an der Stelle, an der wir uns berührten. Ich ließ den Arm wieder fallen. Sie war unkörperlich.

„Ähm." Sie kaute auf der Unterlippe. „Ich fühle mich heute ein bisschen benebelt, um ehrlich zu sein."

„Das ist schon in Ordnung", beschwichtigte ich sie. „Wir kriegen das schon hin." Anita Finley war tot und wusste es nicht. Ich trat um sie herum und spähte in die Küche, wobei ich Nase und Mund mit dem Ellbogen vor dem Gestank schützte. Der Müll stapelte sich knöchelhoch und ich glaubte, ein Nagetier über eine schmutzige Arbeitsplatte huschen zu sehen. Zum Glück befand sich Anitas Leiche nicht in der Küche, also zog ich hastig die Tür zu, in der Hoffnung, den üblen Geruch weitgehend einzuschließen.

„Worum kümmern Sie sich gerade?", fragte ich sie und ging weiter ins Haus.

„Oh, ich war oben auf dem Dachboden." Sie folgte mir. „Dort haben wir auch das Gemälde gefunden, das Keagan gerade restauriert. Ich habe mich gefragt, ob es dort noch mehr zu retten gibt. Ich gebe es nur ungern zu, aber ich glaube, Lacey hatte recht. Wir sollten besser ein Müllunternehmen beauftragen."

Ich näherte mich der einziehbaren Leiter im Flur. „Erzählen Sie mir von dem Gemälde." Ich versuchte, sie abzulenken, und mein Herzschlag beschleunigte sich, als ich die Leiter zum Dachboden hinaufkletterte und mich darauf einstellte, dass ich dort höchstwahrscheinlich Anitas Leiche finden würde.

„Es lehnte einfach hier oben an der Wand und war mit Staub und Spinnweben bedeckt. Es zeigte eine Dame, die Klavier spielte. Eine andere Frau sang und ein Mann saß da und sah den beiden zu."

„Seltsam, dass es auf dem Dachboden lag und nicht an der Wand hing", murmelte ich und hievte mich die letzte Sprosse hinauf. Neben Anita Finleys Leiche stand eine batteriebetriebene Lampe auf dem Boden.

„Verdammt", flüsterte ich, bevor ich leise über die Schulter rief: „Ben!"

„Schon unterwegs." Im Nu tauchte er neben mir auf.

„Oh, mein Gott!", schrie Anita. „Wer ist das, was ist passiert?" Sie stürmte nach vorne und blieb dann abrupt stehen, die Hände vor dem Mund, die Augen vor Entsetzen weit aufgerissen.

„Anita, es tut mir so leid. Es gibt leider keine Möglichkeit, Ihnen das schonend beizubringen. Ich fürchte, Sie sind tot." Ich verzog das Gesicht und sah zu Ben, der Anitas Leiche untersucht hatte, sich nun aber aufrichtete und zu ihrem Geist hinüberging.

„Wir sind uns noch nicht richtig vorgestellt worden", meinte er, legte ihr tröstend den Arm um die Schultern und drehte sie von der Leiche auf dem Boden weg. „Ich bin Ben Delaney und ich bin ein Geist."

Während Ben sie wegführte und sie über seine Existenz in der geistigen Welt aufklärte, kniete ich mich neben ihre Leiche. Ihr Gesicht war geschwollen, die Haut fleckig und rot. Ein Arm war zur Seite geworfen und ein paar Zentimeter von ihren Fingern entfernt stand ein halb aufgegessener Nudelbecher. In der Nähe stand eine Plastikdose mit verschlossenem Deckel. Ich hob sie auf, öffnete eine Ecke und spähte hinein. Noch mehr Nudelschalen.

„Anita, sind das die Reste von gestern Abend?", rief ich. Wenigstens hatte Anita nicht so reagiert wie meine letzte Geisterklientin. Anita Finley schrie nicht, noch jammerte oder weinte sie.

„Ja. Die Hähnchen-Nudel-Tassen, die Lacey gemacht hat." Sie kam zu mir zurück, stand teilnahmslos über ihrer eigenen Leiche und tippte sich mit einem Finger ans Kinn. „Ich glaube, ich hatte eine allergische Reaktion", sagte sie und deutete auf ihr Gesicht. „Diese Schwellung und die fleckige Haut? Typische Anzeichen. Aber warum habe ich nicht einfach meinen EpiPen herausgeholt? Ich hätte die Reaktion gespürt und genügend Zeit gehabt, sie zu stoppen."

„Wo könnte Ihr EpiPen denn sein?", fragte Ben.

Sie zeigte auf ihre Handtasche. „Da drin. Ich habe ihn immer bei mir. Immer. Ich frage mich allerdings, was die Reaktion ausgelöst hat. Ich weiß, dass in Laceys Nudelbechern keine Meeresfrüchte drin sind."

Ich hob den Becher an und schnupperte daran. Ben und Anita sahen mich erwartungsvoll an. „Nein, ich kann keine Meeresfrüchte riechen", erklärte ich ihnen. „Könnten Sie vielleicht eine weitere Allergie entwickelt haben? Etwas Neues? Etwas anderes? Gegen Schimmelsporen, Hausstaubmilben oder so etwas? Hier wimmelt es nur so von Krankheitserregern, und wenn man auf so etwas empfindlich reagiert, ist es nicht verwunderlich, wenn man eine unerwartete allergische Reaktion entwickelt."

„Ja. Sie könnten recht haben." Anita verschränkte die Arme vor der Brust. „Die Luft in diesem Haus brachte mich zum Husten." Dann richtete sie ihre Aufmerksamkeit auf Ben. „Konnte ich die Tür deshalb nicht öffnen?"

Er nickte. „Jepp. Ich habe eine gute und eine schlechte Nachricht. Die schlechte Nachricht ist, dass Sie die Dinge nicht mehr anfassen können. Ihre Hand geht einfach durch sie hindurch. Die gute Nachricht ist, dass Sie das in den meisten Fällen gar nicht müssen. Sie möchten eine Tür öffnen? Dann gehen Sie einfach durch sie hindurch." Er demonstrierte dies, indem er durch die Hauswand ging und in der Luft vor dem zerbrochenen Dachbodenfenster stand.

„Ben", warnte ich ihn. Ich erschreckte mich immer, wenn er so etwas tat. Er grinste und trat wieder ein. „Audrey mag es nicht, wenn ich in der Luft schwebe. Oder in ihrem Auto herumfliege."

„Wie kommt es, dass sie Sie sehen kann? Uns sehen kann?", fragte Anita.

„Gute Frage", antwortete Ben. „Wir glauben, dass es etwas damit zu tun hat, wie ich gestorben bin. Eine Frau, die hexen konnte, hat noch versucht, mich zu retten, und war schon halb mit dem Zauber fertig, als ich starb."

„Aber warum kann nicht jeder Sie sehen, wenn dem so war?"

„Weil ich gerade an Audrey dachte, als ich starb. Und irgendwie hat sich mein Geist mit ihr verbunden."

„Oh! Sind Sie beide …?"

„Nein, wir sind nur Freunde. Es hat eine Weile gedauert, bis ich mich an den eigentlichen Teil des Sterbens erinnern konnte. Aber ich erinnere mich, dass ich in dem Moment dachte, dass Fitz ziemlich sauer auf mich sein würde, weil ich gestorben bin. Und dann tauchte mein Kater Thor auf und ihm und Audrey galt mein letzter bewusster Gedanke, während ich meinen letzten Atemzug tat."

Bei der Erinnerung wurden meine Augen feucht. Obwohl ich nun den Geister-Ben hatte, trauerte ich immer noch um meinen Freund, und als ich ihn jetzt davon erzählen hörte, spürte ich einen Kloß im Hals. Verzweifelt suchte ich nach einer Ablenkung, nahm Anitas Tasche und kramte darin herum. Sie sagte, sie habe immer einen EpiPen dabei, aber ich konnte keinen finden.

„Anita? Sind Sie sicher, dass Ihr EpiPen hier drin war? Sie haben sie nicht gegen eine Clutch oder etwas Ähnliches für das Dinner gestern Abend getauscht?"

„Nein", schnaubte sie. „Ich bin nicht so up to date. Ich habe nur eine Handtasche. Die da." Sie zeigte auf die marineblaue Tasche in meiner Hand. „Er muss da drin sein."

„Dann muss er sich ganz unten versteckt haben." Ich kroch ein paar Zentimeter weiter und kippte den Inhalt der Tasche auf den Boden. Ein E-Book-Reader, ein Handy, ein Portemonnaie, mehrere Lippenpflegestifte, eine Haarbürste, Taschentücher, ein prall gefüllter Terminkalender, ein Notizbuch, fast ein Dutzend Stifte, eine Lesebrille und eine Sonnenbrille fielen heraus. Aber kein EpiPen.

„Vielleicht liegt sie darauf?", schlug Ben vor. „Wie sie sagte, hätte sie die Anzeichen erkannt und versucht, sich selbst die Spritze zu setzen."

„Richtig." Ich kroch zurück zu Anitas Leiche, legte eine Hand auf ihre Hüfte und eine auf ihre Schulter und versuchte, sie zu umzudrehen, aber sie war ziemlich schwer. „Uff", stöhnte ich. „Das ist schwieriger als es aussieht."

„Ist das wirklich wichtig?", fragte Anita. „Denn wie dem auch war, ich bin und bleibe tot."

„Das stimmt", antwortete ich, während ich immer noch versuchte, sie so zu drehen, dass ich sehen konnte, ob sie auf dem EpiPen lag. „Aber wir müssen ein Fremdverschulden ausschließen."

„Ein Fremdverschulden?" Ihre Stimme wurde lauter. „Sie vermuten ein Fremdverschulden?"

„Nicht unbedingt", beruhigte Ben sie. „Aber jeder unerwartete Todesfall sollte untersucht werden."

„Richtig. Ja. Natürlich." Ihr Kopf nickte verständnisvoll auf und ab, aber ihre Hände waren damit beschäftigt, sie zu umklammern und wieder zu lösen, was ihre Aufregung verriet.

Ich schaute zu Ben hinüber. „Vielleicht solltet ihr draußen warten?", schlug ich vor. „Ich rufe die Polizei an und komme dann nach."

„Gute Idee."

Ich wartete, bis die beiden schweigend die Leiter hinuntergestiegen waren, wobei meine Lippen zuckten, weil sie die Bewegungen nur mir zuliebe machten, bevor ich zu meinem Versuch zurückkehrte, Anitas Leiche zu bewegen. Schließlich stellte ich fest, dass ich sie bewegen konnte, wenn ich sie zu mir rollte, anstatt zu versuchen, sie von mir wegzuschieben. Und trotz dieses Sieges fand sich kein EpiPen.

5

Nachdem ich das Firefly Bay Police Department angerufen hatte, folgte ich meinem Instinkt. Und mein Instinkt sagte mir, dass Anita Finley ermordet wurde. Mein Tipp? Den Nudelbechern waren Meeresfrüchte beigemischt worden und der Täter hatte ihren EpiPen gestohlen. Mit kribbelndem siebtem Spiderman-Sinn eilte ich die Treppe hinunter. Ich erinnerte mich, dass auf dem Wohnzimmertisch ein Paar Gummihandschuhe gelegen hatten. Mir blieben nur wenige Minuten Zeit, um Anitas Sachen zu durchsuchen, bevor die Polizei eintreffen und alles als Beweismittel mitnehmen würde. Vorausgesetzt, ihr Tod würde überhaupt als Mord eingestuft werden.

Ich zog die Handschuhe an, stieg die Dachbodenleiter wieder hinauf und durchsuchte den Inhalt von Anitas Tasche. Ich blätterte durch den Terminkalender. Gestern Abend gab es einen Eintrag *Dinner Historische Gesellschaft*, heute Morgen einen weiteren *Kelsh*. Kein Hinweis auf unser Treffen. Ich machte ein Foto von den Einträgen der

Woche, dann wandte ich mich dem Notizbuch zu. Es handelte sich offenbar um Aufzeichnungen über das Kelsh-Haus und eine grobe Auflistung von Anitas Funden.

„Interessant …" Ich hielt das Notizbuch ans Licht und betrachtete die Spiralbindung. Eine Seite war herausgerissen worden, die zerfledderten Reste hatten sich im Draht verfangen. Ich fotografierte akribisch jede Seite und hatte das Notizbuch gerade weggelegt, als ich in der Ferne Sirenen hörte. Ich machte in aller Eile Fotos vom Dachboden, von Anitas Leiche, einfach von allem, um sie später durchzusehen. Zuletzt nahm ich eine Kostprobe von dem Nudelbecher, der in ihrer Handfläche lag, und wickelte sie in ein Taschentuch.

Dann eilte ich die Leiter hinunter, warf die Handschuhe zurück auf den Couchtisch und steckte mein Handy in die Gesäßtasche. Schließlich öffnete ich die Haustür und ging zu meinem Auto, wo ich das zusammengeknüllte Taschentuch mit den Resten des Nudelbechers ins Handschuhfach legte, bevor ich auf die Veranda zurückkehrte, um auf das Polizeiauto zu warten, das sich seinen Weg über die holprige Straße bahnte. Die Sirene war erloschen, aber die Lichter blinkten noch immer und warfen rote und blaue Strahlen ans Haus, als der Wagen hinter meinem und Anitas Auto zum Stehen kam. Hinter dem Lenkrad saß Sergeant Dwight Clements, auf dem Beifahrersitz Officer Ian Mills.

Ich biss mir auf die Lippe, um nicht laut zu stöhnen. Meines Erachtens zählten die beiden zu den inkompetentesten Mitgliedern der Polizei von Firefly Bay. Vor allem Mills machte mir das Leben zur Hölle, da er offensichtlich eine Abneigung gegen mich hegte. Er hatte sich angewöhnt, mich wegen falscher Verstöße anzuhalten. Ich war überzeugt, dass er mein Rücklicht absichtlich kaputtgemacht hatte, nur um mich deswegen verhaften zu können. Aber Galloway hatte mir versichert, dass er die Sache im Griff habe und dass seine geheimen Ermittlungen gegen Mills, Clements und andere Kollegen bereits liefen. Es würde nicht mehr lange dauern, bis seine Ermittlungen abgeschlossen waren und die Korruption auffliegen würde. Dann wären wir die schwarzen Schafe endlich los. Ich konnte es kaum erwarten.

Ben, der gesehen hatte, wer gekommen war, tauchte neben mir auf der Veranda auf. „Ruf Galloway an, bevor sie etwas Dummes tun."

„Was denn? Mich verhaften zum Beispiel?", flüsterte ich. Es wäre nicht das erste Mal, dass so etwas passierte. Also holte ich mein Handy heraus und rief Galloway an, auch wenn ich es hasste, diese Art von Schutz zu brauchen.

„Ist das Gespräch mit deiner Klientin schon zu Ende?", meldete Galloway sich nach dem ersten Klingeln.

„Bleib bitte kurz dran", meinte ich nur und ließ das Handy sinken, wobei ich das Gespräch jedoch nicht beendete, damit er mithören konnte.

„Officers, ihre Leiche liegt oben auf dem Dachboden." Ich trat zur Seite, als sie sich näherten. Die Stufen zur Veranda knarrten unter ihrem gemeinsamen Gewicht.

Mills musterte mich von oben bis unten und verzog die Lippen zu einem Grinsen. „Sie stecken Ihre Nase wohl immer da rein, wo sie nicht erwünscht ist."

„Wohl kaum", gab ich zurück. „Anita Fielding war meine Klientin. Wir waren verabredet."

„Es ist also reiner Zufall, dass immer dort, wo Sie auftauchen, eine Leiche herumliegt?", fauchte Clements wütend.

„So etwas wie Zufall gibt es nicht", meinte Mills, schob sich an mir vorbei und gab mir dabei einen kräftigen Stoß mit dem Ellbogen, sodass ich ins Taumeln geriet.

„Mistkerl", zischte Ben und ballte die Fäuste. Ich wollte ihm schon versichern, dass alles in Ordnung sei und ich nichts anderes erwartet hätte, aber ich konnte es nicht riskieren, vor den beiden mit ihm zu reden.

„Sie bleiben hier und rühren sich nicht." Clements zeigte erst auf mich und dann auf die Veranda. „Rühren Sie sich nicht vom Fleck. Ich meine es ernst." Seine Hand ruhte auf dem Revolver, der an seinem Gürtel befestigt war.

„Ich habe nicht die Absicht, irgendwohin zu gehen, Officer. Aber halten Sie sich von der Küche fern. Es gibt einen Grund, warum die Tür geschlossen ist."

Er schnaubte und ging hinein, ohne mir zu antworten, Mills dicht hinter ihm. Ich hob das Telefon wieder ans Ohr und fragte: „Hast du alles verstanden?"

„Hab ich", antwortete Galloway. „Wo bist du?"

„Vor dem Haus von Dudley Kelsh. Ich schicke dir die Adresse."

„Bin schon unterwegs. Halte dich von den beiden fern, okay?"

„Das musst du mir nicht zweimal sagen." Nachdem ich den Anruf beendet hatte, leitete ich Keagans SMS mit

Dudleys Adresse weiter, bevor ich mich an Ben und Anita wandte.

„Während wir warten, sollten wir Ihren Vormittag Revue passieren lassen", schlug ich vor, wobei ich bewusst leise sprach und das Telefon ans Ohr hielt, für den Fall, dass ich bei meinen Selbstgesprächen belauscht wurde. „Ich dachte, wir wären heute Morgen um zehn Uhr verabredet, aber als ich bei Ihnen eintraf, waren Sie nicht zu Hause", meinte ich in Richtung Anita. Sie schlug sich entsetzt die Hand auf den Mund. „Oh, mein Gott! Sie haben recht! Es tut mir so leid, aber ich habe unser Treffen völlig vergessen."

Ich nickte. Das hatte ich mir schon gedacht. „Ich bin kein Freund von Klatsch und Tratsch, aber angesichts der Umstände halte ich es für wichtig, dass ...", setzte sich an.

„Ja?"

„Keagan hat mir heute Morgen etwas erzählt. Er meinte, Sie glaubten, Ihr Mann habe eine Affäre ..." Ich ignorierte ihr erschrockenes Schnauben und fuhr fort. „Haben Sie deshalb unser Treffen vergessen? Ist zu Hause etwas passiert?"

„Warum sollte er so etwas sagen?", protestierte sie, fuhr sich mit den Händen über den Bauch und wirkte regelrecht aufgeregt.

„Offenbar hat er es von Lacey gehört."

Sie blinzelte überrascht. „Von Lacey?"

Ich nickte. „Jepp. Gibt es also etwas, das Sie mir sagen wollen?" Ich wartete darauf, dass sie mit der Wahrheit herausplatzte, aber sie blieb stur ... und still. „Ich will weder neugierig sein noch tratschen", meinte ich. „Aber die Situation hat sich geändert, Anita. Sie sind tot."

„Ich wäre nie auf die Idee gekommen, dass er vielleicht eine Affäre hätte", sagte sie schließlich. „Lacey war diejenige, die das immer wieder behauptete."

„Aha?"

„Ich habe ihr gesagt, dass er sich verändert habe. Dass ihn etwas beunruhige, aber wenn ich ihn danach fragte, immer nur meinte, dass alles in Ordnung sei. Aber ich wusste, dass dem nicht so war. Ich war besorgt, dass er mir nicht sagen konnte, was ihn bedrückte, aber ich dachte nie, dass er eine Affäre hatte." Ein Hauch von Verärgerung schwang in ihren Worten mit.

„Lacey offensichtlich schon", meinte Ben.

Anita verdrehte die Augen. „Ehrlich gesagt, diese Frau denkt immer nur an Sex. Sie ist meine beste Freundin und ich liebe sie, aber mein Gott, sie denkt nur an das eine. Jedes Mal, wenn ich meine Probleme mit Logan erwähnte, fing sie mit der Affäre an. Und jedes Mal, wenn sie vorbeikam und Tyler zu Hause war, fragte sie ihn, ob er eine Freundin habe."

„Und? Hat er eine Freundin?", fragte ich aus Neugierde. Es würde mich überraschen, wenn er keine hätte, wo er doch so ein attraktiver junger Mann war. Und er wirkte sehr enttäuscht, als er die Tür öffnete und sah, dass ich vor der Tür stand. Als hätte er auf jemand anderen gewartet …

„Er hat eine neue Freundin, will mir aber nicht sagen, wer es ist", gab Anita zu. „Er ist genauso geheimniskrämerisch wie sein Vater."

Die Haustür flog plötzlich auf und Mills stürmte hinaus, die Hand vor dem Mund, das Gesicht in einem interessanten Grünton. Er stürmte die Treppe hinunter und erbrach sich über dem ehemaligen Beet, das inzwischen ein Haufen Unkraut war.

„Igitt", meinte Ben, verschränkte die Arme vor der Brust und beobachtete den übergewichtigen Mann so lange, bis nichts mehr kam. Mills wischte sich den Mund am Ärmel ab und richtete sich wieder auf.

„Sie haben also die Küche gefunden?", fragte ich mit einem Pokergesicht. „Ich habe Sie ja gewarnt, nicht hineinzugehen."

Er starrte mich wütend an, sagte aber nichts, sondern stapfte wieder ins Haus, den Mund und die Nase in die Ellenbeuge geklemmt. Nun, wo die Haustür offen stand, drang der Gestank aus der Küche nach draußen.

„Stellen wir uns lieber da drüben hin." Ich zeigte zum hinteren Teil des Streifenwagens. „Eure Nasen funktionieren nicht mehr, meine schon. Und die beiden haben in der Küche etwas Verdorbenes angerührt. Das kann ich von hier aus riechen."

„Schon komisch, wie schnell man sich daran gewöhnt", meinte Anita und folgte mir. „Das erste Mal, als ich dieses Haus betrat, wurde ich fast ohnmächtig von dem Gestank. Aber dann habe ich mich einfach daran gewöhnt, denke ich."

„Ich frage mich, ob es das war", meinte Ben. „Meeresfrüchte in der Küche. Partikel davon in der Luft, die Sie eingeatmet und die Ihre Allergie ausgelöst haben."

Ich runzelte die Stirn. „Davon habe ich noch nie gehört. Halten Sie das für möglich?"

„Nein, das bezweifle ich", sagte Anita. „Ich war schon öfter auf Fischmärkten und der Geruch hat keine allergische Reaktion ausgelöst. Ich muss sie essen."

„Das war's dann wohl mit dieser Theorie." Ben zuckte mit den Schultern.

„Außerdem hätte sie dann ihren EpiPen benutzt. Aber ich konnte ihn nirgends finden. Ich habe Ihre Tasche durchsucht, unter Ihrer Leiche nachgesehen ... Nichts."

Anita runzelte die Stirn. „Das kann nicht sein. Ich habe ihn immer bei mir. Deshalb benutze ich auch nur eine Handtasche, damit ich nicht vergesse, ihn einzustecken."

„Wie ausgeprägt ist Ihre Allergie?", fragte Ben.

„Sehr. Schon der kleinste Bissen einer Meeresfrucht reicht aus, um bei mir einen anapyhlaktischen Schock auszulösen."

„Fische und Krustentiere?"

Sie nickte. „Und Mollusken. Manche Menschen sind nicht gegen alle drei allergisch, sie können einige Meeresfrüchte essen, aber ich habe das große Los gezogen. Ich muss selbst bei Soßen und Salatdressing aufpassen."

„Echt jetzt? In Soßen sind Meeresfrüchte?", fragte Ben.

„Ja. Neben der offensichtlichen Austern- und Fischsoße sind zum Beispiel Sardellen in Worcestershire-Soße und in einigen Sojasoßen enthalten. Es ist also gar nicht so einfach, Fisch auf der Speisekarte zu meiden. Er kann überall auftauchen. Deshalb habe ich ja auch immer meinen EpiPen dabei. Es gibt absolut keine Möglichkeit, dass ich ihn nicht bei mir habe."

Ich sah Ben an, der meinen Blick mit ernster Miene erwiderte. Ich wusste, dass ich recht hatte. Anita war ermordet worden. Doch als ich zum Haus zurückblickte, bezweifelte ich sehr, dass Sergeant Clements und Officer Mills zum selben Schluss kommen würden.

„Mussten Sie ihn in letzter Zeit benutzen?", fragte ich.

„Sie haben ihn nicht zufällig benutzt und vergessen, ihn gegen einen neuen auszutauschen? Die kann man doch nur einmal benutzen, oder?"

„Ja, sie sind nur zum einmaligen Gebrauch gedacht. Aber man bekommt immer zwei pro Packung und ich habe noch einen zu Hause in der Schachtel. Wenn ich den einen, den ich bei mir trage, aufgebraucht habe, bekomme ich ein Rezept für eine neue Packung, sodass ich nie in die Situation komme, keinen EpiPen zur Verfügung zu haben."

Ben drehte sich zu mir um. „Hört sich an, als wäre sie sich ihrer Sache mehr als sicher. Es ist höchst zweifelhaft, dass sie ihren EpiPen nicht immer bei sich trägt, zumal sie weiß, dass sie eine tödliche Allergie hat."

„Moment." Anita trat näher heran. „Sie meinen, jemand hat das absichtlich getan? Sie glauben, ich wurde ermordet?" Bis zu diesem Zeitpunkt war sie bemerkenswert ruhig und gefasst gewesen und hatte ihr überraschendes Ableben erstaunlich gut verkraftet. „Aber wer würde mich denn ermorden?" Der letzte Satz war kaum mehr als ein Schluchzen und ich warf Ben einen Blick zu. Ich konnte sie nicht trösten, sie war körperlos, und ich hatte keine Lust, meine Hand durch einen Geist zu stecken, vielen Dank. Also nahm er Anita in den Arm und drückte ihren Kopf unter sein Kinn. An den Stellen, an denen ihre geisterhaften Körper aufeinandertrafen, tanzten kleine Funken in der Luft.

Ich trat einen Schritt zurück, während Ben der toten Frau beruhigende Worte zuflüsterte. Drinnen hörte ich das Haus knarren und ächzen, während die beiden Polizisten herumliefen. Ich fragte mich, ob der übergewichtige Mills durch eine morsche Diele krachen würde, und meine Lippen kräuselten sich bei dem Bild, das in meinem Kopf entstand. Dann hörte ich einen Fluch und donnernde Schritte. Kurz darauf stürmte Mills aus dem Haus, direkt auf mich zu. Instinktiv wich ich ein paar Schritte zurück, zwang mich dann aber, stehen zu bleiben und mich zu behaupten.

„Sie!", knurrte er, das Gesicht rot vor Wut, und stieß mir mit dem Finger in die Brust. „Sie gehen mir so was von auf den Sack."

„Die Freude ist ganz meinerseits", schoss ich zurück. Ich würde mich nicht einschüchtern lassen.

„Ich habe gerade einen Anruf von Ihrem Lover bekommen. Detective Galloway. Warum mussten Sie ihn anrufen, hm? Jetzt macht er mir die Hölle heiß, weil irgendeiner Tussi in dieser Bruchbude die Lichter ausgegangen sind."

„Das war ein privater Anruf", antwortete ich. „Wir hatten eine Verabredung, zu der ich offensichtlich zu spät komme." Ich wedelte mit einem Arm vage in Richtung des Hauses. Ben und Anita waren verstummt und beobachteten zweifelsohne, wie Officer Mills sich dem Explosionspunkt näherte. Ich legte den Kopf schief und fragte mich, ob sein Kopf wirklich abspringen würde. Seine Augen quollen hervor und seine Haut war so rot, als hätte er einen schlimmen Sonnenbrand. Ich brauchte nicht hinzusehen, um zu wissen, dass seine Hände zu Fäusten geballt waren.

Er beugte sich über mich, so nah, dass sein Bauch mich nach hinten schob. Ich wäre fast einen Schritt zurückgewichen, um seinem unangenehmen Körpergeruch zu entgehen, ganz zu schweigen von seinem Atem, als er mir ins Gesicht bellte: „Ich habe die Schnauze voll von Ihnen, Sie nervige Schl…"

„Achten Sie auf Ihre Sprache, Officer Mills", schnitt ich ihm das Wort ab. „So spricht man nicht mit einer Bürgerin."

„Hey!", rief Ben und kam zu uns herüber. „Lass sie in Ruhe, du Mistkerl." Ich spürte das eisige Rauschen, als Ben sich auf Mills stürzte und direkt durch ihn hindurchging, und starrte ihn überrascht an. *Du kannst mir nicht helfen.*

Mills dicke Finger zuckten und vergruben sich im Stoff meines T-Shirts. Ich spürte, wie es riss. „Ich warne Sie, Fitzgerald", sagte er mit tiefer, bedrohlicher Stimme.

Mir lief ein Schauer über den Rücken. Ich hatte Mills noch nie als physische Bedrohung gesehen, nur als einen Idioten, der sich hinter der Macht seiner Marke versteckte, aber nun änderte ich meine Meinung. Wir waren auf der Kelsh-Farm. Ganz allein. Alles konnte passieren. Schlimme Dinge konnten passieren. Ich war mir ziemlich sicher, dass es Mills war, der in meine Wohnung eingebrochen war und mich bei seinem Fluchtversuch vor ein paar Wochen über das Geländer geworfen hatte, aber ich hatte keine Beweise.

„Lass. Sie. Los!" Ben schlug wild um sich, was so komisch aussah, dass meine Lippen zuckten. Ein großer Fehler. Mills nahm natürlich an, dass sich meine Heiterkeit auf ihn bezog und nicht auf den Geist, der tapfer versuchte, ihn mit seinen körperlosen Fäusten schachmatt zu setzen. Und dann explodierte er. Er packte mein Shirt mit beiden Händen, hob mich hoch und schüttelte mich vor Wut. Ich war so überrascht, dass ich wie eine Stoffpuppe in der Luft baumelte und einen Moment lang fassungslos war.

„Oh mein Gott!", keuchte Anita.

Ben dagegen rastete aus. „Benutz deine Knie, Fitz", rief er. „Verpass ihm den alten Fitzgerald-Eiertritt."

Ach ja, richtig. Ich hatte schon so manchen Mann mit einem Tritt in die Leistengegend in die Knie gezwungen. Nur befand ich mich im Moment im falschen Winkel und hatte nichts, worauf ich mich stützen konnte, da sich meine Füße gerade einige Zentimeter über dem Boden befanden. Damit blieb mir nur noch eine Möglichkeit. Ich musste mir meine Kraft zurückholen. Ich schlang die Beine, so gut es ging, um die Taille des dicken Mannes, klammerte mich an ihn, lehnte mich zurück, um etwas Schwung zu bekommen, bevor ich nach vorne schoss und mit der Stirn gegen seine schlug.

Der Kopfstoß war ziemlich effektiv. Mills ließ mich mit einem Aufschrei los und taumelte nach hinten, beide Hände an die Stirn haltend. Mir blieb nicht genug Zeit, die Beine unter Kontrolle zu bringen. Ich fiel nach hinten und landete mit dem Hintern auf der harten Erde, der daraufhin ebenso schmerzte wie meine Stirn vom Zusammenstoß mit seinem Schädel. Mills hatte sich wieder gefangen, bevor ich aufstehen konnte. Sein Gesicht war wutverzerrt. Eine rote Beule auf der Stirn und die pochenden Adern verrieten mir, dass er nicht sehr gut auf mich zu sprechen war.

Er stürzte sich auf mich und warf mich wieder zu Boden. Mir stockte der Atem und ich hatte allein durch das schiere Gewicht des Mannes Mühe, Luft zu holen. Ich keuchte ungläubig, meine Lunge protestierte. Mills' Hände schlossen sich um meinen Hals und drückten zu. Seine Augen starrten mich manisch an, als er das Gesicht nur wenige Zentimeter von meinem entfernt hielt, während ich unter ihm strampelte, bockte und mich krümmte und versuchte, mich zu befreien. Er war ziemlich schwer und mir ging so langsam die Luft aus. Über das Klingeln in meinen Ohren hinweg hörte ich Anita schreien und Ben brüllen. Die Erkenntnis, dass ich in ernsthaften Schwierigkeiten steckte, führte mir meine eigene Sterblichkeit deutlich vor Augen. Mills scherzte nicht. Er wollte mich tatsächlich töten, ohne Rücksicht auf die Konsequenzen. Es lag also an mir, wie ich abtreten würde. Oh nein, ich würde mich auf keinen Fall kampflos von diesem Trottel unterkriegen lassen.

Denk nach, Audrey, denk nach. Aber das war angesichts des deutlichen Sauerstoffmangels ziemlich schwierig. Ich hörte auf, um mich zu schlagen. Damit erreichte ich nichts. Ich war ein Leichtgewicht und hatte seinem Gewicht nichts entgegenzusetzen. Er hatte die Oberhand, aber ich war noch nicht am Ende. Ich ließ die Hände fallen, die sich in seine Handgelenke gekrallt hatten, und tastete den Boden ab. Ein Stein. Irgendetwas, das ich als Waffe benutzen könnte.

„Links von dir." Ben kauerte neben meinen Kopf. „Da liegt ein Stein links von dir. Du hast ihn fast erreicht."

Ich tastete blindlings umher, bis meine Finger schließlich den Stein fanden und ihn umschlossen. Er war nicht groß, aber das musste er auch nicht sein, nur hart. Ich schlug zu und hörte das unangenehme Knirschen, als ich ihn an der Schläfe traf. Der Druck um meinen Hals ließ nach. Mit der anderen Hand schaufelte ich eine Handvoll Dreck auf und schleuderte sie ihm ins Gesicht. Er bäumte sich auf und griff sich an die Augen. Mit einem kräftigen Hüftschwung gelang es mir, ihn von mir hinunter zu stoßen. Als er zur Seite kippte, kroch ich weg, schnappte nach Luft und ignorierte den Schmutz und den Kies, der sich in meine Handflächen und Knie bohrte. Lieber das als tot zu sein.

„Was zum Teufel ist hier los?", rief Clements von der Veranda.

„Oh mein Gott, Audrey, geht es Ihnen gut?" Anita kniete sich neben mich und legte mir die Hand auf den Rücken, was mir einen eisigen Schauer über den Rücken jagte. In Anbetracht meiner brennenden Lunge war das sogar recht beruhigend.

„Sie hat mich angegriffen!" Mills spuckte Dreck aus und ich grunzte zufrieden. Obwohl ich ein ziemlich ungeschickter Mensch war, hatte ich wohl doch ziemlich gut gezielt.

„Sie hat dich angegriffen?"

Ich beobachtete mit Sorge, wie Clements von der Veranda herunterkam und auf Mills zuging, ihn am Arm packte und ihm auf die Beine half. Auf seiner Stirn prangte eine eiförmige Beule und an der Stelle, an der ich ihn mit dem Stein getroffen hatte, war sein Haar blutverschmiert. Die Vorderseite seiner Uniform war mit Schmutz bedeckt.

Ben stellte sich schützend vor mich, während sich die beiden Männer berieten. Mir klingelten immer noch die Ohren, aber ich glaubte, Clements sagen zu hören: „Damit bist du auf dich allein gestellt."

„Galloway kommt", sagte Ben über seine Schulter.

Und tatsächlich, ich hörte das Geräusch eines herannahenden Autos. Da ich mir nicht sicher war, ob meine Beine mich noch tragen würden, ließ ich mich einfach auf den Hintern fallen, stellte die Beine auf und beugte den Kopf über die Knie, während ich mich auf das Atmen konzentrierte. Ein und aus. Ein und aus. Als ich wieder zu Atem gekommen war, rappelte ich mich auf. Ich stand da und sah zu, wie die beiden Polizeibeamten Galloway misstrauisch beäugten, als er auf sie zukam.

„Was ist hier los?", wollte er wissen und betrachtete Mills' ramponierten Zustand. Clements trat einen Schritt zurück und hob die Hände in die Luft, um sich physisch und metaphorisch von Mills zu distanzieren. Mills' Blick wanderte zu mir und Galloway drehte sich zu mir um.

„Audrey?" Er machte zwei Sätze und dann stand er vor mir, hielt mit seinen großen Händen mein Gesicht und hob meinen Kopf an, um ihn gründlich zu untersuchen. Ich konnte mir nur vorstellen, dass ich von dem Kopfstoß einen passenden roten Fleck auf der Stirn hatte, und mein T-Shirt war zerrissen. Galloway ließ mich wieder los. Dann trat er einen Schritt zurück und musterte mich von oben bis unten. Ich stand da und wartete.

„Flipp jetzt bloß nicht aus", warnte ich ihn, da ich wusste, zu welchen Schlussfolgerungen er kommen würde. „Du musst dich an die Regeln halten, damit es funktioniert. Und wir müssen dafür sorgen, dass es funktioniert, okay?"

Er malmte mit dem Kiefer, sagte aber kein Wort. Seine Hände zitterten deutlich, als er nach meinen griff, aber anstatt mich zu trösten, untersuchte er meine Fingernägel. Als ich sah, was sich darunter befand, musste ich fast würgen. Fleisch. Mills' Fleisch. Unter meinen Nägeln. Ich konnte mich nicht erinnern, ihn gekratzt zu haben, aber offensichtlich hatte ich es doch getan, vermutlich als ich mich in seine Handgelenke gekrallt hatte.

Anita und Ben waren verstummt und standen dicht beieinander, um eine geschlossene Bank gegen Mills zu bilden, der wohl gerade merkte, wie tief er in der Klemme steckte.

Galloways Augen waren auf meinen Hals gerichtet. „Tut es weh?" Seine Stimme klang, als hätte er ein Reibeisen verschluckt. Reflexartig legte ich eine Hand an den Hals. Die Haut fühlte sich wund an und war zweifellos von der Stelle geprellt, an der Mills versucht hatte, mich zu erwürgen.

„Alles gut", log ich. „Galloway", warnte ich ihn, als ich das mörderische Glitzern in seinen Augen sah. „Kade", versuchte ich es noch einmal mit seinem Vornamen. „Dreh jetzt nicht durch. Du musst dich zusammenreißen. Denn sonst verliere ich vielleicht den Verstand und dann sitzen wir wirklich in der Scheiße."

Ben schnaubte. „Sehr eloquent, Fitz."

„Ich tue mein Bestes."

Er räusperte sich und sprach so leise, dass nur ich es hören konnte. „Ich brauche nur einen Moment, sonst schlage ich diesen Bastard zu Brei. Aber er hat Schlimmeres verdient."

Ich nickte, legte die Arme um seine Taille und umarmte ihn. Er schlang die Arme um mich und erwiderte die Umarmung. „Es wird ihm bald schlechter ergehen. Er hat heute eine Grenze überschritten und ich bin der physische Beweis dafür. Ich bin mir sicher, gehört zu haben, wie Clements ihm gesagt hat, dass er bei diesem Fall auf sich allein gestellt ist."

„Hat er es gesehen?"

Ich schüttelte den Kopf. „Er war drinnen. Ich nehme an, du hast angerufen? Das brachte Mills auf hundertachtzig. Er stürmte nach draußen, direkt auf mich zu, sagte mir, dass er es satt habe, dass ich mich ständig in Alles einmische, packte mich am Kragen und hob mich vom Boden hoch. Ich habe ihm eine Kopfnuss verpasst." Bei diesem Teil musste Galloway grinsen. „Aber ich habe den Halt verloren, als er mich losließ, und das muss er ausgenutzt haben, denn im nächsten Moment saß er auf mir und würgte mich." Ich drückte Galloways Taille fest an mich, als ich spürte, wie sich seine Muskeln bewegten und anspannten, denn ich wusste, dass er nichts anderes tun wollte, als Mills das Leben aus dem Leib zu prügeln. „Mir geht es gut, versprochen", beruhigte ich ihn. „Wir dürfen auf keinen Fall vergessen, warum wir hier sind. Anita Finley ist tot und ich bin mir ziemlich sicher, dass sie ermordet wurde."

Galloway holte tief Luft und stieß sie langsam wieder aus, sein Körper entspannte sich in meinen Armen. Schließlich ließen wir uns los und er trat einen Schritt zurück, um etwas Abstand zwischen uns zu bringen. „Okay. Aber zuerst muss ich mich um Mills kümmern. Wir brauchen hier draußen ein anderes Team. Geht es dir gut, brauchst du ärztliche Hilfe?"

„Mir geht es gut, ich habe nur ein paar Prellungen." Ich lächelte, ein übermäßig strahlendes Lächeln, das alle meine Zähne zeigte.

„Hör auf, ihn anzufauchen, Fitz", meinte Ben.

„Ich fauche nicht, ich lächle", widersprach ich.

„Vielleicht solltest du einen Gang zurückschalten."

„Ben ist hier?", vermutete Galloway und schaute sich um, als ob er einen Blick auf ihn erhaschen könnte.

Ich nickte. „Und Anita."

Galloway riss überrascht den Kopf hoch. „Sie ist hier?"

„Mmmhmm." Ich schaute zu Clements und Mills hinüber, die uns beobachteten und sich zweifellos fragten, worüber wir tuschelten. „Kümmere du dich erst einmal darum …" Ich wedelte mit einer Hand in ihre Richtung. „Dann können wir über Anita reden. Und über ihre Ermordung."

6

Officer Sarah Jacobs kratzte die Hautzellen ab, die ich versehentlich von Mills gesammelt hatte, und ließ sie in einen Beweisbeutel fallen. Dann fotografierte sie meinen geprellten Hals und mein zerrissenes T-Shirt und nahm meine Aussage auf. „Werden Sie Anzeige erstatten?", fragte sie mich.

Ich sah sie an, als ob ihr ein zweiter Kopf gewachsen wäre. „Selbstverständlich erstatte ich Anzeige." Als ob ich das nicht tun würde. Mills war einen Schritt zu weit gegangen und nun würde er endlich zur Rechenschaft gezogen werden.

Sie nickte und packte ihre Sachen zusammen. „Sehr gut. Wir sind hier fertig. Ich werde Ihre Aussage abtippen und Sie müssen später noch auf dem Revier vorbeikommen, um sie durchzulesen und zu unterschreiben. Aber wir haben jetzt schon alles, was wir brauchen, um eine Voruntersuchung einzuleiten."

„Und Mills? Was passiert in der Zwischenzeit mit ihm?"

Ich hatte ihn nicht mehr gesehen, seit Jacobs und Young aufgetaucht waren, gefolgt von einem weiteren Streifenwagen mit Sergeant Powell und Officer Collier. Officer Jacobs senkte die Stimme. „Sowohl er als auch Clements wurden auf die Wache zurückgeschickt. Das ist eine große Sache, Audrey. Und eine schlimme. Was er Ihnen angetan hat, ist absolut nicht okay."

„Was glauben Sie, wird mit ihm passieren?"

„Dafür sollte er eigentlich aus der Truppe geworfen werden. Aber vermutlich werden sie ihn suspendieren, solange die Sache untersucht wird. So würde ich es jedenfalls machen." Sie seufzte, dann legte sie mir tröstend die Hand auf den Arm. „Es tut mir so leid, dass er Ihnen das angetan hat. Das ist unentschuldbar."

„Da stimme ich Ihnen zu", meinte ich und nickte. „Also, sind wir hier fertig?"

„Ja, Sie können jetzt gehen." Sie nahm ihre Tasche, drehte sich auf dem Absatz um und machte sich auf den Weg zurück zu ihrem Streifenwagen, wo sie die Tasche im Kofferraum verstaute.

Ich schickte Galloway eine SMS. Er war gerade auf dem Dachboden und untersuchte den Tatort.

Fahre jetzt los. Sehen wir uns später bei mir?

Seine Antwort kam sofort. *Du hast es erfasst. Ich koche.*

Mit einem Lächeln kehrte ich zu meinem Auto zurück, Ben und Anita im Schlepptau.

„Was nun?", fragte Anita.

„Der Gerichtsmediziner wird eine Obduktion durchführen, um die Todesursache zu bestätigen", antwortete ich geistesabwesend.

„Nein, das meine ich nicht. Ich meine Sie. Uns. Was machen wir jetzt?“

„Oh! Nun, zuerst fahren wir zu mir nach Hause.“ Ich manövrierte mein Auto aus der Parklücke und achtete darauf, weder Anitas Auto vor mir noch den Streifenwagen hinter mir zu beschädigen. „Ich möchte noch einmal durchgehen, was wir bisher haben.“

„Oh, gut. Als Officer Jacobs sagte, dass Sie gehen könnten, dachte ich, sie meint, Sie wissen schon, gehen. Wie in *Geh und halt die Füße still*.“

„Die Füße still zu halten, liegt nicht in meinen Genen“, antwortete ich grinsend.

„Wissen Sie, was in ihren Genen liegt?“, mischte sich Ben ein. „Tollpatschig zu sein. Audrey ist die tollpatschigste Person, die Sie je getroffen haben.“

Der Rückfahrassistent begann zu piepsen und warnte mich, dass die Gefahr eines Zusammenstoßes unmittelbar bevorstand. Ich legte den Gang ein, um das schlechteste Wenden-in-sechsundsiebzig-Zügen der Welt auszuführen. Und während der ganzen Zeit erzählte Ben Anita von meinen Eskapaden, über die sie sich natürlich kaputtlachte. Ich ignorierte die beiden und konzentrierte mich darauf, mein Auto aus der misslichen Lage zu befreien, ohne es zu beschädigen. Außerdem durfte ich mich nicht dabei erwischen lassen, wie ich mich in meinem leeren Auto angeregt unterhielt, während ein Team von Polizisten das Kelsh-Haus durchkämmte.

„Oh, gut. Du bist zu Hause. Es geht um meinen Napf", begrüßte Thor mich an der Tür. Dabei schlängelte er sich um meine Knöchel und brachte mich fast zum Stolpern.

„Sag es nicht. Ist er leer?"

„Sehr scharfsinnig, Mensch", schnaubte er, reckte den Schwanz in der Luft und stolzierte vor mir in den Wohnbereich auf der Rückseite des Hauses.

Ich beäugte seinen runden Bauch und fragte mich, ob ich diese entzückende Britisch-Kurzhaar-Katze, die ich von Ben geerbt hatte, auf Diät setzen sollte. Vielleicht sollte ich aufhören, ihm bei jeder „Ich habe Hunger"-Beschwerde den Napf zu füllen? Dies war mein erster Versuch, ein Haustier zu halten, und ich hatte den heimlichen Verdacht, dass Thor mich erzog und nicht umgekehrt.

„Ich habe dir etwas mitgebracht", sagte ich.

„Ein Leckerchen?", fragte er hoffnungsvoll.

„Ja. Ein Leckerchen. Aber ich möchte, dass du deine katzenhaften Fähigkeiten einsetzt und mir sagst, ob da Meeresfrüchte drin sind. Könntest du das tun?"

„Natürlich!"

Ich kniete mich auf den Boden und wickelte das Taschentuch aus, in dem sich die Kostprobe des Nudelbechers befand, die ich vom Dachboden mitgenommen hatte. Thor trat näher und beschnupperte es gründlich. „Hmmm. Noten von Huhn. Definitiv. Aber auch nur der kleinste Hauch von ..." Er hielt inne, schnupperte noch einmal und setzte sich dann wieder auf seine Hinterbeine. „Fisch", erklärte er.

„Echt jetzt? Du kannst Fisch riechen?" Ich wollte mir keine allzu großen Hoffnungen machen, aber es sah so aus, als ob meine Theorie stimmen könnte.

„Du zweifelst an mir?"

„Nein. Überhaupt nicht." Ich zerzauste ihm das Fell auf dem Kopf. „Bitte sehr. Probier es. Nur um sicher zu gehen."

Er aß alles auf, fuhr sich dann über die Lippen, wobei seine Zunge über seine Schnurrhaare reichte. „Nicht schlecht." Er schnippte mit dem Schwanz. „Und ich bleibe bei meinen ersten Erkenntnissen. Soße. Austern oder Fisch. Falls das wichtig ist."

„Aber in Laceys Nudelbechern war keine Austernsoße." Anita klang verwirrt.

Ich warf ihr einen Blick über meine Schulter zu. „Nicht in ihren Nudelbechern, nein. Aber in diesem hier? Definitiv."

„Glaubst du, jemand hat ihn heimlich damit versetzt?" Ben ließ sich auf das Sofa fallen und legte einen Arm auf die Lehne.

Ich nickte. „Ja, genau. Und derjenige, der das getan hat, wusste von Ihrer Allergie und dass Sie Laceys restlichen Nudelbecher höchstwahrscheinlich mit nach Hause nehmen würden. Und wenn Sie es nicht getan hätten? Wenn jemand anderes es gegessen hätte? Kein Schaden, kein Toter. Jemand hatte es speziell auf Sie abgesehen. Oder, genauer gesagt, auf Ihre Allergie. Anita, das war Absicht. Jemand wollte ..." Beinahe hätte ich gesagt: „Sie töten", milderte es aber dann in „Ihnen schaden" ab.

„Oh." Anita blinzelte. Ein verblüffter Ausdruck trat auf ihr Gesicht. „Aber wer würde ...? Und warum?"

„Um das herauszufinden, sind wir hier." Ich ging in die Küche und schaltete die Kaffeemaschine ein. Nach diesem Tag hätte ich mein Koffein intravenös eingenommen, wenn das möglich gewesen wäre. „Erzählen Sie mir, was Sie gemacht haben. Seit gestern Abend", rief ich über die Schulter.

„Ja, ja, natürlich." Sie biss sich auf die Unterlippe und schaute zur Decke hinauf. „Hm. Ja. Freitagabend. Nun, an dem Abend fand das jährliche Dinner des Museums statt. Mein Gott, es kommt mir so vor, als wäre das schon ewig her."

„Ja, das Dinner", ermutigte ich sie mit einem Lächeln. „Erzählen Sie mir, wann Sie gegangen sind und wer noch da war. Und was ist mit dem Essen passiert?"

„Die meisten Leute waren um halb zehn oder zehn schon weg. Wir ermutigen sie immer, die Reste mit nach Hause zu nehmen, aber manche machen sich einfach nicht die Mühe. Also packten Lacey und ich die Reste in Plastikdosen. Nur Eleanors Meeresfrüchte-Überraschung haben wir in den Mülleimer geworfen. Das tut mir so leid, Audrey!"

„Das ist schon in Ordnung", versicherte ich ihr. „Lacey und Sie haben also die Essensreste eingepackt. Was haben Sie damit gemacht? Haben Sie sie mit nach Hause genommen?"

„Nein, wir haben sie in den Kühlschrank der Historischen Gesellschaft gestellt. Damit die Leute, die später aufräumen würden, noch etwas essen konnten, wenn sie wollten. Sollte dann immer noch etwas übrig sein, wollten wir es im Laufe der Woche für das Mittagessen verwenden."

„Und, ist viel davon übrig geblieben?"

„Nicht wirklich. Ein halbes Dutzend von Laceys Nudelbechern – sie macht immer ein paar mehr –, eine Handvoll Sandwiches, ein paar Muffins."

„Okay, und nachdem Sie die Reste in den Kühlschrank gestellt hatten, was passierte dann?"

„Dann fuhren wir nach Hause. Lacey und ich gingen als Letzte. Ich schloss ab und ging zu meinem Auto. Sie bekam einen Anruf, also winkte sie mir zum Abschied. Ich sah im Rückspiegel, wie sie neben ihrem Auto stand und telefonierte, als ich wegfuhr."

„Wann sind Sie nach Hause gekommen?"

„Kurz nach elf. Logan war bereits im Bett und schlief. Ich nehme an, Tyler war mit seinen Freunden unterwegs. In seinem Zimmer brannte kein Licht, und wenn er zu Hause gewesen wäre, hätte ich den Lichtschein unter der Tür gesehen."

„Und Sie gingen direkt ins Bett?"

„Ja. Ich war völlig fertig und schlief, bis Logan am nächsten Morgen aufstand."

„Sie sagten, er hätte Ihnen eine Tasse Tee gebracht?"

„Genau. Normalerweise wache ich auf, wenn er geht. Er bringt mir eine Tasse Tee, damit ich sie im Bett genießen kann. Aber ich muss müder gewesen sein, als ich dachte, denn als ich aufwachte, war der Tee schon kalt."

„Sie sind also aufgewacht, der Tee war kalt … wie spät war es da? Und was haben Sie dann getan?"

„Es war gegen halb neun. Ich habe mich angezogen und bin losgefahren."

„Frühstück?"

„Habe ich ausfallen lassen. Ich hatte verschlafen und wollte zügig zum Kelsh-Haus fahren, um das Chaos zu beseitigen."

„Aber Sie hatten Laceys Nudelbecher dabei. Hatten Sie sie doch mit nach Hause genommen?"

„Auf dem Weg dorthin habe ich bei der Historischen Gesellschaft angehalten. Ich wusste, dass noch Reste im Kühlschrank waren, also habe ich mir die Nudelbecher geschnappt und bin dann zur Farm gefahren." Sie lächelte wehmütig. „Lacey weiß, dass ich sie so gern esse. Sie macht immer absichtlich mehr, damit ich die Reste haben kann."

Ich warf einen Blick auf Ben.

„Was ist?", fragte er.

„Die Sache ist die, dass ich gestern Morgen im Museum vorbeigefahren bin, um sie zu suchen. Keagan half beim Aufräumen und sagte, er habe Anita an diesem Morgen nicht gesehen."

„Willst du damit sagen, dass er gelogen hat?"

„Oh, wahrscheinlich hat er mich nicht gesehen", schaltete sich Anita ein. „Ich habe nicht ins Museum hineingeschaut. Ich wusste, dass sie mich um Hilfe bitten würden, wenn sie wüssten, dass ich da war. Aber ich hatte ihre Autos vor der Tür gesehen und wusste, dass sie alles im Griff hatten."

„Oh." Mist. Das war's dann wohl mit dieser Theorie. Ich goss mir eine Tasse Kaffee ein, während ich die Ereignisse, die zu Anitas Tod geführt hatten, Revue passieren ließ.

Ben, der immer noch auf dem Sofa saß, räusperte sich,

und ich schaute ihn an. „Ich sage das nur ungern“, begann er.

„Dann lass es.“ Ich unterbrach ihn mit einem neckischen Lächeln.

„Ha ha.“ Er lehnte sich nach vorne, stützte die Ellbogen auf die Knie und sah Anita aufmerksam an. „Ich sage es nur ungern“, wiederholte er, „aber in neun von zehn Fällen war es der Ehepartner.“

Anitas Hand flatterte zu ihrem Hals. „Wollen Sie damit sagen, dass Logan mich getötet hat?“ Die Ungläubigkeit in ihrer Stimme war unüberhörbar.

„Das ist durchaus möglich“, sagte Ben.

„Erzählen Sie mir von der angeblichen Affäre“, sagte ich, trank einen Schluck und verbrannte mir die Lippe an der heißen Flüssigkeit.

Anita verdrehte die Augen. „Ich habe Ihnen doch schon gesagt, dass ich nicht glaube, dass Logan eine Affäre hat. Lacey hat das behauptet, nicht ich. Ich habe ihr gesagt, dass er in letzter Zeit sehr abwesend ist. Geheimniskrämerisch. Dass ich vermute, dass er mir etwas verheimlicht. Aber ich glaube nicht, dass er eine Affäre hat.“

„Abwesend und geheimniskrämerisch?“, zählte ich auf. „Was vermuten Sie denn dann?“

Anita sackte zusammen, die Schultern fielen nach vorne und das Kinn sank auf die Brust. „Ich weiß es nicht“, murmelte sie. „Aber ich glaube nicht, dass er eine Affäre hat … das kann nicht sein.“

Ben und ich sahen uns kurz an. Vielleicht steckte Anita den Kopf in den Sand, und wer könnte ihr das verdenken? Aber sie sagte es selbst. Ihr Mann verhielt sich seltsam. Und jetzt war Anita tot.

„Wir müssen mit Logan sprechen", meinte ich und pustete in meinen Kaffee, um ihn abzukühlen, bevor ich riskierte, dass eine weitere Hautschicht von meiner Lippe abgetragen wurde.

„Er war das nicht." Anita verschränkte die Arme vor der Brust und stampfte mit den Füßen auf. Ich kannte diesen Blick. Sie hatte sich aus ihrer Ungläubigkeit und ihrem Elend gelöst und war nun stur und trotzig.

„Vielleicht war er es nicht, aber Sie haben es selbst gesagt. Er war nicht wie sonst und Sie dachten, er verheimliche Ihnen etwas. Wir müssen herausfinden, was, damit wir ihn aus unseren Ermittlungen ausschließen können."

Sie starrte mich schweigend an, während sie über meine Worte nachdachte. Ich pustete weiter auf meinen Kaffee, bevor ich einen zaghaften Schluck nahm. Ahhh. Erträglich. Trinkbar. Ich stürzte einen Schluck hinunter und verschluckte mich prompt, als die Flüssigkeit in die falsche Röhre floss. Ich schnaubte den Kaffee aus der Nase und stellte die Tasse auf dem Tresen ab, während ich einen Hustenanfall bekam.

„Alles okay, Fitz?" Ich spürte die eisige Kälte an der Stelle, an der Ben mir auf den Rücken klopfte. Ich hob eine Hand und winkte ihn weg. Mir würde es gut gehen, sobald ich wieder Luft in meine kaffeegetränkten Lungen bekommen würde. Schließlich bekam ich meinen Hustenanfall unter Kontrolle und wischte mir mit den Fingern über die Augen, wobei ich schnell blinzelte, um die Tränen zu vertreiben.

„Oh mein Gott!" Anita flatterte um mich herum. „Geht es Ihnen gut, Audrey?"

„Entschuldigung", krächzte ich, dann räusperte ich mich. „Ich habe mich nur verschluckt. Ich ziehe mich kurz um und dann fahren wir zu Logan."

7

Zum zweiten Mal an diesem Tag hielt ich vor dem Haus der Finleys. Diesmal stand ein Pick-up mit einem „Finley Construction"-Aufkleber an der Tür in der Einfahrt. Ich drehte mich zu Anita um, die auf dem Rücksitz saß.

„Bereit?", fragte ich. Ich wusste, dass die Polizei Logan bereits über den Tod seiner Frau informiert hatte. Zunächst war ich davon ausgegangen, dass Anita den Tatort verlassen und zu ihrem Mann gehen würde. Sie hatte sich jedoch entschieden, bei Ben und mir zu bleiben. Nun stand also ihr erstes Treffen mit ihrem Mann und ihrem Sohn seit ihrem Tod bevor.

Sie betrachtete ihr Haus, einen Bungalow im Craftsman-Stil, der offensichtlich gut gepflegt war. „Ja", sagte sie schließlich und schwebte durch die Autotür. Ben folgte ihr, während ich den konventionellen Weg wählte und die Fahrertür öffnete. Die beiden warteten hinter mir, während ich klopfte und dachte, wie seltsam es war, dass Anita mit uns draußen blieb, wo sie doch einfach durch die Wand hätte gehen können. Ich warf ihr einen kurzen Blick über die Schulter zu. Sie sah blass aus. Aber hey, sie war ein Geist. Natürlich sah sie blass aus. Sie verschränkte die Finger ineinander und biss sich auf die Unterlippe. Vermutlich wäre ich auch aufgeregt, wenn ich gerade tot aufgefunden worden wäre und jeder meinen Mann für den Mörder hielte. Nicht, dass ich einen Ehemann hätte.

Die Tür schwang auf und Tyler Finley starrte mich finster an.

„Was wollen Sie? Jetzt ist kein guter Zeitpunkt." Er war blass, die Augen gerötet.

„Wer ist da, Tyler?", rief eine Männerstimme, bevor hinter ihm ein hochgewachsener Mann mit silbernem Haarschopf auftauchte. Das musste sein Vater Logan sein, die Ähnlichkeit war unübersehbar.

„Mr Finley? Hallo, ich bin Audrey Fitzgerald. Ich habe mit Ihrer Frau zusammengearbeitet." Ich räusperte mich. „Ähm, ich bin diejenige, die sie gefunden hat."

Logans Lippen zitterten kurz, bevor sie sie sich zu einem harten Strich verzogen. „Sie sollten besser reinkommen." Er hielt die Tür auf. Tyler drehte sich wortlos auf dem Absatz um und ging die Treppe hinauf.

„Mein herzliches Beileid", meinte ich und trat ein.

„Danke", antwortete Logan. „Wir sind im Wohnzimmer. Rechts von Ihnen."

Wir entpuppte sich als Lacey Stevens, Keagan Dunn und Noreen Bellamy, die alle nebeneinander auf dem Sofa saßen, mit einer Tasse Tee in der Hand. Lacey sprang auf und bot mir ihren Platz an. „Audrey, bitte, setzen Sie sich doch. Tee? Kaffee?"

„Ein Kaffee wäre großartig." Nachdem Lacey in die Küche gegangen war, richtete ich meine Aufmerksamkeit auf Keagan und Noreen neben mir. „Das hat sich aber schnell herumgesprochen."

„In einer Stadt dieser Größe?", meinte Keagan. „Zweifelsohne. Wir" – er deutete auf Noreen, die links neben ihm saß – „wollten gerade das Museum verlassen, als wir es hörten. Wir sind direkt hierhergekommen."

„Okay. Und Lacey? Sie hat ebenfalls bei den Aufräumarbeiten geholfen, nicht wahr?" Auch wenn sie noch nicht aufgetaucht war, als ich vorhin dort gewesen war.

„Sie hätte es sein sollen", schniefte Noreen. „Aber sie ist nicht erschienen. Wie Keagan bereits sagte, wir beide sind zusammen direkt hierhergekommen. Stellen Sie sich vor, wie überrascht wir waren, als Lacey bereits hier war. Wir dachten, dass sie vielleicht zu einer Sonderschicht im Hotel gerufen worden wäre, aber dem war anscheinend nicht so." In Noreens Stimme schwang ein Hauch von Missbilligung mit. Ich warf einen Blick auf Ben, der hinter Logans Sessel stand. Er zuckte mit den Schultern. Ich fragte mich, was Lacey heute Morgen gemacht hatte, während ihre beste Freundin im Sterben lag. Sie war sicherlich nicht dort gewesen, wo sie hätte sein sollen.

Logan räusperte sich. „Sie sagten, Sie haben Anita gefunden?" Seine Hände zitterten, als er nach seiner Kaffeetasse griff.

Anita, die sich abwesend in ihrem eigenen Wohnzimmer umgesehen hatte, trat näher an ihn heran. „Oh, mein armer Liebling", gurrte sie und berührte seinen Arm. Er zuckte zusammen und spürte zweifellos die eisige Kälte ihrer Berührung.

„Ja", antwortete ich und warf einen Blick auf Keagan und Noreen, die praktisch die Luft anhielten, um die pikanten Details zu erfahren. „Vielleicht sollten wir das lieber unter vier Augen besprechen?", schlug ich vor.

Logan starrte verwirrt zu dem Paar auf seinem Sofa, als hätte er vergessen, dass sie überhaupt da waren. „Unter vier Augen. Ja, ja, das wäre vielleicht das Beste", stimmte er mir zu.

„Oh. Nun, ja, natürlich." Noreen stellte sofort ihre Teetasse auf dem Couchtisch vor dem Sofa ab, stand auf, tätschelte Logan den Arm und ging hinaus. Keagan folgte ihr dicht auf den Fersen.

Lacey kam mit meinem Kaffee zurück, als die anderen gerade gehen wollten. Sie stellte die Tasse vor mir auf den Couchtisch und wandte sich an Logan. „Ist alles in Ordnung?"

Ich antwortete für ihn. „Logan und ich müssen uns unter vier Augen unterhalten. Wenn es Ihnen nichts ausmacht?" Ich hob eine Augenbraue und nickte in Richtung Eingangstür.

Lacey starrte mich einen Moment lang an und lächelte dann. „Ich verabschiede mich nur schnell von Tyler." Sie legte kurz die Hand auf Logans Arm und ging dann nach oben, wo ich annahm, dass Tylers Schlafzimmer war. Die Treppe knarrte unter ihrem Gewicht.

Anita, die in der Tür gestanden und ihr nachgesehen hatte, ging in die Küche. Ben blieb hinter Logans Sessel stehen. Ich tat mein Bestes, um beide zu ignorieren.

„Sie wollten mit mir reden?", fragte Logan.

„Ja. Wie gesagt, ich bin Audrey Fitzgerald ... ich bin Privatdetektivin. In Wirklichkeit war ich nicht hier, um

Anita mit dem Kelsh-Haus zu helfen. Sie hat mich aus einem anderen Grund engagiert."

Er wurde blass. „Sie hat Sie engagiert? Wozu?"

„Damit ich ihre Halskette wiederfinde."

Er ließ sich erleichtert in seinen Sessel sinken. Ich kniff die Augen zusammen. Hatte Lacey doch recht und Logan eine Affäre?

„Dieses dumme Ding? Es tut mir leid, dass sie Ihre Zeit damit verschwendet hat", meinte er.

„Ihr war das sehr wichtig", antwortete ich. „Sie war überzeugt, dass jemand sie gestohlen hatte."

„Ich weiß nicht, warum sie jemand stehlen sollte. Sie war völlig wertlos."

„Für sie hatte sie einen hohen sentimentalen Wert", erinnerte ich ihn.

„Ja. Das hatte sie." Er schaute zur Decke und seine blutunterlaufenen Augen füllten sich mit Tränen. „Ich hätte aufmerksamer sein sollen. Ich hätte ihr bei der Suche helfen sollen. Wahrscheinlich hat sie sie verloren. Sie hatte einen komischen Verschluss und ich hatte gemeint, dass ich sie zur Reparatur bringen würde … Aber das habe ich nie getan. Und jetzt ist sie weg … und Anita auch." Er schluchzte und vergrub das Gesicht in den Händen.

Ich schaute Ben an und wusste nicht, was ich tun sollte.

Ben zuckte mit den Schultern. „Gib ihm eine Minute, um sich zu beruhigen", schlug er vor.

Also wartete ich schweigend, bis Logan sich aufrichtete und mit den Händen über das Gesicht fuhr.

„Die Polizei sagte, es sei ihre Allergie gewesen", meinte

er schließlich und brachte mich zum Grund meines Besuchs zurück.

Ich nickte. „Es sieht ganz so aus. Eigentlich hatte ich heute Morgen eine Verabredung mit Anita, aber wir haben uns wohl missverstanden. Ich kam zuerst hierher, bevor ich zur Historischen Gesellschaft und schließlich zum Kelsh-Haus fuhr."

„Wo Sie sie gefunden haben."

„Wo ich sie gefunden habe", pflichtete ich ihm bei. „Können Sie mir etwas über ihre Allergie sagen?"

„Sie hatte eine schwere Allergie gegen Meeresfrüchte." Logan schniefte, seine Augen waren glasig. „Eine tödliche Allergie. Sie durfte nichts essen, was Meeresfrüchte enthielt, nicht einmal mit Spuren davon."

„Okay. Also darf ich davon ausgehen, dass sie Medikamente bekommen hat? Für den Fall, dass sie versehentlich etwas zu sich nimmt, das ihre Allergie auslösen könnte?"

„Oh ja, ihren EpiPen. Dieses Ding hatte sie immer bei sich."

„Musste sie ihn benutzen? In letzter Zeit, meine ich?"

„Nein, schon eine ganze Weile nicht mehr." Logan biss sich auf die Unterlippe, während er zurückdachte. „Vielleicht vor sechs Monaten, oder so? Sie hatte sich ein Sandwich im Grille 19 geholt, diesem trendigen Laden in der Sugar Maple Lane, wissen Sie? Jedenfalls glaubte sie, dass das Schneidebrett oder das Messer, das sie dort benutzt haben, kontaminiert gewesen sein muss, denn sie hatte erst ein paar Bissen von ihrem Schinken-Käse-Croissant gegessen, als sie die ersten Anzeichen spürte."

„Welche waren das?"

„Kribbelnde Lippen und Finger. Dann das Gefühl, nur

schwer schlucken oder atmen zu können. Das liegt daran, dass sich ihre Atemwege verschließen und ihre Zunge anschwillt", fügte er hinzu.

„Was ist dann passiert?"

„Sie nahm ihren EpiPen aus der Handtasche und setzte sich selbst eine Spritze ins Bein."

„Ist sie anschließend ins Krankenhaus gegangen?"

Er schüttelte den Kopf. „Das war nicht nötig. Es ging ihr ja wieder gut. Sie rief mich an, damit ich sie abholte, und ruhte sich den Rest des Tages hier zu Hause aus. Am nächsten Morgen war sie wieder putzmunter."

„Mussten Sie ihr jemals eine Dosis mit dem EpiPen verabreichen?", fragte ich.

„Ja. Tyler auch. Als Tyler noch ein Kind war, hat sie uns einmal zu einem Aufklärungsabend geschleppt, damit wir wissen, was zu tun ist, wenn sie einmal einen Anfall hat und sich nicht selbst helfen kann. Das ist aber nicht schwer. Man muss einfach nur drücken und klicken." Er ahmte die Aktion an seinem Bein nach. „Wenn es sein muss, direkt durch die Kleidung." Er atmete laut aus und lächelte leicht. „Der arme Tyler. Das hat ihn irgendwie erschreckt. Er war damals erst neun oder zehn Jahre alt. Nach diesem Abend bestand er darauf, auch einen EpiPen zu haben, nur für den Fall, dass seine Mutter ihn einmal brauchen sollte und ihre Tasche nicht dabei hatte. Sie besorgte ihm einen und er trug ihn bis zum Ende seiner Schulzeit in seinem Rucksack. Es würde mich nicht wundern, wenn er ihn heute noch irgendwo hätte."

Ich beobachtete das Auf und Ab der Gefühle auf Logans Gesicht. Er war sichtlich verzweifelt. Ben war überzeugt, dass Logan der Mörder war, aber ich war mir da nicht so sicher.

„Sie waren am Freitagabend nicht beim alljährlichen Dinner des Museums", meinte ich in die Stille hinein, die eingetreten war. „Haben Sie Anita noch gesehen, als sie nach Hause kam?"

„Puh", stöhnte er. „Diese Abende sind so langweilig! Zum Glück schleppt Anita mich seit ein paar Jahren nicht mehr mit."

Anita schlenderte von der Küche zurück ins Wohnzimmer und ließ mich hochfahren. „Er hat es so lange tapfer versucht." Sie seufzte mit einem sanften Lächeln im Gesicht und stellte sich neben Logans Sessel. „Aber er hat recht, er hat sich dort zu Tode gelangweilt. Also habe ich ihn irgendwann in Ruhe gelassen. Um ehrlich zu sein, gefiel es mir ohne ihn besser, wenn er mich nicht alle zehn Minuten fragte, ob wir endlich gehen könnten."

„Haben Sie sie gesehen, bevor sie zum Dinner ging?", fragte ich.

„Ja. Ich habe sie zum Abschied geküsst und ihr viel Spaß gewünscht", antwortete Logan.

„Ja, das hat er", wiederholte Anita und lächelte ihren Mann liebevoll an.

„Und was war, als sie nach Hause kam? Um wie viel Uhr war das?"

„Ich bin mir nicht sicher. Ich habe schon geschlafen und bin nur kurz aufgewacht, als sie ins Bett kam. Aber ich habe nicht auf die Uhr geschaut oder so."

„Es war kurz nach elf, mein Schatz", sagte Anita. „Lacey und ich kamen ins Plaudern, während wir die Reste einpackten, und waren die Letzten, die gingen. Und

Logan war bestimmt wieder um halb neun vor dem Fernseher eingeschlafen und hatte sich um zehn ins Bett geschleppt."

Ich notierte mir etwas in meinem Handy, während Ben mich ansah. Ich erwiderte seinen Blick mit starrer Miene. „Haben Sie sie heute Morgen gesehen?"

Ein Anflug von Trauer verzerrte seine Züge und mir wurde schwer ums Herz. „Nein. Ich musste noch einen Kostenvoranschlag für einen Auftrag erstellen. Also bin ich früh aufgestanden und wollte sie nicht wecken, weil sie so spät nach Hause gekommen war. Sie schlief noch, als ich ging."

„Er hat mir eine Tasse Tee hingestellt", sagte Anita leise. „Natürlich war er eiskalt, als ich aufwachte, aber es ist der Wille, der zählt, nicht wahr?"

Ein Mann, der angeblich eine Affäre hat, würde seiner schlafenden Frau doch keine Tasse Tee kochen, bevor er sich zu einem frühmorgendlichen Stelldichein aus dem Haus schlich, oder? Ich erinnerte mich daran, dass Anita nicht glaubte, dass ihr Mann eine Geliebte hatte, sondern dass es ihre beste Freundin Lacey war, die ständig mit dieser Idee aufwartete.

„Um wie viel Uhr war das?"

„Ich bin um halb acht losgefahren. Ich wollte mich um acht mit einem potenziellen Kunden treffen, aber vorher wollte ich noch in der Firma vorbeischauen."

„Und wussten Sie, was sie vorhatte? Welche Pläne sie für den Tag hatte?"

„Das Übliche. Im Museum vorbeischauen und sich vergewissern, dass die Putzkolonne gekommen war, obwohl das nicht ihre Aufgabe war. Dann zum Kelsh-

Haus fahren. Sie hatte sich sehr gefreut, als sie das Gemälde gefunden hatte, obwohl Dunn meinte, dass es wertlos sei und dass Kelshs Großeltern oder Urgroßeltern sich irgendwann einmal mit der Malerei beschäftigt haben mussten. Dennoch bedeutete es Anita sehr viel und so bestand sie darauf, dass er es mitnahm und reinigte, damit man es aufhängen konnte, wenn nicht im Museum, dann doch bei der Historischen Gesellschaft selbst. Ich glaube, sie hoffte, noch mehr solche Dinge zu entdecken. Sie war fest entschlossen, jeden Gegenstand durchzugehen und zu dokumentieren, auch wenn er letztendlich auf dem Müll landen sollte."

„Ich dachte immer, du hättest mir nicht zugehört." Anita seufzte wehmütig, dann sah sie mich an. „Ich kam nach Hause und erzählte ihm vom Kelsh-Haus und von meinen Funden, und er nickte und meinte: Wie schön, meine Liebe. Und ich dachte, er hätte nicht zugehört. Aber das hat er."

„Wie lange würde sie im Kelsh-Haus bleiben?"

„Den ganzen Tag, wenn sie nichts anderes vorhatte. Anita war der Typ, der dranblieb und eine Aufgabe erledigte, und wenn sie Zeit gehabt hätte, wäre sie bis zum Sonnenuntergang dort geblieben. Aber nur, solange es noch hell war. Sie sagte, es sei unheimlich da draußen, ohne Straßenbeleuchtung." Er lächelte bei der Erinnerung.

„Hat ihr jemand geholfen? Im Kelsh-Haus? Wäre sonst noch jemand da draußen gewesen?"

„Nicht dass ich wüsste. Sie hat niemanden erwähnt. Ich glaube, das Komitee war mehr als glücklich darüber, dass Anita den Löwenanteil der Arbeit übernommen hat.

Ich war selbst noch nicht dort, aber nach dem, was ich gehört habe, ist es eine richtige Müllhalde."

„Hatte sie Besuch? Hier, im Haus, bevor sie losgefahren ist?"

„Ich weiß es nicht. Ich war weg, bevor sie aufstand, und als ich nach Hause kam, war sie nicht mehr da. Tyler war zu Hause, er könnte es wissen."

Das Knarren der Treppe kündigte Tylers Ankunft an. „Könnte was wissen?", fragte er, als er in der Tür erschien.

„Hat heute Morgen jemand nach deiner Mutter gefragt?", wiederholte Logan die Frage.

Tyler verzog das Gesicht. „Nicht, dass ich wüsste. Aber ich habe bis nach Mittag geschlafen, also ... keine Ahnung."

„Er ist die ganze Nacht unterwegs und schläft den ganzen Tag", murrte Anita unzufrieden in Richtung ihres Sohns, der ihre Anwesenheit nicht bemerkte.

„Aber nein, es ist niemand vorbeigekommen", meinte er.

Ich runzelte die Stirn. „Hm. Ich habe kurz vor zehn Uhr geklingelt, erinnerst du dich? Du warst wach und angezogen."

„Sie haben mich geweckt!"

Ich legte den Kopf schief und taxierte ihn von oben bis unten. Als Tyler heute Morgen die Tür geöffnet hatte, sah er nicht so aus, als hätte er sich gerade aus dem Bett geschleppt. Er hatte hellwach, frisch geduscht und top gestylt ausgesehen, als ob er jemanden erwartet hätte.

„Interessant", sagte Ben und folgte meinem Gedankengang.

„Du arbeitest samstags nicht?", fragte ich und ließ die Lüge vorerst auf sich beruhen.

Tyler zuckte mit den Schultern. „Normalerweise schon. Aber meine Arbeitszeit wurde gekürzt."

„Ty, ich habe dir doch gesagt, dass das nichts Persönliches ist. Die Arbeitszeit wurde für alle gekürzt. Die Geschäfte laufen gerade nicht gut. Wenigstens hast du ein Dach über dem Kopf", schnappte Logan.

Anita stellte sich zwischen die beiden. „Hey Jungs, lasst uns nicht wieder damit anfangen. Es wird schon alles gut. Es gab schon früher Einbrüche, so ist die Branche nun mal. Die Geschäfte werden auch wieder anziehen."

„Und du hast heute Morgen gar nichts von deiner Mutter gehört?", hakte ich nach.

„Nein. Ich dachte, sie wäre im Kelsh-Haus. Seitdem sie das Bild gefunden hatte, war sie davon total besessen. Sie schien es für eine große Sache zu halten, aber Keagan meint, es sei eine amateurhafte Kritzelei und nichts wert. Zu schade. Es wäre schön gewesen, wenn Mom etwas Tolles gefunden hätte, nach all der harten Arbeit, die sie geleistet hat. Keiner der anderen aus der Hysterischen Gesellschaft hatte sich so viel Mühe gemacht."

Bei seinem Spitznamen für die Historische Gesellschaft musste ich grinsen.

„Aber jetzt, wo sie tot ist, müssen die ihren faulen Hintern hochkriegen", fuhr er fort und verschränkte die Arme vor der Brust.

„Tyler!", schimpfte Anita und rollte dann mit den Augen. „Beachten Sie ihn nicht. Er ist in dem Alter, in dem er niemanden mag."

Ich schaute Ben an, der genauso überrascht aussah,

wie ich mich fühlte. Anita sprach über Tyler, als wäre er ein Fünfzehnjähriger, der gerade eine Phase durchmachte. Dabei war er zwanzig Jahre alt, würde also bald einundzwanzig und damit ein vollwertiger Erwachsener sein. Zumindest auf dem Papier, wenn auch nicht in den Gehirnzellen.

„Tyler, du hast die Halskette deiner Mutter nicht gesehen, oder?", wechselte ich das Thema.

„Oh mein Gott, nicht Sie auch noch! Mein Gott, Mom wollte gar nicht mehr aufhören, darüber zu reden. Sie hat sie verloren. Ende der Geschichte. Aber was spielt das jetzt noch für eine Rolle?" Seine Stimme erhob sich um mehrere Oktaven und seine Wangenknochen wurden rot.

„Okay, hören Sie, ich glaube, das reicht für heute", sagte Logan, erhob sich aus dem Sessel und legte seinem Sohn tröstend den Arm um die Schultern.

Ich sprang hastig auf. „Vielen Dank für Ihre Zeit." Ich schüttelte Logans Hand. „Nochmals mein Beileid", fügte ich hinzu, trat in den Flur hinaus und folgte Ben zur Haustür.

Ich wäre fast in ihn hineingelaufen, als er stehen blieb und aufschaute. Oben auf dem Treppenabsatz stand Lacey Stevens. Ich hatte ganz vergessen, dass sie noch im Haus war. Sie hatte gesagt, sie würde nach oben gehen, um sich von Tyler zu verabschieden. Warum war sie also nicht gegangen, als er nach unten ging? Hatte sie gelauscht?

Ben trat zur Seite und machte mir den Weg zur Haustür frei. „Ich komme nach", sagte er, als ich an ihm vorbeiging. „Ich bleibe noch eine Weile bei Anita, mal sehen, was sich ergibt. Falls sich etwas ergibt." Er starrte Lacey direkt an.

Ich nickte leicht und presste die Lippen zusammen, um dem Drang zu widerstehen, etwas zu erwidern, bevor ich den Türknauf drehte und hinausging. Guter Plan. Lacey hatte etwas an sich, das meinen siebten Spidermann-Sinn aktivierte. Sie war diejenige, die Anita die Idee einer Affäre in den Kopf gesetzt hatte. Was, wenn die Person, mit der Logan eine Affäre hatte, Lacey selbst war? Und wer wäre besser geeignet, die Wahrheit herauszufinden, als ein Geist?

8

„Erzähl es mir noch einmal." Ich hatte es mir auf dem Sofa gemütlich gemacht, ein Glas Wein in der Hand. Galloway war in der Küche und bereitete das Abendessen vor. Wie sich herausstellte, war er ein hervorragender Koch, was ein weiterer Pluspunkt war, da ich hauswirtschaftlich etwas überfordert war. Auf dem Papier schien er tatsächlich einen schlechten Fang mit mir gemacht zu haben. Nicht, dass es ihn zu stören schien.

„Echt jetzt?", protestierte Thor miauend. „Er hat es dir doch schon einmal erzählt." Der Kater streckte sich, senkte den Rücken und machte ihn lang, bevor er sich wieder aufrichtete. „Dieser Mills wurde bis zum Ende der Ermittlung vom Dienst suspendiert. Das sind doch gute Nachrichten, oder?"

Ich lachte und schnippte mit den Fingern, woraufhin Thor zu mir trabte und mit dem Kopf gegen meine Hand stieß. „Das sind ausgezeichnete Nachrichten", sagte ich und kraulte ihm den Kopf.

„Willst du etwas Hühnchen?", fragte Galloway, schnitt Thor ein Stückchen ab und hielt es hoch.

Ich hatte den Kater noch nie so schnell rennen gesehen. Er war keine zwei Sekunden später in der Küche und scharwenzelte um Galloways Knöchel. „Hühnchen!", schnurrte er. „Mein Lieblingsessen."

Ich schnaubte. „Gestern war Steak noch dein Lieblingsessen. Und davor Fisch."

„Na und, ich bin eben ein Kater mit vielen Vorlieben."

„Bitte sehr, Kumpel. Genieß es!" Galloway ließ das Hühnchen auf den Boden fallen und fuhr Thor durchs Fell, bevor er sich aufrichtete und wieder dem Braten zuwandte, den er für das Abendessen vorbereitet hatte. „Ist Ben hier?"

„Nein. Anita und er sind bei ihr zu Hause." Manchmal war es ganz praktisch, einen Geist als besten Freund zu haben. Bens Plan, dortzubleiben und herauszufinden, was im Haus der Finleys passieren würde, war ein doppelter Gewinn. Zum einen könnte uns alles, was sie sahen oder hörten, zum Mörder führen, zum anderen hatten Galloway und ich das Haus gerade für uns allein.

„Erde an Audrey." Galloways Sticheleien rissen mich in die Gegenwart zurück.

„Sorry, ich war in Gedanken." Ich trank noch einen Schluck Wein.

„Hast du den heutigen Tag Revue passieren lassen?"

Damit meinte er natürlich meinen Zusammenstoß mit Mills, nicht meinen Besuch bei Logan, von dem ich ihm nichts erzählt hatte, weil ich wusste, was er sagen würde. *Halt dich aus einer laufenden polizeilichen Ermittlung heraus.*

Was er also nicht wusste, würde mich nicht in Schwierigkeiten bringen.

„Woher wusstest du das?"

„Erst das Stirnrunzeln, dann das Grinsen", meinte er.

„Ich werde nicht lügen, obwohl dieser fette Mistkerl auf mir gesessen hat, tut es mir nicht leid, dass es passiert ist. Wenn es bedeutet, dass Mills aus dem Dienst entlassen wird, war es das wert."

Galloway nahm zwei Teller mit Brathähnchen und allem Drum und Dran in die Hand und trug sie zum Esstisch. „Das Abendessen ist fertig."

„Danke, du bist ein Schatz." Ich ging zu ihm an den Tisch und stellte mein Glas ab. Es landete jedoch halb auf dem Tischset, halb daneben und schwankte bedrohlich. Galloway streckte eine Hand aus und rettete es. „So langsam glaube ich, ich sollte dich hier behalten", meinte ich grinsend und setzte mich.

„Das hört sich nach einer ausgezeichneten Idee an", erwiderte er mit einem Augenzwinkern.

Mein Herz setzte kurz aus, bevor es doppelt so schnell weiter schlug. Ich war immer noch total schockiert: Ich hatte eine Beziehung mit einem Polizisten. Und nicht nur das, ich stand sogar dazu. Kade Galloway war offiziell mein Freund. Ich hatte schon seit Ewigkeiten keinen Freund mehr gehabt. Doch Captain Cowboy Hot Pants, der mir gerade gegenübersaß und unter dem Tisch mit mir füßelte, hatte sich einen Weg durch meine Abwehrmechanismen gebahnt und die Mauer eingerissen, die ich um mein Herz errichtet hatte. Ich war gleichermaßen schockiert und total verliebt.

Thor sprang auf den Stuhl am Ende des Tisches und stützte die Pfoten auf die Tischplatte. „Ich bin am Verhungern", miaute er und machte den Gestiefelten Kater, wie ich es nannte, um etwas abzustauben.

„Du bist nicht am Verhungern", ermahnte ich ihn, schnitt ihm aber ein winziges Stück Huhn ab und legte es vor ihn. Er schnappte es sich und sprang auf den Boden, um es zu verschlingen. „Ich bin so froh, dass Ben nicht hier ist, um mich dabei zu sehen."

„Er ist nicht damit einverstanden?", fragte Galloway grinsend.

„Nein. Katzenfutter gehört in Katzennäpfe und Katzen dürfen auf keinen Fall am Tisch sitzen." Als Thor sich das erste Mal zu mir an den Tisch gesetzt hatte, frühstückte ich gerade mein Müsli und fand das total süß. Also hatten wir uns geeinigt: Thor durfte sich auf einen Stuhl setzen und die Vorderpfoten auf die Tischplatte legen, aber der Rest von ihm durfte nicht auf den Tisch. Es war ein Kompromiss, mit dem wir beide leben konnten. Ben hingegen hatte fast einen Anfall bekommen.

„Und wie geht es jetzt weiter, mit Mills, meine ich?", fragte ich, als wir nach dem Essen den Tisch abräumten. Niemand auf dem Kelsh-Anwesen hatte mir darauf heute eine klare Antwort gegeben.

„Sowohl gegen ihn als auch gegen Clements wird ermittelt. Mills ist vorerst vom Dienst suspendiert", meinte Galloway, während er einen Teller abspülte und in die Spülmaschine räumte. „Wir müssen abwarten, was dabei herauskommt."

„Wir kommen doch damit durch, oder?" Ich nagte an

meiner Unterlippe. „Er kann sich nicht aus der Sache herauswinden, oder?"

„Davon gehe ich nicht aus", knurrte Galloway. „Zumal ich unmittelbar nach dem Vorfall vor Ort war und Augenzeuge deiner Verletzungen – und seiner – wurde."

„Könnte das ein Problem werden? Dass ich ihn verletzt habe?"

„Das war Notwehr. Und die Tatsache, dass du dich gegen einen Polizisten verteidigen musstest, macht mich so was von rasend."

Ich schmiegte mich an ihn, schlang die Arme um seine Taille und kniff ihm dann in den Hintern. „Ich kann mir schönere Methoden vorstellen, um dich rasend zu machen", stichelte ich anzüglich, und er lachte, hob mich auf die Küchenbank und klemmte sich zwischen meine Beine.

„Ach wirklich?" Er küsste sanft jeden einzelnen Bluterguss an meinem Hals. „Welche denn?"

„Nun, Mills Angriff hat vielleicht blaue Flecken hinterlassen ... an anderen Stellen", deutete ich an. „Willst du mal nachsehen?" Ich lehnte mich ein wenig zurück und zog das T-Shirt aus.

„Ich glaube, dabei könnte ich dir behilflich sein", nuschelte er, während seine Hände über meinen BH und meine Rippen zu meinem Rücken glitten, um den Verschluss zu suchen.

Das Klingeln seines Telefons hätte zu keinem schlechteren Zeitpunkt kommen können. Ich schnaubte ungläubig. „Ich hoffe, das ist wichtig", brummte ich.

Seufzend hob er den Kopf, zog sein Handy aus der Hosentasche und warf einen Blick auf das Display. Ich zog eine Augenbraue hoch. Okay, es waren beide Augenbrauen.

„Das ist der Gerichtsmediziner."

„Dann solltest du besser drangehen." Ich hob mein T-Shirt auf und zog es wieder an. Irgendetwas sagte mir, dass dieser Anruf ein Stimmungskiller sein würde.

Galloway nahm das Gespräch an und hörte dem Mann zu, während er den Arm um meine Taille legte und mich vom Schrank herunterzog. Als ich einen Schritt zur Seite machen wollte, drückte er mich an sich und schüttelte den Kopf.

„Alles klar", sagte er ins Telefon, während ich mich an ihn lehnte. „Und vielen Dank für den Anruf. Ich weiß das sehr zu schätzen." Dann legte er auf.

„Und?"

„Es dürfte keine Überraschung sein, dass Anita an einem anaphylaktischen Schock gestorben ist, ausgelöst durch ihre Allergie gegen Meeresfrüchte."

„Und die Nudelbecher? Enthielten sie Meeresfrüchte?"

„Jetzt wird es interessant. Das Labor hat alle Nudelbecher überprüft. Keiner von ihnen enthielt Meeresfrüchte. Nicht einmal Spuren davon."

„Oh." Das war rätselhaft. Denn die Kostprobe, die ich für Thor mitgebracht hatte, hatte welche enthalten. Nun, zumindest dachte Thor das. Aber vielleicht waren seine Geschmacksknospen defekt.

„Bis auf den, der in ihrer Hand gefunden wurde", fügte er hinzu.

Ich riss den Kopf hoch. „Echt jetzt?"

Er lachte. „Du sollst darüber nicht erfreut klingen."

Ich schlug ihm auf den Arm. „Du weißt, wie ich das

meine. Es war Absicht. Jemand hat einen Nudelbecher damit versetzt, obwohl er wusste, dass sie allergisch darauf reagiert! Ich habe doch recht, oder?" Ich verriet ihm natürlich nicht, dass ich dieser Theorie längst nachging.

Er drückte mich fest an sich. „Es sieht ganz so aus, Sherlock." Dann ließ er mich los und wandte sich der Kaffeemaschine zu. „Erzähl mir lieber, was du heute so getrieben hast, Fitz." Er hatte mir den Rücken zugedreht, während er den Kaffee vorbereitete, sodass er nicht sehen konnte, wie mir die Kinnlade herunterfiel.

„Was meinst du damit?" Ich wusste natürlich, was er damit meinte, aber ich wollte Zeit gewinnen.

Er lachte kurz. „Sag mir nicht, dass du nicht Anitas Tod untersucht hast. So naiv bin ich nicht."

Ich saugte die Lippen ein und ließ sie mit einem knallenden Geräusch wieder los. „Okay."

Er warf mir einen Blick über die Schulter zu und seine Augen funkelten vor Lachen. „Komm schon. Spuck es aus. Wer weiß, vielleicht ersparst du mir ja einige Zeit bei meinen Ermittlungen."

„Was wollen Sie damit sagen, Detective?" Ich legte den Kopf schief. „Dass wir unsere Ressourcen zusammenlegen?"

„Wäre nicht die schlechteste Idee."

Ich betrachtete seine breiten Schultern, dann seinen strammen, in Jeans gehüllten Hintern und ließ die Gedanken schweifen, bis er sich umdrehte und mit den Fingern unter meiner Nase schnippte. „Augen hoch, Fitz", neckte er und drückte mir einen Kuss auf die Wange. „Aber im Ernst. Deine Prüfung ist am Montag. Wir haben also etwa sechsunddreißig Stunden Zeit, um diesen Fall zu lösen, damit du nicht abgelenkt wirst. Außerdem müssen wir uns etwas Zeit für euer Familienessen nehmen."

Meine Augen verengten sich. *Unser Familienessen?*

„Habe ich vergessen zu erwähnen, dass deine Mutter mich heute angerufen hat?", meinte er und tat so, als sei er unschuldig. „Um mich zum Familienessen einzuladen. Morgen Abend."

Ich schnappte nach Luft und hielt mir die Hand vor die Brust. „Das hat sie nicht!"

Er grinste über das ganze Gesicht. „Doch, das hat sie."

„Diese Ratte", brummte ich. Ich war mir immer noch nicht sicher, ob ich bereit war, Galloway meiner Familie auszusetzen. Ich wusste nicht, was mir mehr Sorgen bereitete: dass sie ihn mit all den schrecklichen Geschichten, die sie sich für eine solche Gelegenheit aufgespart hatten, abschrecken würden, oder dass sie es mit ihrer Zustimmung zu ihm übertreiben würden und wir noch vor dem Essen verlobt wären und das Porzellanmuster aussuchen würden. Keine der beiden Optionen klang verlockend.

„Warum regst du dich darüber so auf?" Er legte eine Hand um meinen Hals und massierte meinen Nacken, wobei die langen, beruhigenden Striche seiner Finger meine verspannten Muskeln wie von Zauberhand bearbeiteten.

„Das tue ich nicht", log ich.

„Ich kann absagen, wenn du nicht willst, dass sie mich kennenlernen."

„Meine Mom würde niemals zulassen, dass du

absagst. Und es ist ja nicht so, dass ich nicht will, dass sie dich kennenlernen. Es ist eher so, dass … ich mir nicht sicher bin, ob ich bereit bin, dich ihnen zum Fraß vorzuwerfen. Sie können ein bisschen … aufdringlich sein.“

Er schnaubte. „Oh, damit komme ich schon klar. Aber wenn du wirklich nicht willst, dass ich komme ...“

Nun kam ich mir ziemlich dumm vor. „Nein, natürlich nicht. Bitte komm mit. Ich nehme an, dass ich es irgendwann hinter mich bringen muss.“

Er lachte laut. „Wie ein Pflaster abreißen?“

„Ja, so ähnlich“, stimmte ich zu.

Zufrieden richtete er seine Aufmerksamkeit wieder auf die Kaffeemaschine. „Also, erzähl mir, was du heute Nachmittag gemacht hast, nachdem du die Kelsh-Farm verlassen hast.“

Ich erzählte ihm von meinen Besuch bei den Finleys, dass Keagan, Lacey und Noreen bereits dort waren und welche Theorie ich in Bezug auf Lacey hatte.

„Und Ben und Anita sind jetzt da?“ Galloway reichte mir meinen Kaffee und wartete dann darauf, dass ich ihn zum Sofa begleitete.

„Ja. Als ich ging, bemerkte ich Lacey, die auf dem Treppenabsatz lauschte. Zumindest nehme ich an, dass sie das getan hat. Als die anderen gegangen waren, hatte sie gemeint, dass sie nach oben gehen und sich von Tyler verabschieden würde. Aber dann kam er ohne sie die Treppe hinunter und ich habe sie, ehrlich gesagt, vergessen. Aber als ich beim Rausgehen nach oben sah, stand sie dort.“

„Du hast also Lacey als Verdächtige auserkoren?“ Er

trank einen Schluck Kaffee und beäugte mich über den Becherrand hinweg.

„Sie steht auf meiner Liste. Anita hat mir erzählt, dass es Lacey war, die immer wieder behauptet hatte, dass Logan eine Affäre habe. Anita glaubte das zwar nicht, wusste aber, dass ihn etwas bedrückte. Nachdem ich jedoch gesehen habe, wie vertraut Lacey mit Logan umging, wie sie seinen Arm berührte, wie sie nach oben ging, um sich von Tyler zu verabschieden, wie nahe sie der Familie stand, komme ich nicht umhin zu glauben, dass es vielleicht Lacey war, mit der Logan eine Affäre hatte. Wenn es die überhaupt gibt."

„Du springst in dieser Frage hin und her. Was sagt dir dein Bauchgefühl?"

„Dass dieser Mann am Boden zerstört ist, weil er seine Frau verloren hat. Er war wirklich geschockt. Und er schenkte Lacey keinerlei Beachtung. Obwohl sie ihn am Arm berührte und so tat, als gehöre sie zum Haus – ich weiß nicht, wie ich es sonst beschreiben soll –, bemerkte er sie gar nicht. Was, wenn Lacey Gefühle für Logan hat, die aber nicht erwidert werden? Vielleicht hat sie einen Plan ausgeheckt, um zu vernichten, was sie für ihre Konkurrenz hielt? Um die Frau loszuwerden, sich in Logans Leben zu drängen und ihn schließlich für sich zu gewinnen."

Galloway nickte grimmig. „Klingt plausibel. Was sagt Ben dazu?"

„Er meint, dass in neun von zehn Fällen der Ehemann oder die Ehefrau den Ehepartner ermordet hat."

„Ja, aber das ist nur eine Statistik. Hat er irgendwelche Beweise dafür? Oder wenigstens einen Verdacht?

Hat er etwas gesehen? Oder gehört? Oder etwas gefunden?"

Ich seufzte. „Wir haben nichts weiter als Spekulationen. Aber" – ich hielt einen Finger hoch – „ich glaube, ich habe Keagan bei einer Lüge ertappt."

„Aha?"

„Ja. Ich war heute Morgen im Museum beziehungsweise bei der Historischen Gesellschaft, um nach Anita zu suchen, und er sagte, er habe sie nicht gesehen. Dabei hat sie auf dem Weg zum Kelsh-Haus kurz dort vorbeigeschaut. Aber", ich knabberte an meiner Unterlippe, „sie hat gemeint, dass sie sie vielleicht nicht gesehen haben, weil sie nicht zu ihnen gegangen sei, um Hallo zu sagen."

„Warum ist sie dort vorbeigefahren?"

Ich sah ihn mit großen Augen an. „Um die Nudelbecher zu holen."

Er beugte sich vor und sah mich aufmerksam an. „Damit ich das richtig verstehe. Anita und Lacey waren die Letzten, die gestern Abend gegangen sind. Und sie haben die Nudelbecher in den Kühlschrank gestellt, richtig?"

„Ja."

„Und heute Morgen war Keagan im Museum, um aufzuräumen, nehme ich an?"

„Ja. Er und Noreen. Lacey hätte auch helfen sollen, ist aber offensichtlich nicht aufgetaucht."

Galloway trommelte mit den Fingern auf seinen Lippen und dachte über das nach, was ich ihm erzählt hatte. „Okay, lassen wir mal das Motiv beiseite und betrachten wir die Möglichkeiten. Die Nudelbecher müssen entweder gestern Abend oder heute Morgen manipuliert worden sein. Lacey ist heute Morgen nicht aufgetaucht, das heißt, wenn sie es war, hätte sie es gestern Abend tun müssen."

„Aber Anita war die ganze Zeit bei ihr", meinte ich.

„Die ganze Zeit? Man braucht doch nur einen kurzen Moment, um etwas Austernsoße auf einen Nudelbecher zu träufeln. Könnte sie Anita lange genug abgelenkt haben, um das zu tun?"

Ich warf einen Blick auf Thor, der zusammengerollt in einem Sessel schlief. Seine Geschmacksnerven hatten wohl doch den richtigen Riecher gehabt. Dann erinnerte ich mich daran, was Anita mir gesagt hatte.

„Sie sind nicht zusammen weggegangen!" Ich beugte mich vor und knallte meine Tasse so fest auf den Couchtisch, dass etwas Kaffee über den Rand schwappte. „Anita meinte, dass sie gerade das Gebäude verlassen und abgeschlossen hatten, aber Lacey blieb stehen, um an ihr Handy zu gehen. Sie stand noch auf dem Parkplatz, als Anita wegfuhr. Sie hätte also noch einmal hineingehen und die Austernsoße verteilen können."

Galloway nickte. „Lacey hatte also die Möglichkeit, aber noch kein Motiv, von dem wir wissen. Was hier auch ein wenig unklar ist: Wenn Lacey die Täterin ist, warum hat sie dann ihre eigenen Nudelbecher benutzt? Damit lenkt sie doch die Aufmerksamkeit auf sich! Es wäre klüger gewesen, etwas anderes zu vergiften. Okay, machen wir weiter. Wer war heute Morgen da?"

„Keagan Dunn und Noreen Bellamy. Beide hätten sich nach nebenan schleichen und die Nudelbecher manipulieren können."

„Wir haben also drei Verdächtige, die jeweils die Gelegenheit gehabt hätten. Was ist mit Logan?"

„Gelegenheit? Nun, ich schätze, er hätte sich mitten in der Nacht aus dem Bett stehlen, Anitas Schlüssel nehmen, zur Historischen Gesellschaft fahren, die Nudelbecher manipulieren und dann nach Hause zurückfahren können, ohne dass Anita davon etwas mitbekommen hätte."

„Vier Verdächtige also. Jeder mit der Gelegenheit."

„Okay, also müssen wir uns das Motiv und die Alibis ansehen, um den Kreis der Verdächtigen einzugrenzen."

„Was schlägst du vor, wie wir das machen sollen?"

Ich wusste, dass er mich testen wollte. Normalerweise würde Galloway mich anleiten, aber meine Prüfung zur Privatdetektivin stand bevor, und was gab es Besseres, als in einem echten Mordfall zu ermitteln? „Ein paar Dinge kamen immer wieder zur Sprache. Unter anderem, dass Logan ein Geheimnis hat. Anita ist fest davon überzeugt, dass ihn etwas bedrückt, also müssen wir der Sache auf den Grund gehen."

Galloway runzelte die Stirn. „Du sagst, du glaubst, dass er tatsächlich eine Affäre haben könnte?"

Ich schüttelte den Kopf. „Nein. Es würde mich nicht überraschen, wenn Lacey in ihn verknallt wäre, aber nein, ich vertraue auf Anitas Instinkt, was die Affäre angeht. Was sind die beiden Dinge, über die sich Paare streiten?"

„Sag du es mir."

Ich zählte an meinen Fingern ab. „Geld und Sex. Und wenn ich das Thema Sex vorübergehend beiseitelasse, bleibt nur noch das Geld. Tyler sagte, dass seine Arbeitszeit im Familienunternehmen gekürzt worden sei. Logan meinte, die Geschäfte gingen gerade schleppend. Was, wenn Logan Geldprobleme hat? Probleme, mit denen er seine Frau nicht belasten wollte? Was, wenn sein Unternehmen in Schwierigkeiten steckt?"

Galloway nickte und zückte sein Handy. „Guter Gedanke. Ich werde einen Durchsuchungsbeschluss beantragen, um seine Konten und Telefonaufzeichnungen zu überprüfen." Als er mit dem Tippen fertig war, sah er zu mir auf. „Du hast zwei Dinge gesagt?"

„Oh, ja. Die andere Sache war das Bild, das Anita im Kelsh-Haus gefunden hat. Keagan, Logan und Tyler sagten das Gleiche – dass es dilettantisch gemalt und wertlos sei."

„Du glaubst das nicht?"

„Es kann doch nicht schaden, selbst einen Blick darauf zu werfen, oder? Anita hatte sich sehr über diesen Fund gefreut. Was, wenn das Gemälde tatsächlich wertvoll ist? Oder wenn es auf der Farm einen weiteren Schatz gibt und jemand sie daran hindern wollte, ihn zu finden? Dudley Kelsh hat seinen Besitz nicht ohne Grund der Historischen Gesellschaft vermacht. Es ergibt keinen Sinn, dass alles, was er besaß, wertloser Schrott ist, da muss mehr dahinter stecken."

Galloway nickte langsam, tief in Gedanken versunken. „Richtig." Dann warf er sein Telefon auf den Tisch. „Wir werden Dunn morgen einen Besuch abstatten und uns das Gemälde selbst ansehen. Und ich habe einen Antrag auf Einblick in Logans Geschäfts- und Privatkonten gestellt."

„Ich kann dir dabei helfen. Du weißt ja, dass ich ein Genie bin, was Tabellen angeht", meinte ich.

„Klingt nach einem Plan." Seine Lippen verzogen sich zu einem verruchten Grinsen und ich wusste, dass seine Gedanken nicht mehr bei Tabellen, sondern bei Bettlaken waren. Er zog mich auf die Beine, küsste mich fordernd und knurrte: „Was ist jetzt mit der Leibesvisitation?"

Ich lachte und quietschte, als er mich hochhob und die Treppe hinauftrug.

9

Ich könnte mich daran gewöhnen, mit einer Reihe sanfter Küsse auf der Schulter geweckt zu werden. Ich streckte die Arme über den Kopf, wölbte den Rücken von der Matratze und drehte mich in Galloways Armen.

„Morgen", stammelte ich mit zusammengepressten Lippen.

Galloway zog sich ein wenig zurück und starrte mich an, die Augenbrauen zusammengezogen. „Was ist los? Warum klingst du so komisch?"

„Mauldampf." Ich zeigte auf meinen Mund. „Ich gehe mir nur schnell die Zähne putzen."

Er lachte und schmiegte das Gesicht an meinen Hals. „Mauldampf stört mich nicht. Ich bleib mit meiner Nase einfach hier … oder noch etwas tiefer."

Ich wölbte mich ihm entgegen, mein Puls beschleunigte sich. „Das hört sich gut an", schnurrte ich.

„Ihr seid noch im Bett?", rief Ben vom Fußende des Bettes.

Ich quietschte und zog die Decke bis zum Kinn.

Galloway fuhr hoch und suchte den Raum nach Eindringlingen ab.

„Ben!", schrie ich. „Raus hier. Das Schlafzimmer ist tabu." Ich konnte die Hitze in meinem Gesicht spüren, als mich die Verlegenheit überkam. Was, wenn wir … Sie wissen schon. Und Ben kam einfach hereinspaziert? Mein Gott, einen Geist zu haben war schlimmer, als Kinder zu haben. Zumindest würde man bei ihnen Schritte hören und wäre gewissermaßen vorgewarnt. Wo ich gerade dabei war: Ich hatte tatsächlich die Schlafzimmertür schließen müssen, um Thor davon abzuhalten, sich zu uns zu legen. Eine Maßnahme, gegen die er lautstark protestierte.

Galloway lachte nur und ließ sich zurück in die Kissen fallen. „Ben ist aufgetaucht, was?"

Ich starrte Ben an. „Ja, das ist er. Und jetzt wird er gehen. Raus!" Ich zeigte zur Tür.

„Okay, okay, mach dir nicht in die Hose." Ben schwebte in Richtung Tür. „Oh, warte, du bist ja nackt!" Er lachte über seinen eigenen Scherz, bevor er verschwand.

Galloway drehte den Kopf und sah mich an. „Stimmung ruiniert?"

An dem hoffnungsvollen Ton in seiner Stimme konnte ich erkennen, dass er zwar wusste, wie meine Antwort lauten würde, aber etwas anderes hören wollte. Ich hob die Hand und streichelte sanft seine Wange. „Stimmung total ruiniert."

Nachdem ich – allein – geduscht und mich – ebenfalls allein – angezogen hatte, folgte ich dem Duft des Kaffees, von dem ich wusste, dass er auf mich warten würde. Und tatsächlich, in der Küche stand nicht nur mein Kaffee, sondern auch Ben. Galloway saß auf einem Barhocker und scrollte durch sein Handy. Ich stapfte barfuß zu ihm, drückte ihm einen Kuss auf die borstige Wange und nahm meinen Kaffee in die Hand. „Neuigkeiten?", fragte ich.

„Der Durchsuchungsbeschluss für Logans Finanzen ist da."

„Cool, ich kann sie durchgehen." Ich trank einen Schluck Kaffee. Es gab nichts Besseres als den ersten Koffeinkick des ersten Kaffees am Tag. Nun ja, abgesehen vom morgendlichen Sex, dem Ben einen Dämpfer verpasst hatte. Ich starrte den Geist an, der gerade auf dem Küchentresen hockte.

„Hey!", protestierte er, als er meinen Blick auffing. „Jetzt sei nicht sauer auf mich, weil ich euch beim Geschlechtsverkehr gestört habe."

„Beim Geschlechtsverkehr?", schnaubte ich. „Wie alt bist du, zwölf?"

„Plaudere du mal in aller Ruhe mit Ben. Ich gehe unter die Dusche." Galloway stand auf und gab mir im Vorbeigehen einen Klaps auf den Hintern.

„Und?" Ich legte den Kopf schief und trank einen weiteren Schluck Kaffee. „Ist bei den Finleys irgendetwas passiert?"

Ben hob eine Schulter. „Nein. Abgesehen von dem endlosen Strom von Nachbarn, die Lebensmittel vorbeibringen und ihr Beileid bekunden."

„Ist Lacey gegangen?"

„Ja, ist sie. Kurz nach dir, um genau zu sein. Sie sagte, sie müsse sich für die Spätschicht im Hotel fertig machen."

„Du und Anita wart die ganze Nacht dort?" Ich schaute mich um, auf der Suche nach dem anderen Geist, der mich gerade verfolgte. „Wo ist sie eigentlich?"

„Sie ist bei Logan. Er ist ziemlich fertig."

„Und was denkst du? Hatte er eine Affäre?"

„Schwer zu sagen. Er ist wirklich untröstlich, dass seine Frau tot ist. Das heißt aber nicht, dass er keine Geliebte hatte. Verheiratete Männer, die eine Affäre haben, können ihre Frauen trotzdem lieben."

Ich kniff die Augen zusammen. Ich war mir da nicht so sicher. Wenn man jemanden wirklich liebte, würde man ihn nicht betrügen. Nicht in meiner Geschichte. Und auch nicht in den Geschichten der meisten Frauen, die ich kannte. „Aber Anita sieht das nicht so", meinte ich.

Er schüttelte den Kopf. „Nein."

„Was ist mit Tyler? Ich habe ihn gestern bei einer Lüge ertappt. Er sagte, er habe bis mittags geschlafen, aber als ich um zehn Uhr vorbeikam, war er bereits auf und angezogen, als ob er auf jemanden warten würde." Ich erinnerte mich an die Vorfreude auf seinem Gesicht, als er die Tür öffnete, und an die große Enttäuschung, als er feststellte, dass ich es war und nicht die Person, auf die er gewartet hatte.

„Er hing fast den ganzen Abend am Telefon und schrieb jemandem Nachrichten. Ich habe versucht, einen Blick darauf zu werfen, aber er tat sehr geheimnisvoll. Gegen Mitternacht hat er dann das Haus verlassen."

„Weißt du, wohin er gegangen ist?"

„Nein. Vermutlich wollte er mit seinen Freunden abhängen. Logan war ins Bett gegangen. Anita und ich suchten nach ihrer Halskette – mehr zur Beschäftigung, denn in der Erwartung, sie tatsächlich zu finden."

Ich kaute auf der Unterlippe. „Diese Halskette nervt mich. Anita bleibt dabei, dass sie sie nicht verloren haben kann, weil sie in ihrer Schmuckkassette gelegen hatte, als sie sie das letzte Mal sah. Sowohl Logan als auch Tyler erwähnten den defekten Verschluss, aber sie kann ihr nicht vom Hals gefallen sein, wenn sie sie nicht getragen hat."

„Glaubst du, jemand hat sie gestohlen?" Ben sah mich überrascht an.

„Ich sage nur, dass ich nichts ausschließe."

Er sprang von der Theke herunter und ging zum hinteren Fenster, von wo aus er auf den Garten und den Wald dahinter blickte. „Der Rasen muss dringend gemäht werden", sagte er abwesend.

„Ja. Ich werde wohl jemanden dafür engagieren."

Er warf mir einen Blick über die Schulter zu. „Echt jetzt? Warum machst du das nicht selbst?"

„Zum einen habe ich keine Zeit und zum anderen weiß ich nicht, wie man einen Rasenmäher bedient", gab ich zu. Ich hatte noch nie in meinem Leben Rasen gemäht. Als ich klein war, war das die Aufgabe meines Bruders oder meines Vaters gewesen. Ganz zu schweigen davon, dass mir der Gedanke an wirbelnde Klingen Angst machte. Was, wenn ich mir einen Zeh abhacken würde?

„Jemanden engagieren für was?" Galloway kam frisch aus der Dusche, die Haare feucht, er roch nach meiner Seife und nach seiner ganz persönlichen Art von Sex.

„Um den Rasen zu mähen."

„Ich mache das", bot er an, während er nach meinen Kaffee griff und einen Schluck trank.

„Echt jetzt?" Das hatte ich nicht erwartet und mein Gesicht muss meine Überraschung gezeigt haben. Er lachte und stieß mir spielerisch mit dem Fingerknöchel gegen das Kinn. „Natürlich. Was machen große, kräftige Männer denn sonst, außer Rasen mähen?"

Ich grinste. „Nun, mir würden da schon ein paar Dinge einfallen …"

„Igitt." Ben verzog das Gesicht. „Ihr seid furchtbar."

„Fühl dich frei und verschwinde. Schau dir irgendwo eine Dauerwerbesendung an", meinte ich.

„Netter Versuch, Fitz." Ben schmollte, dann zwinkerte er, was mich zum Lachen brachte. „Frag Galloway, wie der Plan für heute aussieht."

Ich gehorchte. „Ben möchte wissen, wie der Plan für heute aussieht."

Galloway hob die Hand und zählte an den Fingern ab. „Die Kunstgalerie von Keagan Dunn besuchen und das Gemälde ansehen. Einen Blick auf Finleys Finanzen werfen. Dann Abendessen bei den Fitzgeralds."

„Abendessen mit deiner Familie?", brüllte Ben. „Unbezahlbar. Das würde ich um nichts in der Welt verpassen wollen."

„Du bist nicht eingeladen", knurrte ich.

„Zu schade. Ich komme trotzdem."

Ich ignorierte ihn, nahm meinen Kaffee von Galloway zurück und trank ihn aus. „Na, dann los. Ich bin neugierig, was es mit diesem Bild auf sich hat."

Für einen Sonntag war die Artistic Affair Art Gallery erstaunlich gut besucht. Ich hatte nicht damit gerechnet, dass sie überhaupt geöffnet sein würde, aber Abigail, die stellvertretende Geschäftsführerin, erklärte uns, dass an den Wochenenden am meisten los sei. Abigail sah genau so aus, wie ich mir eine Künstlerin vorstellte. Ihr Haar war pechschwarz und zu einem unordentlichen Dutt auf dem Kopf aufgetürmt, ihr Pony so ultrakurz geschnitten, dass sie mich an Suzi aus dem Tiger-Comic erinnerte. Sie trug ein einseitig geknotetes T-Shirt mit Batikmuster, eine gestreifte Baumwollhose mit weitem Bein und paillettenbesetzte Ballerinas. Auf ihrer Nase saß eine rote Brille und ihre Lippen waren in einem passenden Rot gehalten. Sie sah modisch aus, während ich mich im Vergleich zu meinen Standard-Jeans und T-Shirt geradezu altbacken fühlte.

Als Antwort auf Galloways Frage nach dem Gemälde klopfte sie sich mit ihren blaugrün lackierten Nägeln gegen das Kinn. „Wissen Sie, Keagan hat ein Gemälde zur Restaurierung hergebracht", sagte sie.

„Können wir es sehen?", fragte ich.

„Es ist nicht hier."

„Sagten Sie nicht gerade, dass Keagan es zur Restaurierung hergebracht hat?" Galloway runzelte die Stirn.

Sie nickte. „Richtig. Aber dann hat er es wieder mitgenommen. Vielleicht in sein Atelier zu Hause? Ich weiß es wirklich nicht. Gemälde sind sein Ding, ich stehe mehr auf Skulpturen."

„Haben Sie das Bild überhaupt gesehen? Können Sie es beschreiben?", fragte Galloway.

Ich öffnete den Mund, um ihm zu sagen, dass ich wüsste, dass es sich um eine Klavier spielende Frau handelte, aber dann schloss ich ihn wieder und erinnerte mich an einen Rat, den Ben mir mal gegeben hatte: Lass die Person, die du gerade befragst, die Geschichte erzählen. Gib ihr die Antwort nicht vor.

„Oh, ich kann noch einen draufsetzen. Ich habe ein Foto davon gemacht." Sie schaute sich um, als hätte sie Angst, belauscht zu werden, und fügte mit gedämpfter Stimme hinzu. „Aber sagen Sie es Keagan nicht. Er hat das Bild gehütet wie seinen Augapfel und wollte nicht, dass wir auch nur in seine Nähe kamen."

Ich schaute Galloway an, der meinen Blick mit einer hochgezogenen Augenbraue erwiderte. Seltsam, dass er sich so für ein amateurhaftes, wertloses Gemälde einsetzte.

„Er sagte, er wolle nicht, dass die Öffentlichkeit so etwas sieht und denkt, das sei der Standard der Kunst, die wir hier ausstellen", fuhr Abigail fort. „Er meinte, es sei eine Schande, dass es überhaupt entdeckt wurde, und es wäre besser, es direkt in einen Müllcontainer zu werfen, als Zeit darauf zu verwenden."

Ich spürte, wie sich meine Mundwinkel nach unten zogen. Einen Moment lang hatte ich gedacht, wir hätten vielleicht eine Spur, aber was Abigail sagte, ergab Sinn. Keagan wollte einen bestimmten Qualitätsstandard für seine Galerie bewahren und daher sollte nichts von schlechter Qualität ausgestellt werden. Abigail zog ihr Handy aus der Hosentasche, wischte über den Bildschirm und hielt es uns dann hin.

Jepp. Ein zeitgenössisches Gemälde mit einer Klavier

spielenden Frau, einer zweiten Frau, die am Klavier stand und sang, und einem Mann, der das Konzert genoss. Ich war ein wenig verwirrt. Das Bild sah für mich gar nicht so schlecht aus. So wie alle anderen es beschrieben hatten, hatte ich das Gekritzel eines Dreijährigen erwartet.

„Könnten Sie mir das Foto schicken?", fragte Galloway.

„Natürlich. Wird gleich erledigt." Sie schaute sich um. „Aber Sie sagen Keagan nichts davon, okay? Wie ich schon sagte, er hat das Gemälde wirklich sehr gut bewacht. Er wird bestimmt wütend, wenn er erfährt, dass ich es fotografiert habe."

Ben, der sich das Bild auf Abigails Handy kurz angesehen hatte und dann durch eine Tür mit der Aufschrift „Atelier – Privat" verschwunden war, kam zurück. „Sie hat recht. Es ist nicht hier."

„Danke." Ich lächelte Abigail an und folgte dann Galloway aus der Galerie. „Und was denkst du?", fragte ich.

Er zuckte mit den Schultern. „Ich bin kein Kunstexperte, aber ich werde sehen, was wir über das Gemälde herausfinden können." Er schaute auf seine Uhr, legte dann die Hand auf meinen Rücken und führte mich zu seinem Auto. „Ich habe eine Nachricht erhalten, während wir mit Abigail sprachen. Die Finanzen der Finleys sind da."

„Also … zurück zum Revier?"

„Nein. Ich kann mich von deinem Haus aus dort einloggen. Dann kannst du dich darum kümmern, während ich den Rasen mähe."

Sei still, mein pochendes Herz! Er vertraute mir nicht nur, dass ich den Fall mit ihm bearbeitete, sondern war auch bereit, sich für mich schmutzig zu machen? Ich konnte die Stimme meiner Schwester Laura in meinem Kopf hören. „Den solltest du dir warmhalten!" Ich konnte nicht anders, als ihr zuzustimmen. Die Sache mit Captain Cowboy Hot Pants entwickelte sich sehr gut. Meine Brust zog sich zusammen und ich war mir nicht sicher, ob es die Anwandlungen von Liebe oder völliger Panik waren. Ja, ich hatte Gefühle für Galloway. Starke Gefühle. Und je stärker sie wurden, desto mehr Angst bekam ich. Es war fast so, als hielte ich den Atem an und wartete auf das dicke Ende.

„Wenn du noch länger so dreinschaust, bleibt dein Gesicht für immer so hängen." Ben stieß mir mit dem Ellbogen in die Rippen. Der kalte Schlag riss mich in die Gegenwart zurück. Ich korrigierte schnell meine Gesichtszüge und eilte hinter Galloway her, der die Panik auf meinem Gesicht zum Glück nicht gesehen hatte.

Kaum waren wir zu Hause angekommen, ging ich ins Büro, während Galloway sich auf den Weg nach draußen machte, dicht gefolgt von Thor und Ben. Ich war dankbar für die Ablenkung, weil ich nicht über meine Zukunft mit Galloway nachdenken musste und darüber, was sie bringen könnte. Oder auch nicht.

Die Stunden vergingen wie im Flug, während ich mich mit den Tabellen befasste, die auf die Server des Firefly Bay Police Department hochgeladen wurden. Nach und nach ergab das Ganze ein Bild. Ich starrte stirnrunzelnd auf den Bildschirm und spielte mit dem Bleistift, mit dem ich mir Notizen gemacht hatte, als Galloway in der Tür erschien.

„Ich habe keine Ahnung, was deine Katze mir erzählt

hat", sagte er, „aber es war eine sehr lange und offenbar detaillierte Geschichte."

„Hmmm?" Ich schaute auf und sah dann wieder auf den Monitor, bevor ich Galloway einen zweiten Blick zuwarf. Er hatte sein Hemd ausgezogen und der Schweiß, gemischt mit männlichen Pheromonen, ließ mich fast sabbern. Thor nutzte diesen Moment, um sich um Galloways Knöchel zu schlingen, bevor er auf die Ecke des Schreibtischs sprang.

„Ich habe ihm gerade erzählt, wie ich mich mit dem Perser aus Nummer vierzehn geprügelt habe", sagte Thor und begleitete mein Kraulen hinter dem Ohr mit einem anerkennenden Schnurren. Ich gab diese Information an Galloway weiter, der lachend meinte. „Nun, ich hoffe, du hast gewonnen, Thor."

„Natürlich." Thor blinzelte, dann gähnte er.

„Wie läuft es mit der Buchhaltung?", fragte Galloway, stieß sich vom Türrahmen ab, an dem er gelehnt hatte, und trat hinter mich.

„Ja, irgendetwas stimmt da nicht." Ich wandte meine Aufmerksamkeit wieder der Tabelle vor mir zu, ließ den Stift fallen und zeigte mit dem Finger auf die Einträge. Thor warf den Bleistift sofort auf den Boden.

„Die sind alle falsch."

„Was genau sehe ich da?" Galloway lehnte sich näher an mich heran und seine Hitze drückte auf meinen Rücken. Mein Puls raste. Ich holte zittrig Luft und zwang mich, mich zu konzentrieren.

„Diese Tabelle enthält die Lieferantenrechnungen der letzten sechs Monate." Ich klickte auf die Maus, um zu einer anderen Spalte zu wechseln. „Und das hier sind die

Kundenrechnungen." Ich klickte noch einmal. „Und das ist die Gesamttransaktionsübersicht, die sowohl die eingehenden als auch die ausgehenden Transaktionen beinhaltet."

„Okay. Und du glaubst, dass etwas nicht stimmt?"

„Nun, zunächst einmal wurden die Tabellenformeln entfernt. Wenn ich weiter als sechs Monate zurückgehe, wurde all das mit Formeln berechnet, sodass die Software Gewinne, Verluste und alles andere automatisch ausfüllt. Aber ab hier" – ich tippte auf den Bildschirm – „wird alles manuell berechnet. Und die Zahlen sind falsch. Und nicht nur das", ich wechselte wieder zur Spalte mit den Lieferanten. „Sämtliche Lieferantenrechnungen sind überbezahlt. Es sind zwar immer nur ein paar Dollar pro Rechnung, aber das Ganze summiert sich."

„Woher weißt du, dass sie überbezahlt sind?"

Ich verließ die Seite mit der Tabelle und öffnete einen Ordner, in dem Hunderte von PDF-Dateien gespeichert waren. „Das sind die Originale. Ich dachte, ich überprüfe ein paar, nur um sicherzugehen, und dann bin ich den letzten Monat noch einmal durchgegangen. Jede einzelne Rechnung. Überbezahlt."

„Über welche Summe reden wir hier?"

„Über zehntausend in den letzten sechs Monaten. Und das ist nur eine grobe Schätzung. Ich habe keine vollständige Prüfung durchgeführt, aber sobald ich die Unstimmigkeiten bemerkte, die Zahlen notiert. Vielleicht solltet ihr einen Wirtschaftsprüfer hinzuziehen, der sich das ansieht, aber …"

„Jemand stiehlt Geld von Finley Construction", beendete Galloway meinen Satz.

Ich nickte. „Und das kann nur eine Person sein. Die Buchhalterin, Noreen Bellamy.“

„Die außerdem auf der Liste unserer Verdächtigen steht.“

„Wir wissen, dass sie die Gelegenheit dazu hatte. Und das hier liefert uns ein Motiv.“

Hatte Anita Noreen beim Bestehlen des Familienbetriebs erwischt und sie damit konfrontiert? Anita hatte nichts in dieser Richtung erwähnt, aber vielleicht hatte sie es verdrängt? Schließlich war die Ermordung eine traumatische Erfahrung. Ben hatte alles rund um seinen Tod und die Fälle vergessen, an denen er gearbeitet hatte. Das hatte die Suche nach seinem Mörder erschwert, aber nicht unmöglich gemacht.

Galloways Telefon klingelte. Er zog es aus seiner Gesäßtasche und drückte auf den Alarmknopf. „Zeit, uns fertig zu machen“, meinte er grinsend.

„Fertig zu machen?“

„Für das Abendessen mit deiner Familie.“

„Aber was ist mit Noreen? Wir müssen hinfahren und sie befragen!“, protestierte ich.

„Das kann bis morgen früh warten. Sie wird nirgendwo hingehen.“

„Aber das könnte sie!“, widersprach ich. „Und wenn sie verschwindet?“

„Sie weiß doch nicht, dass wir die Finanzen überprüfen. Soweit es sie betrifft, ist sie mit ihrem Skimming davongekommen.“

Ich machte ein langes Gesicht. Ich hatte gehofft, wir könnten Noreen heute Abend zur Rede stellen und so dem Familienessen entgehen.

Galloway, der meine Gedanken erahnte, lachte und zog mich auf die Beine. „Es wird alles gut werden."

„Das kannst du nicht wissen", meinte ich schmollend. Es war ja nicht so, dass meine Familie mies war, ganz im Gegenteil. Es war nur … der Druck. Sowohl mein Bruder als auch meine Schwester waren glücklich verheiratet und hatten bereits Kinder. Ich war der einzige Single und hatte das Gefühl, dass sie alle warteten. Darauf, dass ich jemanden mitbrachte. Und zum ersten Mal überhaupt würde ich das heute tun. Ihre Erwartungen wären enorm und ich hatte Angst, dass ich unter dem Druck zusammenbrechen und alles vermasseln würde.

„Ich habe eine Idee, die dich auf andere Gedanken bringen wird", sagte Galloway. Bevor ich ihn fragen konnte, was er wollte, warf er mich in einem Feuerwehrgriff über die Schulter, was mich zum Quieken brachte, und gab mir einen Klaps auf den Hintern, während er mich die Treppe hinauftrug.

„Was machst du da?", keuchte ich, und jeder Schritt brachte mich um den Verstand.

„Duschen", antwortete er süffisant.

Wir hatten das Hauptschlafzimmer nur wegen des luxuriösen Badezimmers übernommen. Als ich in Bens Haus gezogen war, hatte ich im Gästezimmer im Erdgeschoss geschlafen – in demselben Zimmer, in dem ich immer geschlafen hatte, wenn ich bei ihm übernachtet hatte. Ich hatte mich nicht dazu durchringen können, das Hauptschlafzimmer zu benutzen, denn es war Bens Domäne gewesen, und ich hatte keine Lust, seine persönlichen Sachen auszuräumen. Dann war Galloway gekommen. Er hatte mich auf eine wilde Verfolgungsjagd geschickt und während ich weg war, hatte er Bens Zimmer leer geräumt. Die Kleidung hatte er für wohltätige Zwecke gespendet. Die persönlichen Dinge hatte er in Kisten gepackt und eingelagert. Er hatte sogar das Bett abgezogen und neues Bettzeug gekauft. Ich war unglaublich gerührt und gleichzeitig unendlich traurig gewesen. Wenn Ben mir nicht selbst gesagt hätte, ich solle mich überwinden, würde ich wahrscheinlich noch immer im Gästezimmer im Erdgeschoss schlafen.

10

Das Engegefühl in der Brust, das mich schon den ganzen Tag quälte, wurde immer stärker, doch ich konnte mir beim besten Willen nicht erklären, woher es kam. Ich trank noch einen Schluck Wein und sah zu, wie Galloway meine Nichten und meinen Neffen wie Gewichte in die Luft hob und sie vor Lachen kreischten.

Meine Schwester Laura kam zu mir und stieß mich mit dem Ellbogen an. „Jetzt bist du doch eingeknickt, was?", fragte sie mit einem verschmitzten Grinsen.

Ich schnaubte. „Eingeknickt? Die böse Hexe hat mich mit ihrem Zauberstab bearbeitet. Stundenlang."

Laura lachte. „Mom kann sehr energisch werden."

„Von wegen. Sie ist so stur wie ein Esel."

„Und damit jemandem sehr ähnlich, den ich kenne." Brad, Lauras Ehemann, trat zu uns, legte einen Arm um die Taille seiner Frau und streichelte mit seiner Handfläche ihren Bauch, bevor er sie auf ihrer Hüfte niederließ. Dann bemerkte ich die klare Flüssigkeit in Lauras

Glas. Kein Weißwein. Wasser. Oder Wodka pur. Beides war möglich. Ich betrachtete das Gesicht meiner Schwester, das dem Meinen so ähnlich war, und zeigte dann anklagend mit dem Finger auf sie.

„Du strahlst!"

Ein Hauch von Farbe erblühte auf ihren Wangen und ihr Mund verzog sich zu einem Lächeln.

Ich senkte die Stimme zu einem rauen Flüstern. „Laura Nicholson ... bist du etwa schwanger?"

Ihr Grinsen strahlte pures Glück aus, das von einem leichten Nicken bestätigt wurde. Ich quietschte vor Vergnügen und schlug eine Hand vor den Mund. Dann warf ich die Arme um ihren Hals und umarmte sie fest. Brad rettete mein Weinglas, bevor ich den Inhalt über ihren Rücken kippen konnte.

„Wir geben es nach dem Essen bekannt", flüsterte sie mir ins Ohr. „Glaubst du, du kannst unser Geheimnis bis dahin bewahren?"

Ich trat einen Schritt zurück und schaute sie an. „Ist das dein Ernst? Natürlich kann ich das."

Meine Schwägerin Amanda kam in ihrer Designer-Jeans und der Seidenbluse auf uns zu. Sie sah aus wie ein Supermodel und war trotz eines ein- und eines dreijährigen Kindes immer tadellos gekleidet. „Was ist hier los?" Eine perfekt gezupfte Braue hob sich, ihr Blick wanderte von mir zu Laura und wieder zurück.

„Nichts Besonderes." Ich zuckte mit den Schultern. „Laura hat mir nur alles Gute für meine morgige Prüfung gewünscht." Die Lüge kam mir leicht über die Lippen und ich wunderte mich insgeheim, wie gut ich in die Rolle der

Geheimnisträgerin und Wahrheitsverdreherin geschlüpft war.

„Ist sie schon morgen?" Amanda nahm einen Schluck ihres eigenen Weins. „Das ging aber schnell."

„Wem sagst du das", seufzte ich.

„Und wenn du deine Ausbildung abgeschlossen hast? Was dann?"

„Was meinst du damit?" Dann wäre ich geprüfte Privatdetektivin. Um das zu wissen, musste man kein Einstein sein.

Sie nickte in Richtung Galloway, der sich inzwischen mit den Kindern auf dem Teppich wälzte. „Was wird dann mit ihm? Er ist dann nicht mehr dein Betreuer und ihr werdet nicht mehr so viel Zeit miteinander verbringen."

„Ich bin mir nicht sicher, worauf du hinaus willst." Galloway und ich arbeiteten nur selten zusammen, obwohl er während meiner Ausbildung zur Privatdetektivin mein offizieller Betreuer war. Wir trafen uns ein paar Mal in der Woche, um meine Fälle durchzugehen, und besprachen allgemeine Prüfungsthemen wie Observationen und in letzter Zeit auch der Einsatz von Schusswaffen. Mir schauderte bei der Erinnerung an meine letzte Schießstunde.

„Wie willst du ohne ihn im Alltag zurechtkommen, Audrey?"

Ich versteifte mich und schaute zu Laura, die Amanda mit offenem Mund anstarrte. Sogar Brad runzelte die Stirn, dabei war er der entspannteste Typ, den ich kannte.

„Moment mal." Ich richtete mich zu meiner vollen Größe von einem Meter siebzig auf, was jedoch immer noch zwei Zentimeter kleiner als Amanda war. Aber angesichts der Höhe ihrer Stilettos wären wir wohl auf Augenhöhe, wenn sie die verdammten Dinger jemals ausziehen würde. „Willst du damit andeuten, dass Galloway mich protegiert? Dass ich überhaupt keine Privatdetektivin sein kann?"

Das Lustige an Amanda war, dass sie es meistens gut meinte, nur die Art und Weise, wie sie Dinge sagte, war immer so unglaublich beleidigend. Sie hielt meine Ungeschicklichkeit für einen großen Nachteil und war ständig auf der Suche nach einer Lösung für mich. Das war so überflüssig wie ein Kropf.

„Ja, Amanda!", wiederholte Laura. „Was willst du damit andeuten? Dass Audrey nicht das Zeug dazu hat? Denn ich kann dir versichern, dass meine kleine Schwester einfach nur fantastisch ist. Sie ist verdammt großartig! Sie ist klug, sie ist mutig, sie ist witzig und sie ist klug."

„Klug sagtest du bereits", raunte ich ihr zu.

„Hab ich das?" Sie sah mich an.

„Jepp." Ich nickte.

„Oh. Okay. Nun, ja, das gilt immer noch. Sie ist doppelt klug. Und sie hat es nicht nötig, sich von dir oder jemand anderem etwas anderes anzuhören."

„Hey, hey, hey!" Dustin, mein Bruder und Amandas Ehemann, eilte herbei und spürte zweifellos die zunehmende Spannung im Raum. Es war kaum zu übersehen, dass seine beiden Schwestern über eine weitere unbedachte Bemerkung seiner Frau sichtlich verärgert waren. „Was ist hier los?"

„Na los. Amanda", schnauzte Laura sie an, „sag uns, was du gemeint hast. Es klang nämlich nicht so, als würdest du Audrey Glück für ihre morgige Prüfung wünschen!"

„Oh, stimmt ja!" Dustin legte mir eine Hand auf die Schulter und drückte sie. „Viel Glück für morgen. Du schaffst das."

„Vielleicht solltest du das mal deiner Frau sagen", meinte Laura abfällig und ich biss mir auf die Lippen, um das Grinsen zu verbergen. Hormon-Laura war einfach super.

„Es tut mir leid", entschuldigte Amanda sich und klang dabei aufrichtig. „Das kam völlig falsch rüber." *Überraschung, Überraschung.* „Ich wünsche dir natürlich alles Gute für deine Prüfung morgen, Audrey."

„Danke." Und wartete auf das …

„Aber …"

„Schatz." Dustin packte Amanda am Ellbogen und führte sie zu Galloway, der im Schneidersitz auf dem Teppich saß und uns beobachtete, während drei Kleinkinder auf ihm herumkletterten wie auf einem Klettergerüst. „Ich bin mir ziemlich sicher, dass ich eine volle Windel riechen kann."

Dustins Ablenkungsmanöver funktionierte. Amanda drückte ihm ihr Glas in die Hand und nahm Nathaniel auf den Arm. Dann hielt sie ihn kopfüber und hob seinen Hintern an ihre Nase, schnupperte daran und verzog das Gesicht. Ich hatte erwartet, dass sie ihren stinkenden Nachwuchs ihrem Mann in die Hand drücken würde. Ich meine, Seidenbluse und volle Windeln passten einfach nicht zusammen. Doch zu meiner großen Überraschung klemmte sie sich Nathaniel unter den einen Arm, nahm die Wickeltasche, die neben dem Sofa stand, in die andere

Hand und verschwand aus dem Zimmer, um sich ums Geschäft zu kümmern.

„Du weißt doch, dass sie es nur gut meint", sagte Dustin entschuldigend, während er seiner Frau nachsah.

„Ich weiß", bestätigte ich. Und das tat ich wirklich. Ich war mir allerdings nicht ganz sicher, worauf Amanda hinauswollte. Glaubte sie, dass ich die Detektei nicht allein führen könnte? Dass mir das Talent oder das Wissen dazu fehlte? Oder meinte sie, dass unsere Beziehung im Sande verlaufen würde, wenn Galloway nicht mehr mein Betreuer wäre? Mir war die Schärfe in ihrer Stimme nicht entgangen, als sie das Thema zum ersten Mal angesprochen hatte.

Laura beugte sich vor und flüsterte mir ins Ohr: „Ich glaube, sie ist eifersüchtig."

Ich musste lachen. „Worauf? Auf mich?"

„Warum nicht? Was ich gesagt habe, habe ich ernst gemeint. Du bist blitzgescheit, Audrey. Und wunderschön. Du hast ein schönes Haus und dein eigenes Unternehmen. Du hast einen heißen Freund. Mädchen, du hast es echt drauf."

„Ähm, das meiste davon ist mir in den Schoß gefallen", protestierte ich. „Das Haus und das Unternehmen gehörten Ben, und wenn er nicht gestorben wäre, wäre ich heute nicht da, wo ich bin."

„Richtig. Aber sieh dich an, du hältst sein Erbe in Ehren und übernimmst seine Detektei – und ich bin mir sicher, dass du damit Erfolg haben wirst."

Ben, der sich in der Küche um meine Mutter geschart hatte, während sie ihre köstliche Lasagne zubereitete, gesellte sich zu uns. „Ich habe deine Schwester schon immer gemocht", sagte er, während er dem Ende von Lauras Rede lauschte. Ich ignorierte ihn. Meine Familie wusste nichts von meiner Fähigkeit, mit Geistern zu sprechen, und dabei wollte ich es auch belassen. Stellen Sie sich nur vor, Amanda bekäme Wind davon. Sie würde mich von Männern in weißen Kitteln wegbringen lassen, bevor ich auch nur *Piep* sagen könnte. Natürlich nur zu meinem Besten.

„Aber ich glaube, sie ist auch ein bisschen wütend wegen deinem heißen Detective", flüsterte Laura und stupste mich mit dem Ellbogen an. Ihr Blick war auf Galloway gerichtet, der gerade auf die Beine kam, während Isabelle, Lauras einjährige Tochter, auf seiner Hüfte balancierte und Dustins dreijährige Tochter, Madeline, sich an sein Bein klammerte.

„Hey", Galloway übergab Isabelle an ihren Vater, bevor seine grauen Augen fragend auf mir landeten. „Brauchst du einen Drink?", fragte er.

Laura lachte laut. „Siehst du? Einfach perfekt."

Ich lächelte und ignorierte meine Schwester. „Ja, bitte."

Brad hatte sich mit meinem Glas aus dem Staub gemacht, und ich vermutete, dass er mein Getränk hinter dem Rücken seiner Frau getrunken hat. Wie ich Laura kannte, musste er während ihrer Schwangerschaft ebenfalls auf Alkohol verzichten. Galloway machte sich auf den Weg in die Küche, wo eine offene Flasche Wein auf dem Tresen stand, während Madeline immer noch an seinem Bein hing und kicherte, als er sie auf den Arm nahm.

„Wir haben das mit Anita Finley gehört", sagte Dustin und brach die Stille. „Hast du etwas mit dem Fall zu tun?"

Seine Frage richtete sich an Galloway, der mit meinem Wein zurückgekommen war. Nachdem er mir das Glas gereicht hatte, blieb er dicht neben mir stehen. Seine Wärme hatte eine beruhigende Wirkung.

„Ja, haben wir", meinte Galloway. „Aber wir dürfen keine Details verraten, tut mir leid. Schließlich laufen die Ermittlungen noch."

„Wir?", echote Laura. „Hilfst du ihm dabei?", fragte sie mich, und ich nickte, bevor ich einen Schluck Wein nahm. Ich würde bald einen netten kleinen Schwips bekommen und schaute in Richtung Küche, in der Hoffnung, dass Mom bald das Abendessen servierte; andernfalls war die Wahrscheinlichkeit groß, dass ich betrunken sein würde, bevor der Abend zu Ende ging.

„Anita Finley war bereits meine Klientin", sagte ich zur Erklärung. „Also ja, ich helfe der Polizei bei ihren Ermittlungen."

„Vielleicht könntet ihr uns ebenfalls helfen."

Mit dieser Aussage überraschte Galloway mich. Bat er sie gerade um Hilfe? Ich dachte, wir sollten nicht über den Fall sprechen. Nun war ich verwirrt. Er legte die Hand auf meinen Rücken, als wolle er meine unruhigen Gedanken beruhigen. Oder mir versichern, dass er wusste, was er da tat. Oder vielleicht lag es auch nur daran, dass er die Hände nicht von mir lassen konnte. Die letzte Theorie gefiel mir am besten.

„Anita arbeitete auf dem Kelsh-Anwesen und fand dabei ein Kunstwerk. Ich habe mich gefragt, ob einer von euch etwas über Kunst weiß." Er nahm die Hand von meinem Rücken und griff nach seinem Handy, um das

Foto aufzurufen, das ihm die stellvertretende Leiterin der Galerie geschickt hatte.

„Ich kenne mich damit ein wenig aus", meinte Amanda, die gerade mit Nathaniel auf der Hüfte zurückkam. Sie warf ihr langes Haar über die Schulter und befreite die Strähnen aus den pummeligen kleinen Fingern ihres Sohnes. „Wie kann ich denn helfen?"

„Sie haben dieses Gemälde im Kelsh-Haus gefunden. Kennt ihr es vielleicht?" Er hielt das Telefon hoch, damit alle es sehen konnten.

Laura und Brad kniffen die Augen zusammen und schüttelten dann den Kopf. Dustin legte den Kopf schief. „Es kommt mir irgendwie bekannt vor." Aber Amanda? Amanda erstarrte, jede Farbe wich aus ihrem Gesicht. Dann streckte sie eine Hand aus, nahm Galloway das Telefon ab und drückte mit ihren Fingern auf das Display, um das Bild zu vergrößern.

„Oh mein Gott." Sie schnappte nach Luft.

„Was ist damit?", fragten Laura und ich unisono.

Amanda schaute erschrocken auf. „Weißt du, was das ist?" Ihre Frage richtete sich an Galloway.

„Nein. Deshalb habe ich ja gefragt", erklärte er. „Aber ich nehme an, du kennst es?"

Ich schaute von Galloway zu Amanda und wieder zurück und hielt den Atem an.

„Ich glaube, das ist ... *Das Konzert*", sagte sie in einem Ton, als ob wir alle wissen müssten, was das bedeutete. Ich hatte keine Ahnung. Was war *Das Konzert*?

„Und was heißt das?", kam Laura mir zuvor.

„Das ist ein berühmtes Gemälde von Johannes Vermeer,

das er 1664 gemalt hat." Sie atmete tief durch und reichte Galloway das Telefon zurück. „Es wurde in den neunziger Jahren gestohlen und seitdem hat es niemand mehr gesehen."

„Willst du damit sagen, dass es wertvoll ist?", fragte Galloway.

„Sehr wertvoll sogar." Sie übergab ihren Sohn an Dustin und zückte ihr eigenes Telefon, während sie mit fliegenden Fingern nach dem Bild googelte. „Ja." Sie nickte. „Es wurde 1990 aus dem Isabella Stewart Gardner Museum in Boston gestohlen."

„Wie viel ist es wert?", fragte Brad.

„Laut diesem Artikel? Zweihundert Millionen."

„Heiliger Bimbam!", rief ich und schaute zu Galloway, der meinen Blick erwiderte.

Keagan Dunn besaß eine Kunstgalerie. Er musste gewusst haben, dass es sich um einen wahren Kunstschatz handelte. Trotzdem hatte er alle belogen, was seinen Wert anging. Damit hatte er nicht nur die Möglichkeit, sondern auch ein Motiv. Ein starkes Motiv. Ein zweihundert Millionen Dollar starkes Motiv. Ich drehte mich um und suchte einen Platz, um mein Glas abzustellen. Galloway schlang die Finger um mein Handgelenk und hielt mich auf, bevor er seine Lippen auf mein Ohr senkte. „Wir werden uns jetzt nicht von hier verabschieden, um ihn zu befragen." Sein Atem wehte heiß gegen meine Haut, und ich befeuchtete die Lippen mit der Zunge, um nicht in Ohnmacht zu fallen. „Das kann bis morgen warten."

Ich schaute ihn aus den Augenwinkeln an. „Bist du sicher?",

„Absolut." Er hob den Kopf und richtete seine

nächsten Worte an Amanda. „Vielen Dank, damit hast du uns sehr geholfen."

Amanda freute sich über das Lob und schenkte ihm ein stolzes Lächeln.

„Das Abendessen ist fertig!", rief Mom.

Das war's dann. Wir würden definitiv vor dem Abendessen nirgendwo mehr hingehen. Ich würde Moms Lasagne um nichts auf der Welt verpassen wollen.

11

Ich hielt mein T-Shirt vom Körper weg, zog daran, bis der Stoff den fließenden Wasserhahn erreichte, und schrubbte an dem Flecken Tomatensoße. Amandas verdrehte Augen waren mir nicht entgangen, als mir die Lasagne von der Gabel direkt auf das Oberteil gefallen war. Ich hatte Galloway gewarnt, dass so etwas passieren würde, und er hatte mich mit einem umwerfenden Lächeln und funkelnden Augen angesehen, mir in den Nacken gegriffen, sich ganz nah zu mir gelehnt und gesagt: „Glaubst du, ich wüsste das nicht schon längst, Fitz." Und dann hatte er mir zugezwinkert, bevor er mir einen Kuss auf die Nasenspitze drückte.

Am Tisch waren alle still geworden und hatten unseren Austausch gebannt verfolgt. Ich hatte sowohl Laura als auch meine Mutter seufzen hören. Ben, der auf der Küchenbank neben dem Esszimmer gesessen hatte, lachte laut. „Damit hat er den Deal besiegelt, Fitz. Deine Familie liebt ihn." Am liebsten hätte ich „Natürlich tut sie das!" geantwortet, hatte aber stattdessen selbst breit gegrinst und mich endlich entspannt.

„Alles in Ordnung hier drinnen?" Laura steckte ihren Kopf ins Bad, wo ich gerade versuchte, den Schaden zu begrenzen. Ich schaute an mir herunter, auf mein nun deutlich nasses T-Shirt und den orangefarbenen Fleck, den ich auf dem Stoff verteilt hatte. Dann grinste ich meine Schwester an. „Ich glaube, ich habe alles rausbekommen."

„Definitiv." Sie zwinkerte mir zu und dann lachten wir beide laut los. Sie lehnte sich noch ein wenig weiter ins Bad. „Bist du bald fertig?"

„Oh! Eure Ankündigung!" Ich drehte den Wasserhahn zu, wrang so viel Wasser wie möglich aus meinem Shirt, trocknete meine Hände an einem Handtuch ab und ignorierte das feuchte Gefühl an Bauch und Brust, als sich der nasse Fleck langsam ausbreitete. „Dann mal los." Ich hakte mich bei ihr unter und wir kehrten ins Esszimmer zurück.

Amandas Augen zoomten auf den Schaden, den ich auf meinem Shirt angerichtet hatte, aber als sie den Mund öffnete, um einen Kommentar abzugeben, stieß Dustin sie mit dem Ellbogen in die Rippen. Ihr Mund schloss sich mit einem Schnalzen und ich warf meinem Bruder einen dankbaren Blick zu.

Brad stand auf, als seine Frau sich näherte, und ich nahm schnell neben Galloway Platz und drückte seinen Schenkel unter dem Tisch. Er legte seine Hand über meine und wir schauten zu Brad und Laura, die mit ihren Armen um die Taille des jeweils anderen standen und sich an den Tisch wandten.

„Wir sind schwanger!", platzte Laura ohne Vorrede heraus.

Dann herrschte einen Moment lang Schweigen, bevor die Hölle losbrach. Mom weinte und kippte praktisch ihren Stuhl um, um zu Laura zu gehen und sie zu umarmen. Es gab Umarmungen, Tränen, Händeschütteln und Trinksprüche, und es war wunderbar. Ich könnte mich nicht mehr für meine Schwester freuen, sie und Brad hatten alles Glück der Welt verdient. Außerdem lenkte es die Aufmerksamkeit von Galloway und mir ab, und meine Anspannung ließ nach, sodass ich, als Galloway mich am Arm packte und in eine ruhige Ecke zerrte, nicht auf das vorbereitet war, was er zu sagen hatte.

„Ich muss los."

„Was?" Mein Kopf schoss hoch und meine Augen suchten sein Gesicht ab. Hatte ihn das ganze Gerede über Babys erschreckt? Welch eine Ironie, gerade als ich mich entspannt hatte, hatte er sich verspannt.

Er zeigte mir sein Handy, aber ich konnte die vielen Nachrichten auf dem Display nicht erkennen. „Ich habe einen Durchsuchungsbeschluss für Keagans Wohnung und die Galerie beantragt", erklärte er mir leise, damit die anderen es nicht hören konnten. „Er wurde gerade bewilligt."

„Du hast doch gesagt, das könne warten." Dann fiel der Groschen. „Kade Galloway, hast du mich etwa angelogen?"

Er grinste, wobei er seine Oberlippe hinreißend schürzte. „Schuldig im Sinne der Anklage. Du kannst mich später bestrafen."

„Oh, das werde ich. Verlass dich drauf." Ich warf

einen Blick über meine Schulter zu meiner Familie, die sich um Laura und Brad versammelt hatte. „Ich komme mit."

„Du darfst bei der Durchsuchung nicht dabei sein", erklärte er.

„Das ist in Ordnung. Ich warte im Auto. Aber du lässt mich hier nicht allein. Sobald du weg bist, wird sich die Aufmerksamkeit von Laura und Brad auf dich und mich richten, und ich bin nicht in der Stimmung für ein Kreuzverhör. Mom hat jetzt all ihre Babys und ist glücklich bis ans Ende ihrer Tage."

„Und das ist etwas Schlechtes?" Er zog eine Augenbraue hoch und ich fragte mich, wie er seine Augenbrauen so individuell steuern konnte. Jedes Mal, wenn ich es versuchte, schossen meine beiden Augenbrauen entweder in meinen Haaransatz oder zogen sich so tief zusammen, dass ich kaum etwas sehen konnte. Ganz zu schweigen davon, dass auch mein Mund und meine Nase mittrainierten. Ich wusste das, weil ich es viel zu lange vor dem Spiegel geübt hatte.

„Das ist eine Frage des Timings", redete ich um den heißen Brei herum. „Brad und Laura sollen ihren Moment haben."

„Okay. Aber du musst im Auto bleiben."

Fast schwindelig vor Freude darüber, dass er zugestimmt hatte, verabschiedeten wir uns und machten uns auf den Weg.

„Was ist los?", fragte Ben, der sich zu uns gesellte.

„Galloway hat einen Durchsuchungsbeschluss für Keagans Wohnung", erklärte ich, als wir gerade mal zehn Minuten zu Keagan Dunns Haus fuhren.

„Clever." Ben nickte und lehnte sich zwischen die Vordersitze.

„Und schnell", fügte ich hinzu, wobei ich mit einem Blick in seine Richtung andeutete, dass Galloway noch etwas zu gestehen hatte.

Er warf mir einen Blick zu, als er in Keagans Einfahrt bog. „Ich wusste, dass es einige Zeit dauern würde, den Beschluss zu bekommen. Besonders sonntags ist der Richter nicht erfreut, wenn wir ihn im Feierabend stören. Ich wollte nicht, dass du zu nervös wirst, sondern die Zeit mit deiner Familie genießt, also habe ich es für mich behalten."

„Aber jetzt sind wir hier. Nicht morgen Vormittag, wie du mir gesagt hast. Denkst du, dass bei ihm Fluchtgefahr besteht?"

„Ich glaube, er weiß, dass er ein Gemälde im Wert von zweihundert Millionen Dollar besitzt. Ich glaube auch, dass er einen Weg gefunden hat, das Bild an sich zu bringen und an einen Sammler zu verkaufen, ohne jemals entdeckt zu werden. Aber jetzt schnüffeln wir herum. Seine Kollegin hat ihm bestimmt erzählt, dass wir heute Morgen in der Galerie waren. Was wären deine nächsten Schritte, wenn du an seiner Stelle wärst?"

„Ich würde so schnell wie möglich aus der Stadt verschwinden. Oder zumindest die belastenden Beweise loswerden."

„Genau."

Wir starrten durch die Windschutzscheibe auf Keagans Haus. Fast alle Lampen waren eingeschaltet und das Licht brach durch die Lücken in den Vorhängen und Jalousien.

„Er packt."

Galloway nickte. „Ganz deiner Meinung."

„Alsoooo …" Ich sah ihn an. „Worauf wartest du?"

„Auf die Rückendeckung. Und den Beschluss." Kaum hatte er diese Worte gesagt, tauchte ein Streifenwagen hinter uns auf. Galloway öffnete die Tür, doch bevor er ausstieg, drehte er sich zu mir um. „Bleib im Auto."

„Ich weiß, ich weiß", brummte ich, verschränkte die Arme vor der Brust und gab mir Mühe, nicht zu schmollen.

Ben klopfte mir lachend auf die Schulter. „Keine Sorge, Fitz. Ich werde dir Bericht erstatten."

Ich schaute finster drein und war noch mehr verärgert darüber, dass mein Geisterfreund dorthin gehen konnte und ich nicht.

Galloway schloss die Tür und ich drehte mich auf meinem Sitz um, um zu sehen, wie er zum Streifenwagen ging. Officer Noah Walsh saß auf dem Fahrersitz, Sergeant Addison Young auf dem Beifahrersitz, den Durchsuchungsbeschluss in der Hand. Ich beobachtete, wie sie ausstiegen und sich kurz mit Galloway unterhielten, bevor sie sich der Haustür näherten. Young schlug mit der Faust gegen die Tür. „Firefly Bay Police Department. Aufmachen", rief sie.

Ich sah zu, wie Ben um die Beamten herum und geradewegs durch die Vordertür ging, um Sekunden später seinen Kopf wieder hindurchzustecken und mir zuzurufen: „Er haut ab – durch die Hintertür."

Da ich mein Fenster nicht herunterkurbeln konnte, weil Galloway die Schlüssel mitgenommen hatte und die Fenster elektrisch waren, öffnete ich die Tür. Galloway drehte sich um und starrte mich an. Ich ruckte mit dem Kopf in Richtung Seitentor und sagte: „Hinten raus", in der Hoffnung, er würde verstehen, dass wir geistige Hilfe hatten. Er legte kurz den Kopf schief, dann dämmerte ihm die Erkenntnis.

„Aufbrechen", befahl er. „Ich nehme die Rückseite." Er zog seine Waffe aus der Rückseite seiner Jeans, sprang über die Veranda und über das Tor, als ob es nichts wäre. Walsh trat die Eingangstür ein. Young und er stürmten mit gezogenen Waffen hinein, schrien nach Keagan und gaben sich als Polizisten zu erkennen. Ich saß auf dem Beifahrersitz und konzentrierte mich auf die Vorderseite des Hauses, wo Young und Walsh gerade verschwunden waren, und auf den Weg, der zur Rückseite führte, wo die Dunkelheit Galloway vor wenigen Sekunden verschluckt hatte.

Die Minuten verstrichen. Minuten, die sich wie Stunden anfühlten. Ich saß gespannt auf meinem Sitz, spähte durch die Windschutzscheibe und platzte vor Neugierde. Aber ich zwang mich, sitzen zu bleiben. Das hier war eine offizielle Polizeiangelegenheit. Wenn ich mich einmischte, könnte das den gesamten Fall gefährden. Ich wusste das. Aber es gefiel mir nicht.

Stellen Sie sich meine Überraschung vor, als sich das Garagentor direkt vor Galloways Auto öffnete. Ich duckte mich und spähte über das Armaturenbrett. Keagan war Galloway entwischt und in die Garage geflüchtet. Ich dachte, Galloway und die anderen würden hören, wie das Garagentor aufschwang, aber niemand erschien, und ich befürchtete, dass Keagan tatsächlich entkommen könnte.

Das Timing war alles. Ich schloss die Augen, hielt den

Atem an und lauschte auf die Schritte, als er sich Galloways Auto näherte. Kurz bevor er meine Tür erreicht hatte, schwang ich sie auf. Sehr schwungvoll. Zu meiner Freude war kurz darauf erst ein dumpfer Aufprall zu hören, als Keagan geradewegs hineinlief, und dann ein „Oh", als er rücklings auf dem Boden landete. Ich sprang aus dem Auto, drehte ihn auf den Bauch und setzte mich auf ihn.

„Galloway!", schrie ich.

„Audrey? Was zum Teufel?" Galloway kam angerannt und genau in dem Moment zum Stehen, als er mich auf Keagans Rücken sitzen sah. „Bist du okay?"

„Mir geht es gut. Sorry. Ich weiß, du hast gesagt, ich soll im Auto bleiben, aber ich konnte ihn doch nicht entkommen lassen."

Walsh und Young tauchten ebenfalls auf und grinsten, als sie mich auf ihrem Mann sitzen sahen. „Ein netter Anblick", meinte Walsh, bevor er mit den Handschellen in der Hand nach vorne trat. „Danke, Audrey, ab hier übernehmen wir."

Ich stand von Keagan auf, stolperte und fiel fast auf die Nase, bevor ich mich auffangen und hochrappeln konnte. Ich drehte mich um und grinste Galloway an, der sich, da war ich mir ziemlich sicher, ein Lächeln verkneifen musste. Vielleicht. Ich legte den Kopf schief und betrachtete seine steinerne Miene. Er konnte doch nicht wütend sein, *oder*? Schließlich hatte ich Keagan daran gehindert, zu entkommen.

„Was passiert jetzt? Wird er verhaftet?" Ich ignorierte Galloway und richtete meine Aufmerksamkeit auf Walsh, der Keagan auf den Rücksitz des Streifenwagens verfrachtete.

„Das hängt davon ab, was wir im Haus finden", meinte Young, die Hände in die Hüften gestemmt. „Walsh, behalte ihn im Auge. Helfen Sie mir bei der Durchsuchung?", fragte sie Galloway.

„Natürlich", antwortete er, sah mich an und deutete mit dem Daumen in Richtung seines Autos.

„Ich weiß, ich weiß. Ich warte im Auto", schnaufte ich und trottete zurück zum Fahrzeug. Ich hielt inne, um einen Blick auf die Beifahrertür zu werfen und fragte mich, ob Keagan eine Beule hinterlassen hatte.

„Fitz?", rief Galloway mir nach. „Gute Arbeit."

Ich strahlte, aber bevor ich etwas sagen konnte, fuhr er fort: „Die besten Detectives haben eines gemeinsam ..."

„Tapfere Handlanger?"

„Davon abgesehen", meinte er mit ausdrucksloser Miene.

„Moral?", versuchte ich es weiter.

„Davon abgesehen."

„Ich gebe auf. Was?"

„Eigeninitiative." Mit diesen Worten machte er auf dem Absatz kehrt und folgte Sergeant Young ins Haus.

„Das verstehe ich nicht", murmelte ich leise, während ich mich auf den Beifahrersitz fallen ließ und die Tür schloss. War er jetzt wütend auf mich oder zufrieden mit mir?

„Er meinte das als Kompliment", sagte Ben. Ich stieß einen erschrockenen Schrei aus, hielt mir dann die Hand vor den Mund und drehte mich um, um durch die Heckscheibe zu sehen, wie Officer Walsh in meine Richtung blickte, aber er blieb an der Seite des Streifenwagens stehen, die Arme vor der Brust verschränkt, während er darauf wartete, dass Galloway und Young das Haus durchsuchten.

Ich flüsterte: „Wie das?"

„Du hast die Anweisungen befolgt – und bist im Auto geblieben – und dann hast du Dunn effektiv an der Flucht gehindert, ohne dich selbst in Gefahr zu bringen."

Ich zuckte mit den Schultern. „Ja, aber ich ..." Ich brach ab.

„Du hast es ohne nachzudenken getan?", fragte Ben. „Hast es instinktiv getan? Oder deine Intuition benutzt?"

„Ooooooh, jetzt verstehe ich."

„Intuition ist so etwas wie gesunder Menschenverstand." Ben wechselte vom Rücksitz auf den Fahrersitz. „Den hat auch nicht jeder."

„Verstanden." Das hatte ich schon in meinen Jahren als Büroaushilfe festgestellt. Als Mensch mit gesundem Menschenverstand war es ein Schock, zu erfahren, dass nicht jeder mit dieser Eigenschaft gesegnet ist.

Blinkende Lichter erregten meine Aufmerksamkeit und als ich den Blick nach hinten richtete, sah ich einen weiteren Streifenwagen heranrollen. Officer Jacobs und Officer Collier stiegen aus, unterhielten sich kurz mit Walsh und fuhren dann weiter zu Keagans Haus. Hatten sie etwas gefunden? Das Gemälde vielleicht?

Eine Stunde verging. Meine Augenlider wurden schwer und ich unterdrückte ein Gähnen. Meine Blase sagte mir, dass es keine Option war, noch länger in Galloways Auto zu sitzen und zu warten. Nicht, wenn er keine feuchte Polsterung wollte. Gerade als ich überlegte, was ich tun sollte, öffnete sich die Fahrertür und er stieg ein. Ben konnte gerade noch rechtzeitig ausweichen und zog sich auf seinen Platz auf der Rückbank zurück.

„Alles erledigt?", fragte ich gähnend.

„Das Team packt gerade ein." Galloway nickte. „Tut mir leid, dass ich dich hier draußen warten ließ. Ich hätte jemanden anrufen sollen, damit er dich nach Hause bringt."

„Ist schon gut", log ich. „Ich habe mich auf meine Prüfung vorbereitet." Das stimmte. Ben hatte mich bis aufs Blut mit Fragen durchlöchert und jedes Wissen aus mir herausgequetscht. So sehr, dass mein Gehirn schmerzte.

„Verdammt, ich habe vergessen, dass du morgen deine Prüfung hast." Er warf einen Blick auf seine Uhr und zuckte zusammen. „Tut mir leid, Audrey, ich hätte dir die Schlüssel geben sollen, damit du selbst nach Hause fahren kannst."

„Hätte, hätte, Fahrradkette." Ich hob eine Schulter. „Aber wenn du jetzt fertig bist, können wir dann losfahren? Ich muss auf die Toilette."

„Oh, Mann. Ich hab's vermasselt, was?" Er startete den Motor.

Der Streifenwagen, der hinter uns gestanden hatte, war vor zwanzig Minuten losgefahren und hatte Keagan zur Wache gebracht. Wenn ich daran gedacht hätte, hätte ich mit ihnen mitfahren können, und Walsh hätte mich bestimmt nach Hause gebracht.

„Ich nehme an, ihr habt das Bild gefunden?" Ich schlug die Beine übereinander und konzentrierte mich auf meine Beckenbodenmuskulatur, denn jede kleine

Unebenheit auf der Straße erhöhte den Druck auf meine Blase.

„Und noch einiges mehr!", schnaubte Galloway und warf mir einen Blick zu, bevor er seine Aufmerksamkeit wieder auf die Straße richtete. „Es sieht so aus, als hätte Dunn eine nette kleine Fälschungsaktion am Laufen."

„Fälschungen?" Ich runzelte die Stirn. „Du meinst Banknoten?"

„Ich meine Gemälde", korrigierte Galloway mich. „Im Atelier in seinem Haus standen überall Bilder mit dem gleichen Motiv. Alle mit der gefälschten Signatur des Künstlers. Deshalb hat es so lange gedauert. Wir mussten uns vergewissern, dass es sich um Plagiate handelte und dass er nicht seine eigene Arbeit kopiert hatte – was völlig legal wäre."

„Aber habt ihr nun das Bild gefunden? *Das Konzert*, meine ich?" Das Bild, das zweihundert Millionen Dollar wert war. Ich konnte diese Summe nicht begreifen. Während ich gewartet hatte, rätselte ich darüber, warum es ausgerechnet auf dem Dachboden von Dudley Kelshs Farmhaus gelegen hatte. Bisher war die einzige Theorie, die mir einfiel, dass Dudley Kelsh ein Dieb gewesen war. Was keinen Sinn ergab, war die Frage, warum er das gestohlene Gemälde nicht verkauft hatte. Warum hatte er in einem heruntergekommenen alten Bauernhaus gewohnt, wenn er ein millionenschweres Gemälde besaß?

„Aber sicher doch." Galloway grinste, streckte die Hand aus und drückte mein Knie. „Dank deiner Schwägerin."

„Juhu." Ich hob die Faust zu einem stumpfen Jubel. *Gut gemacht, Amanda.*

„Das wird eine Menge Medienaufmerksamkeit auf sich ziehen."

„Okay."

„Ich werde eine Weile auf dem Revier festsitzen."

„Das ist schon in Ordnung." Ich hatte nichts anderes erwartet. Wir hielten vor meinem Haus und Galloway ließ den Motor laufen. „Oh. Okay. Ich spring einfach raus und lass mich abrollen." Ich öffnete meine Tür und wollte schon aussteigen.

„Entschuldigung." Seine Augen flehten mich an, ihn zu verstehen.

Es ärgerte mich, dass er es für nötig hielt, sich zu entschuldigen. Ich drehte mich um und funkelte ihn wütend an. „Entschuldige dich niemals dafür, dass du deine Arbeit machst."

Er wich zurück, nicht so sehr wegen meiner Worte, sondern vermutlich wegen der Art und Weise, wie ich sie sagte. Ich holte tief Luft und ließ sie langsam wieder los. „Ich bin nicht sauer. Ehrlich nicht. Aber ... Ich muss ganz dringend auf Toilette. Ich kann also nicht hier herumsitzen und mit dir plaudern. Und du musst einen Kunstdieb verhören."

„Falls wir uns vorher nicht mehr sehen, wünsche ich dir viel Glück für deine Prüfung morgen!"

Ich winkte dankend ab, knallte die Tür zu und eilte mit dem Schlüssel in der Hand zur Haustür. Ich hatte nicht gelogen, als ich sagte, ich müsste ganz dringend. Im Haus war es dunkel, und ich schaltete das Licht ein, gab den Code für die Alarmanlage ein und eilte dann ins Bad. Durch die Tür konnte ich hören, wie Ben sich mit Thor unterhielt, und lächelte.

„Und jetzt?", fragte Ben, sobald ich im Bad fertig war, während Thor wie üblich verkündete: „Mein Futternapf ist leer."

Ich hob Thor hoch, drückte das Gesicht in sein Fell und genoss das Schnurren, während ich ihn zu seinem Futternapf trug, der ganz sicher nicht leer war. Ich setzte ihn wieder auf den Boden, ordnete das Futter zu einem ordentlichen Haufen und lachte, als er meine Hand zur Seite schob, um die knusprigen Leckereien zu verschlingen.

„Okay", sagte ich zu Ben und wischte mir die Hände ab. „Wir haben noch viel zu tun."

„Alles klar!" Ben hüpfte aufgeregt von einem Fuß auf den anderen. „Was denkst du? Dass Keagan Anita wegen des Gemäldes getötet hat? Vielleicht ahnte sie ja, dass etwas im Busch war."

„Nein." Ich kaute an einem Fingernagel und dachte nach. „Das ergibt keinen Sinn." Ich eilte zum Whiteboard in meinem Büro, nahm einen Marker und notierte Anitas Namen. Ben lehnte sich gegen den Schreibtisch und sah mir zu.

„Anitas Essen war kontaminiert, was mir sagt, dass ihr Tod vorsätzlich herbeigeführt wurde. Das musste geplant werden. Und es gab keine Garantie, dass Anita den kontaminierten Nudelbecher überhaupt essen würde. Und falls sie es tat, wann. Es hätte ein paar Tage dauern können, bis sie nach dem bearbeiteten Becher gegriffen hätte, wenn überhaupt."

„Das heißt aber nicht, dass Keagan es nicht getan haben könnte."

„Stimmt, aber noch einmal, warum? Von Anita selbst wissen wir bereits, dass sie keine Ahnung hatte, dass das Gemälde wertvoll war. Und obwohl ich keinen Blick in das Atelier in Keagans Haus werfen konnte, würde es mich nicht überraschen, wenn er eine Kopie des Originalgemäldes angefertigt hätte, eine Kopie, die er Anita zurückgeben könnte, damit sie sie im Museum oder in der Historischen Gesellschaft aufhängen konnte. Er brauchte sie nicht zu töten, um sie sich vom Leib zu halten."

„Du hältst Keagan Dunn also des Kunstbetrugs und des Besitzes gestohlener Güter für schuldig, aber nicht des Mordes."

„Ja." Ich wandte meine Aufmerksamkeit wieder der Tafel zu und notierte Noreen Bellamys Name. „Ich glaube, dass Noreen die Bücher frisiert. Ich hatte Zugang zu den Konten von Finley Constructions, und es sieht so aus, als ob sie Gelder veruntreut."

„Kannst du beweisen, dass sie es war? Vielleicht war es ja auch Logan. Oder sogar Tyler."

„Noreen ist Logans Buchhalterin."

„Deswegen ist sie nicht automatisch schuldig."

Ich verdrehte die Augen. „Jetzt bist du einfach nur streitlustig." Ich setzte ein Fragezeichen unter Noreens Namen. „Finley Constructions ist nicht ihr einziger Kunde. Sie ist auch die Schatzmeisterin der Historischen Gesellschaft."

„Glaubst du, sie veruntreut auch deren Gelder?"

„Soweit ich weiß, verschwindet seit sechs Monaten Geld von Logans Konto, und zwar in kleinen Beträgen, verteilt auf zahlreiche Transaktionen. Wer sagt denn, dass sie das nicht bei all ihren Kunden macht? Ein paar Hundert hier, ein paar Hundert dort?"

„Aber Noreen scheint keine großen Ausgaben zu tätigen. Keine auffällige Kleidung, kein schickes Auto."

„Soweit wir das beurteilen können. Vielleicht wollte Anita die Bücher der Historischen Gesellschaft sehen, Noreen geriet in Panik und brachte sie um."

„Das ist eine Möglichkeit", räumte Ben ein.

„Keagan und Noreen waren an diesem Morgen im Museum. Sie hätte sich in die Räume der Historischen Gesellschaft schleichen und die Nudeltasse präparieren können."

„Das Gleiche gilt für Keagan", meinte Ben.

Ich rümpfte die Nase. „Im Grunde sind unsere beiden Verdächtigen das Alibi des jeweils anderen." Ich schnippte mit den Fingern. „Vielleicht stecken sie ja unter einer Decke."

„Das bezweifle ich. Was sollte Keagan mit ein paar tausend Dollar anfangen, die sie von Noreens Kunden veruntreut hatten, wenn sich ein millionenschweres Gemälde in seinem Besitz befand? Eins, von dem er wusste, dass er es auf dem Schwarzmarkt loswerden konnte, wenn man die Fälschungen bedenkt, die er in seinem Haus hatte."

„Du hast recht." Ich trat zurück und betrachtete das Whiteboard. Zwei Namen. Sowohl mit Motiv als auch mit Gelegenheit.

„Die Art und Weise, wie Anita getötet wurde", Ben rückte in mein Blickfeld und starrte auf die Tafel, „deutet eher auf eine Mörderin als auf einen Mörder. Frauen neigen dazu, Gift zu verwenden."

„Aber sie wurde nicht vergiftet. Obwohl es fast das Gleiche ist, ihr Essen mit dem einzigen Stoff zu versetzen, auf den sie mit einem tödlichen anaphylaktischen Schock reagiert", bestätigte ich. „Gutes Argument. Außerdem kann ich mir das bei Keagan nicht vorstellen. Wenn er auf dem Schwarzmarkt für Kunstgegenstände und ruchlose Machenschaften agiert, hätte er sie wahrscheinlich erschossen, wenn sie zum Problem geworden wäre. Oder er hätte jemand anderen dazu gebracht."

„Da stimme ich dir zu."

Ich strich Keagans Namen durch. Er war nicht unser Mörder.

„Bleibt nur noch Noreen. Ich würde gerne einen Blick in die Bücher der Historischen Gesellschaft werfen. Noreen weiß nicht, dass die Polizei einen Durchsuchungsbeschluss für Finleys Konten hat, also weiß sie auch nicht, dass wir wissen, was sie getan hat."

„Was ist mit Logan?", fragte Ben.

„Was soll mit ihm sein?"

„Er ist nicht im Vorstand." Er nickte mit dem Kopf in Richtung Tafel vor uns.

„Meinst du, er sollte auch dort stehen?"

„Anita hat selbst gesagt, dass er sich seltsam benommen hat. Geheimniskrämerisch."

„Ja, aber ich glaube, ich weiß warum." Ich tippte auf Noreens Namen. „Sein Unternehmen steckte in Schwierigkeiten. Er gründete Finley Constructions vor zweiundzwanzig Jahren, er ist ein stolzer Mann, der seine Frau nicht damit belästigen wollte, dass er Bauunternehmern und Lieferanten Geld schuldete, das er nicht hatte. Geld, das Noreen gestohlen hat."

„Du nimmst also an, dass er sich deshalb so seltsam verhalten hat." Ben verschränkte die Arme und sah mich stirnrunzelnd an. „Anita hat mir erzählt, dass sie eine Lebensversicherung abgeschlossen hat. Mit diesem Geld könnte er seine finanziellen Schwierigkeiten mit einem Schlag lösen."

Ich sog den Atem durch die Zähne ein. „Richtig." Ich fügte seinen Namen auf der Tafel hinzu. „Aber etwas anderes ist mir ein Rätsel." Ich tippte mit dem Filzstift auf die Pinnwand. „Der verschwundene EpiPen. Und die Halskette."

„Ich kann nicht glauben, dass du schon wieder mit dieser Halskette anfängst", stöhnte Ben.

„Weil es ein Rätsel ist! Weil sie der Grund ist, warum Anita mich engagiert hat. Sie muss etwas mit all dem zu tun haben. Denn ich glaube nicht, dass sie einfach so von selbst verschwunden ist. Und wir haben Anitas eigene Aussage – sie hat sie nicht getragen. Sie holte sie heraus, um sie zu tragen, nahm sie aber nie aus der Schatulle heraus. Kurz darauf sind Schatulle und Halskette verschwunden."

Ich gähnte und das Whiteboard verschwamm vor meinen Augen, während ich die Namen anstarrte.

„Du siehst fertig aus", sagte Ben. „Und es ist schon spät. Warum gehst du nicht schlafen und fängst morgen früh von vorne an?"

Er hatte recht. Ich konnte heute Abend nichts mehr in Bezug auf die Bücher der Historischen Gesellschaft tun und Galloway würde noch stundenlang auf dem Revier festsitzen. Zeit für ein wenig Schlaf. Die Suche nach dem Mörder würde bis morgen warten müssen.

Da ich das Wochenende damit verbracht hatte, einen Mörder zu jagen, anstatt wie geplant einzukaufen, waren meine Schränke am Montagmorgen leer und ich fand mich zum Frühstück im Firefly Bay Hotel wieder. Doch es gab noch einen weiteren Grund, warum ich ausgerechnet in diesem Restaurant saß und auf mein spanisches Omelett wartete – Lacey Stevens.

Der Gedanke war mir vergangene Nacht beim Einschlafen gekommen: Lacey Stevens und ihr merkwürdiges Verhalten. Sie war am Samstagmorgen nicht zum Putzdienst im Museum erschienen, sondern hatte sich später im Haus der Finleys herumgetrieben, um zu lauschen. Obwohl sie erst seit ein paar Monaten in Firefly Bay lebte, war sie in dieser kurzen Zeit Anitas beste Freundin geworden und hatte es sich in deren Leben bequem gemacht.

Nicht, dass daran irgendetwas falsch wäre. Oder sie zur Mörderin machte. Aber ich war trotzdem neugierig. Ich nahm einen Schluck vom erstaunlich guten Kaffee, den die Kellnerin mir gebracht hatte, zückte mein Handy und tat so, als würde ich telefonieren, damit ich mit Ben sprechen konnte, der mir gegenüber saß – oder besser gesagt, in der Mitte des Tisches schwebte, weil der Stuhl nicht herausgezogen war.

„Anschließend fahre ich zur Historischen Gesellschaft, um mir ihre Konten anzusehen", erklärte ich dem Telefon.

„Ich weiß, dass Galloway dich gebeten hat, ihm bei der Buchhaltungssache zu helfen, insbesondere in Bezug auf den Durchsuchungsbeschluss für die Finley-Konten. Aber gilt das auch für die Historische Gesellschaft?"

„Nein. Aber davon lasse ich mich nicht aufhalten. Ich muss ja auch nur einen kurzen Blick darauf werfen. Wenn mein Verdacht stimmt", ich hielt inne und schaute mich um, um sicherzugehen, dass mich niemand hören konnte, „dann ist Noreen unsere Gelddiebin."

„Und wenn die Bücher nicht frisiert sind?"

Ich runzelte die Stirn. Darüber hatte ich auch schon nachgedacht und die Antwort hatte mir nicht gefallen. „Dann fällt der Verdacht wieder auf Logan. Oder Tyler. Aber warum sollte Logan sich selbst bestehlen? Wenn er Geld brauchte, konnte er es sich einfach aus dem Unternehmen nehmen. Er brauchte es nicht zu stehlen."

„Diese Theorie führt uns dann zu Tyler", meinte Ben.

„Ich weiß", stimmte ich ihm seufzend zu. Dieses Szenario gefiel mir ganz und gar nicht, aber wenn ich Noreen ausschließen könnte, müsste ich zwangsläufig Tyler als Täter ins Auge fassen.

„Wo wir gerade von ihm reden ..." Ben deutete quer durch den Raum und ich drehte den Kopf, um nachzusehen. Dort standen Lacey und Tyler und stritten sich.

„Los, geh rüber!", zischte ich. „Finde heraus, was da los ist."

Ich legte mein Handy auf den Tisch und beobachtete die beiden mit brennender Neugierde. Tylers Hände waren zu Fäusten geballt, als wäre er wütend, doch sein Gesicht war schmerzverzogen. Lacey wirkte gleichgültig, während sie seinen Redefluss mit einem Handzeichen unterbrach. Sie war eindeutig nicht an dem interessiert, was er zu sagen hatte. Als ob sie spürte, dass ich sie beobachtete, drehte sie den Kopf und unsere Blicke trafen sich. Sie starrte mich einige Sekunden lang an, bevor sie sich wieder Tyler zuwandte.

Was auch immer sie sagte, machte ihn traurig. Seine Schultern fielen zusammen wie ein aufgeblasener Ballon, dem die Luft ausging, und das Kinn sank auf die Brust. Lacey machte auf dem Absatz kehrt und verschwand in der Küche, während Tyler mit gesenktem Kopf in Richtung Tür schlurfte und nichts um sich herum wahrnahm. Ben kehrte an meinen Tisch zurück und ich griff wieder nach meinem Handy.

„Und?", wollte ich wissen.

„Er meinte, dass sie es zurückgeben solle. Dass er es ihr gar nicht erst hätte geben dürfen und dass es ein Fehler war."

„Und was hat sie gesagt?"

„Sie meinte, das würde nicht passieren und er müsse damit klarkommen."

„Er wirkte sehr aufgebracht."

„Das war er auch. Ich dachte, er würde gleich losheulen, aber du glaubst es kaum. Er stellte ihr eine Art Ultimatum. Sie sollte zurückgeben, was auch immer es war, oder es wäre aus zwischen ihnen."

„Aus?" Ich stürzte mich regelrecht auf dieses Wort. „Wie jetzt? Sind die beiden ein Paar?" Ich war entsetzt. Lacey war alt genug, um seine Mutter zu sein!

„Ja, so sah es aus. Und es hörte sich auch so an."

„Und was hat Lacey dazu gesagt? Zum Ultimatum?"

„Sie meinte, ,Sei's drum', und ließ ihn einfach stehen."

Durch die Fensterfront des Restaurants konnte ich Tyler sehen, der in den Truck von Finley Constructions stieg. Er schlug mit der Faust auf das Lenkrad und starrte durch die Windschutzscheibe, bevor er schließlich den Motor anließ und mit quietschenden Reifen losfuhr.

„Was wäre, wenn ..." Ich spielte mit dem Salzstreuer auf dem Tisch und drehte ihn so lange, bis er umkippte und etwas Salz auf das Tischtuch rieselte. Hastig stellte ich ihn wieder auf. „Was wäre, wenn das, was Tyler zurückhaben will, die Halskette seiner Mutter ist?"

„Kein dummer Gedanke." Ben nickte. Als er sah, dass die Kellnerin mit meinem Omelett auf mich zukam, schwebte er zur Seite. „Ich werde Anita suchen und sehen, was wir herausfinden können. Und Audrey? Vergiss nicht, dir einen Wecker für die Prüfung zu stellen."

Oh, Mist. Ich griff nach meinem Handy und stellte pflichtbewusst den Alarm ein. Die Arbeit an einem Fall half mir zwar, meine Nerven in Schach zu halten, aber der Nachteil war, dass ich oft so sehr darin vertieft war, dass ich die Zeit vergaß. Meine Prüfung fand um vierzehn Uhr im Rathaus statt. Wenn ich den Termin verpassen würde, müsste ich die Gebühr noch einmal bezahlen, ganz zu schweigen von der Warterei auf einen neuen Termin.

„Danke", meinte ich lächelnd zur Kellnerin, als sie mir einen dampfenden Teller vorsetzte.

„Kann ich sonst noch etwas für Sie tun?"

„Nein, danke. Alles gut." Ich lächelte wieder und wartete, bis sie weggegangen war, bevor ich mein Besteck nahm und loslegte. Mmmmh. Köstlich. Ich rollte mit den Augen, als der Käse auf meiner Zunge schmolz. Das war genau das, was ich jetzt brauchte. Nach einem guten Essen und einem ausgezeichneten Kaffee wäre es dann an der Zeit, Noreen Bellamy auf den Zahn zu fühlen.

Ich hing noch eine weitere Tasse Kaffee im Restaurant herum, in der Hoffnung, einen Blick auf Lacey zu erhaschen und sie über ihre Beziehung zu Tyler auszufragen. Doch sie blieb in der Küche, selbst als ich über die Kellnerin mein Kompliment an die Küchenchefin ausrichten ließ.

Da ich nicht länger warten konnte, gab ich ihr ein Trinkgeld und eilte zu meinem Auto – gerade noch rechtzeitig, um einen Anruf meiner Mutter entgegenzunehmen. Ich verband mein Handy über Bluetooth mit der Freisprechanlage und nahm das Gespräch an, während ich fuhr.

„Hi, Mom, was gibt's?" Ich dachte, sie würde anrufen, um über Laura und Brad und das Baby zu tratschen.

„Kade ist in den Nachrichten." Mit dieser Aussage überraschte sie mich.

„Ist er das?"

„Ja. Sie sagen, dass Keagan Dunn, der Besitzer der

Kunstgalerie neben dem Museum, wegen Kunstbetrug und Hehlerei verhaftet worden sei."

„Ach so. Das." Galloway hatte mich gewarnt, dass sich die Medien darauf stürzen würden. Ich hatte nur nicht erwartet, dass die Nachricht so schnell einschlagen würde.

„Du wusstest es?", krächzte Mom.

„Ja. Aber ich darf nicht darüber reden, Mom", erinnerte ich sie. „Das sind polizeiliche Ermittlungen, nicht die eines Privatdetektivs."

„Okay, in Ordnung." Sie hüstelte kurz, bevor sie fortfuhr. „Gestern Abend war doch ganz nett, oder? Und dann diese fantastische Babyneuigkeit!"

In den nächsten fünf Minuten hörte ich Mom zu, wie sie die Geburt des Kindes plante, welche Aufgaben Isabelle als Babysitterin haben würde, wenn bei Laura die Wehen einsetzten, und was sie für das Kinderzimmer brauchen würden. Ich fuhr auf den Parkplatz der Historischen Gesellschaft und parkte unter einem Baum.

„Mom, Laura hat noch Monate vor sich, bis das Baby kommt. Wir haben noch viel Zeit."

„Ich weiß, Liebes. Es ist nur so aufregend."

Ich grinste. „Du hast recht. Das ist es. Sieh mal, Mom, ich bin dort angekommen, wo ich hin muss. Ich muss jetzt los."

„Viel Glück für deine Prüfung heute, mein Schatz. Ich denk an dich. Ich liebe dich."

„Ich dich auch, Mom. Und danke. Bye."

Ich löste mein Handy aus der Halterung, beendete das Gespräch und sah mich auf dem Parkplatz um. Außer meinem eigenen Auto gab es keine weiteren Fahrzeuge.

Lediglich ein kanariengelber Motorroller war in der Nähe der gemeinsamen Eingangstür von Museum und Historischer Gesellschaft geparkt. Ich war mir ziemlich sicher, dass Noreen einen weißen Honda Civic fuhr, von dem es jedoch keine Spur gab.

Die Eingangstür zur Gesellschaft war unverschlossen, also stieß ich sie auf und trat ein. Wie am Samstagmorgen war es drinnen kühl und roch etwas muffig, aber ich hörte ein Radio und folgte dem Geräusch, bis ich Mary Wilson, die Sekretärin des Vereins, in einem winzigen Büro fand, das dem von Anita nicht unähnlich war.

„Hallo", rief ich und klopfte an die offene Tür. Mary fuhr erschrocken hoch. „Sorry, ich wollte Sie nicht erschrecken", rief ich lächelnd.

Sie erwiderte das Lächeln und stellte das Radio leiser. „Entschuldigung, ich drehe es gern lauter, wenn ich allein hier bin. Sonst ist es mir hier zu gruselig."

Ich nickte. „Das glaube ich gern."

„Audrey, nicht wahr? Sie waren Freitagabend hier und Anita meinte, sie würden Ihr beim Kelsh-Nachlass helfen, richtig?" Bevor ich antworten konnte, fuhr sie fort. „Die arme Anita! Tot! Das ist einfach furchtbar. Ich weiß gar nicht, was der Verein ohne sie machen soll. Und dann ist da noch diese Sache mit Keagan." Sie zog die Augenbrauen zusammen und senkte die Stimme. „Was hatte er bloß vor? Kunstfälschungen, heißt es in den Nachrichten. Und Hehlerei. Ich frage mich, was es damit auf sich hat."

„Ich …"

„Ich bereite gerade alles für eine Sondersitzung vor. Da sowohl der Posten des Präsidenten als auch der des

Vizepräsidenten jetzt unbesetzt sind, müssen wir dafür so schnell wie möglich jemanden finden."

Ich biss mir auf die Lippe, um ihr nicht zu sagen, dass sie vielleicht auch einen neuen Schatzmeister brauchten. „Sind Sie an der Stelle interessiert, Mary?", fragte ich stattdessen.

„Wer ich?" Ihre Hand flog zu ihrem Hals, ihre Finger spielten mit dem goldenen Kreuz, das dort hing. „Nun." Sie räusperte sich. „Sollte der Rest des Komitees mich vorschlagen, könnte ich das durchaus in Betracht ziehen."

„Ich bin mir sicher, Sie wären eine wunderbare Präsidentin", heuchelte ich. „Also, ähm, ich wollte fragen, ob es okay ist, wenn ich einen Blick darauf werfe, was Anita mit dem Kelsh-Haus vorhatte. Da wir nicht mehr zusammen daran arbeiten konnten, weil sie … Sie wissen schon …"

„Oh! Ja, natürlich! Ich bin sicher, dass das in Ordnung ist. Folgen Sie mir." Sie verließ ihr Büro so schnell, wie es ihre arthritischen Knie zuließen, und ich eilte neben ihr her. Ich dachte, wir würden zu Anitas Büro gehen, aber sie hielt an, bevor wir es erreichten, und schloss eine andere Tür auf. Sie schwang sie auf und zeigte auf einen fensterlosen Raum mit einem Tisch, einem Stuhl und einem Computer.

„Das ist unser IT-Raum", erklärte sie mit dramatischer Stimme. „Wir haben nur einen Computer und da alle darauf zugreifen wollten, beschlossen wir, dass es am besten wäre, wenn er in einem separaten Büro stünde."

„Okay, also kein Netzwerk?"

„Kein Budget." Sie seufzte. „Anita setzte sich sehr dafür ein, dass wir einen eigenen Server und jeder einen eigenen vernetzten Computer bekommen sollte, aber leider schien der Kontostand trotz Anitas Spendenbemühungen immer weiter zu sinken."

Mary schaltete das Licht an und führte mich hinein. „Das Passwort ist *Geschichte* und die Nummer *eins*. Ich weiß nicht viel über Anitas Dateien zum Kelsh-Haus, aber auf dem Computer gibt es einen Ordner mit der Bezeichnung *Präsident*. Ich schlage vor, Sie sehen dort nach."

„Danke, Mary. Ich brauche nicht lange. Ich drucke nur kurz aus, was Anita bereits katalogisiert hat, und dann bin ich auch schon wieder weg."

„Lassen Sie sich ruhig Zeit, meine Liebe. Noreen kommt erst in einer Stunde. Sie macht jeden Montagmorgen die Buchhaltung."

„Sie erledigt die Buchhaltung hier? Nicht von zu Hause aus?"

„Sie sagt, dass sie dadurch wenigstens mal unter Leute kommt. Außerdem hilft sie mir so auch ein wenig, weil sie unterwegs die Post abholt."

Gut zu wissen. „Bis dahin wird der Computer wieder frei sein", versicherte ich ihr, bevor ich den Stuhl herauszog und mich setzte. Ich wartete, bis sie den Flur entlang geschlurft war, bevor ich den PC einschaltete. Während er hochfuhr, zog ich einen leeren USB-Stick aus der Tasche und legte ihn neben die Tastatur. Eine Sache, die ich von Noreen Bellamy wusste, war, dass sie lieber mit Tabellenkalkulationen arbeitete als mit einem Buchhaltungsprogramm, was mir die Arbeit sehr erleichterte.

Wie Mary gesagt hatte, befand sich auf dem Schreibtisch ein Ordner mit den Positionen der einzelnen Mitglieder. Ich steckte den USB-Stick ein und kopierte Anitas kompletten Ordner. Dann öffnete ich Noreens

Schatzmeister-Ordner. Im Hauptordner gab es eine Reihe von Unterordnern, die nach Jahren sortiert waren. Ich kopierte den gesamten Inhalt des aktuellen Jahres auf den Stick.

Während der Computer damit beschäftigt war, alle Dateien zu kopieren, öffnete ich Anitas Ordner und kopierte den Inhalt ebenfalls auf das USB-Laufwerk, bevor ich nach der Datei zum Kelsh-Nachlass suchte. Wie vorhergesagt, hatte Anita eine Tabelle über seinen Inhalt angelegt – ihr Versuch der Katalogisierung. Ich öffnete sie und drückte auf Drucken. Mary brauchte nicht zu wissen, dass ich alle Dateien kopiert hatte, die ich brauchte. Da der Kelsh-Katalog der einzige war, den ich geöffnet hatte, konnte niemand, der den Computer nach mir benutzte – mit anderen Worten Noreen –, wissen, dass ich mir ihre Dateien angesehen hatte.

Sobald der USB-Stick nicht mehr blinkte, zog ich ihn wieder heraus und ließ ihn in meine Tasche fallen. Dann fuhr ich den Computer herunter und nahm den Ausdruck aus dem Drucker.

„Alles erledigt, Mary!" Ich blieb in der Tür zu Marys Büro stehen und winkte ihr mit dem Ausdruck zu. „Danke."

„Wunderbar, meine Liebe. Und vielen Dank für Ihre Hilfe. Der Verein weiß das zu schätzen. Ich nehme an, Sie haben kein Interesse, dem Komitee beizutreten? Wir haben noch ein paar freie Stellen."

„Ich werde darüber nachdenken", log ich, winkte ihr zu und ging den Flur hinunter. Sobald ich Anitas Mörder gefunden und den Fall abgeschlossen hatte, war meine Arbeit für den Verein beendet.

13

Kaum war ich wieder zu Hause, notierte ich auf dem Whiteboard Lacey Stevens als weitere Verdächtige. „In dir steckt mehr, als man auf den ersten Blick sieht."

„Meinst du mich?" Thor gähnte auf seinem Platz am Rande des Schreibtischs.

„Nein. Sie." Ich zeigte auf Laceys Namen. „Ben und ich glauben, dass sie eine Affäre mit Anitas Sohn hat." Igitt, allein die Worte laut auszusprechen, fühlte sich falsch an. „Und wenn das stimmt, hat sie ein mögliches Motiv. Und die Gelegenheit." Ich erinnerte mich, dass Anita mir erzählte, dass Lacey stehen geblieben war und einen Anruf entgegengenommen hatte, als sie am Freitagabend das Museum verlassen hatten. Sie hätte sich in die Räume der Historischen Gesellschaft schleichen und den Nudelbecher präparieren können. „Aber warum sollte sie Anita töten?", murmelte ich vor mich hin. „Du bist vor sechs Monaten in die Stadt gekommen und hast dich sofort mit ihr angefreundet ... Um an ihren Sohn heranzukommen?

War das alles nur ein Trick?" Ich hatte mehr Fragen als Antworten.

Thor legte sich auf die Tastatur. „Wie fesselnd. Weck mich auf, wenn es Zeit zum Mittagessen ist."

Ich hob ihn von der Tastatur hoch und setzte ihn auf dem Boden ab. „Die brauche ich, Champ." Ich musste die Konten der Historischen Gesellschaft durchgehen, ganz zu schweigen von Anitas Dateien, die ich aus einer Laune heraus mitgenommen hatte. Sie könnten etwas Interessantes enthüllen.

Leider dauerte es nicht lange, bis ich Unstimmigkeiten in den Konten der Gesellschaft entdeckte. Ähnlich wie bei den Finley-Konten waren Rechnungen zu hoch bezahlt worden. Nicht viel, aber ein bisschen hier und da summierte sich schnell. Was ich nicht hatte, war die Kontonummer, auf die diese Gelder umgeleitet wurden. Ich würde die Hilfe der Polizei benötigen, um Zugang zu Noreens Bankkonten zu erhalten, oder musste die Frau selbst zur Rede stellen. Aber ich hatte keinen Zweifel daran, dass Noreen Bellamy ihre Kunden bestahl. Ob sie Anita deswegen umgebracht hatte, war jedoch eine andere Frage.

Ich rief Galloway an. Als er sich nicht meldete, hinterließ ich ihm eine Nachricht mit der Bitte, mich zurückzurufen. Dann schnappte ich mir meine Schlüssel und machte mich auf den Weg zurück zur Historischen Gesellschaft, in der Hoffnung, Noreen dort zu treffen.

„Oh, das tut mir leid, meine Liebe. Sie haben sie gerade verpasst. Sie ist zum Mittagessen nach Hause gefahren und fährt dann weiter zu Finley Constructions", erzählte mir Mary, die gerade den Stapel Post durchsah, den

Noreen mitgebracht hatte. „Sie hätten mir sagen sollen, dass Sie mit ihr reden wollen, dann hätte ich ihr Bescheid gesagt.“

„Wirklich? Sie fährt heute noch zu Finley Constructions?“ Ich sah Mary an, die ein wenig zu erröten schien, während sie sich mit der Post beschäftigte. Dabei fiel mir auf, dass sie nur noch einen Ohrring trug.

„Ich muss zugeben, dass ich auch ein wenig überrascht war. Aber sie sagte, sie müsse noch etwas erledigen.“

„Danke, Mary, ich versuche mein Glück bei ihr zu Hause. Sie wohnt immer noch in ...“

„Der Kloeden Lane. Das dritte Haus auf der rechten Seite. Sie können es nicht verfehlen. Es hat eine gelbe Tür.“

„Danke.“ Mit einem Winken eilte ich zurück zu meinem Auto.

Noreen war nicht zu Hause, also würde ich sie vermutlich bei Finley Constructions antreffen. Zum Glück brauchte man in einer Stadt von der Größe von Firefly Bay nur wenige Minuten, um irgendwohin zu gelangen, und so hielt ich sieben Minuten und zwanzig Sekunden später vor dem Unternehmen in der Turner Avenue. Ein hoher Maschendrahtzaun umgab das Grundstück, aber die beiden Tore standen offen, wobei an einem eine Kette mit Vorhängeschloss baumelte. Nur die Vorderseite des Stahlschuppens war offen, sodass der Lkw und der Gabelstapler, die daneben geparkt waren, leicht zugänglich waren. Auf der Rückseite des Grundstücks konnte ich Hügel aus Kies und Sand sehen, und zu meiner Rechten befand sich ein Schiffscontainer, der zu einem Büro umgebaut worden war.

Das wusste ich, weil über der Tür ein Schild mit der Aufschrift *Büro* hing. Neben dem Container stand ein weißer Honda Civic. Ich parkte daneben und stieg aus. Als auf mein Klopfen niemand antwortete, öffnete ich die Tür und trat ein.

„Audrey?"

Ich blinzelte in die Richtung, aus der Noreens Stimme kam, während sich meine Augen von der Helligkeit draußen auf das schummrige Licht im Büro einstellten. „Hallo, Noreen." Ich konnte allmählich ihre Silhouette erkennen und die Möbel nahmen ebenfalls langsam Gestalt an. Als sich meine Sicht an die Verhältnisse angepasst hatte, sah ich mich genauer um. Logan hatte bei der Umgestaltung des Schiffscontainers hervorragende Arbeit geleistet. Im Innern sah man ihm nichts mehr von seiner ursprünglichen Nutzung an. An jedem Ende des Raumes stand ein Schreibtisch und hinter einem von ihnen saß Noreen.

„Was machen Sie denn hier?", fragte sie.

„Wie lange veruntreuen Sie schon Gelder Ihrer Kunden?", platzte ich heraus.

Noreen erstarrte, jede Farbe wich aus ihrem Gesicht. „Was?", quietschte sie.

„Sie haben mich schon verstanden." Ich verschränkte die Arme vor der Brust. „Sie bestehlen Finley Constructions und die Historische Gesellschaft. Und ich wette, wenn ich einen Blick auf die Konten Ihrer anderen Kunden werfen würde, würde ich auch dort einige interessante Ungereimtheiten finden."

Noreen war damit beschäftigt, Gegenstände auf ihrem Schreibtisch zu verschieben. Zuerst ein Taschenrechner von links nach rechts, dann ein Notizbuch, das sie schloss und wieder öffnete. Schließlich nahm sie einen Bleistift in die Hand, fummelte damit herum, bis er ihr aus den Fingern glitt und auf den Schreibtisch fiel.

„Haben Sie Anita deshalb getötet?“, fragte ich, als es so aussah, als würde sie nicht antworten. „Sie hat es herausgefunden und Sie mussten sie zum Schweigen bringen?“

„Was? Nein, ich habe Anita nichts getan. Ich hätte niemals etwas getan, was ihr geschadet hätte!“, protestierte Noreen und sah mir endlich in die Augen.

„Aha, sie zu bestehlen, hat ihr also nicht geschadet?“

Sie hob eine Schulter. „Das war doch nicht viel. Sie konnte das verkraften.“

„Und deshalb ist es in Ordnung?“

Sie senkte den Kopf und flüsterte: „Es tut mir leid.“

„Warum? Was hat Sie dazu bewogen, die Leute zu bestehlen, die Ihnen ihr Geld anvertraut haben? Und die Historische Gesellschaft? Wie kann man nur eine gemeinnützige Organisation bestehlen?“

„Ich wollte eine Kreuzfahrt machen“, flüsterte sie.

Ich starrte sie überrascht an. „Eine Kreuzfahrt?“

„Ja. Eine Kreuzfahrt für Singles. Ich bin fünfzig Jahre alt und war noch nie verheiratet. Es ist Jahre her, dass ich überhaupt einen Freund hatte. Und noch länger, dass ich Urlaub gemacht habe. Die Pflege meiner Mutter war eine finanzielle Belastung. Und dann sah ich eines Abends diese Anzeige für eine Kreuzfahrt für Singles im reifen Alter, und das war perfekt!“ Ihre Stimme wurde so lebhaft wie ihre Hände, als sie mit ihnen herumfuchtelte und die Kreuzfahrt beschrieb, für die sie bereit war zu stehlen. „Sechzehn Nächte. Von Fort Lauderdale über Jamaika,

Costa Rica, Panama, Guatemala und Mexiko nach San Francisco."

„Und wie viel sollte diese Kreuzfahrt kosten?"

„Dreieinhalbtausend Dollar."

Ich legte den Kopf schief. „Aber Sie haben allein den Finleys über zehntausend Dollar gestohlen. Mehr als genug, um die Kreuzfahrt zu bezahlen. Warum haben Sie immer weiter gemacht?"

Sie senkte den Kopf. „Es war einfach … so unglaublich leicht. Niemand hat es bemerkt, also habe ich … einfach weitergemacht."

„Und wo ist das Geld jetzt?"

„Auf meinem Bankkonto. Ich kann es zurückgeben. Ich *werde* es zurückgeben. Aber bitte rufen Sie nicht die Polizei. Bitte!"

„Tut mir leid, Noreen. Sie weiß es bereits." Nun, in diesem Punkt war ich mir nicht hundertprozentig sicher, aber sie würde es wissen, sobald Galloway mich zurückrief.

Sie ließ sich in ihrem Stuhl zurückfallen. „Werden sie kommen? Jetzt?"

„Noch nicht. Daher schlage ich Ihnen Folgendes vor: Stellen Sie sich. Das wird sich positiv für Sie auswirken."

„Ja, ich denke, Sie haben recht." Sie stand auf, griff nach ihrer Handtasche und legte sie auf den Schreibtisch, während sie ihren Mantel von der Lehne ihres Stuhls zog. Die Tasche wippte auf der Kante des Schreibtisches und kippte dann um, wobei der Inhalt auf dem Boden verstreut wurde.

Ich ging in die Hocke, um sie aufzusammeln, als ich sah, was da gegen meinen Schuh gerollt war. Ein EpiPen.

„Leiden Sie an einer Allergie, Noreen?“, fragte ich.

Sie kämpfte immer noch mit ihrem Mantel.

„Nein.“

„Dieser EpiPen gehört also nicht Ihnen?“

„Wovon reden Sie?“ Sie stöhnte, drehte sich im Kreis und versuchte, ihren Arm in den Ärmel ihres Mantels zu schieben. „Ich habe keinen EpiPen.“

Sie schaffte es schließlich, sich den Mantel anzuziehen, und kam dann um den Schreibtisch herum, um nachzusehen, wovon ich sprach. Sie keuchte entsetzt auf. „Der gehört mir nicht!“

„Er war in Ihrer Tasche.“ Ich zeigte auf ihre Tasche, die auf dem Boden lag. Dann sah ich genauer hin. Ein Plastikbeutel lugte heraus. Ich griff nach vorne, bekam eine Ecke zu packen und zog daran, bis er auf den Boden fiel. In der Reißverschlusstasche befanden sich eine kleine braune Flasche und eine Spritze. „Was ist das?“, fragte ich Noreen.

Sie runzelte die Stirn und beugte sich hinunter, um ihn genauer zu betrachten. „Ich habe keine Ahnung.“

Ich schon. Ich würde meine Kaffeemaschine darauf verwetten, dass sich in der braunen Flasche Austernsoße befand. Und diese Wette würde ich niemals leichtfertig eingehen. Mit der Spritze hatte sie die Soße in den Nudelbecher gespritzt, durch den Anita Finley schließlich gestorben war.

Ich griff gerade nach meinem Telefon, als es plötzlich klingelte und mich zusammenfahren ließ. Es glitt mir aus der Hand und fiel zu Boden. Ich wollte schon danach greifen, kickte es aber versehentlich mit dem Fuß unter den Schreibtisch. Ich sprang nach vorne und schlug mit dem Kopf auf die Tischkante, was mich wiederum nach hinten schleuderte, sodass ich auf dem Rücken landete, ein Bein unbeholfen unter mir angewinkelt, das andere gerade ausgestreckt.

Noreen nahm mein Handy in die Hand und reichte es mir.

„Hallo?", meldete ich mich gerade noch rechtzeitig, bevor der Anruf zur Mailbox weitergeleitet wurde.

„Alles in Ordnung?", fragte Galloway. „Du klingst so seltsam."

„Nur das Übliche. Ich bin ausgerutscht, als ich ans Telefon gehen wollte. Bleib kurz dran." Ich rappelte mich hoch und ignorierte das Stechen in meiner Hüfte. „Danke für den Rückruf."

„Immer gern."

Ich konnte das Lächeln in seiner Stimme hören und mir wurde warm ums Herz. „Also, ich bin hier mit Noreen Bellamy. Ich habe Beweise dafür, dass sie nicht nur Gelder von Finley Constructions, sondern auch das anderer Kunden veruntreut hat. Und sie hat es bereits zugegeben."

„Ausgezeichnete Arbeit."

Ich freute mich über das Lob. „Aber es geht noch weiter. Ihre Tasche fiel vom Schreibtisch und ein EpiPen rollte heraus. Ich vermute, dass er Anita Finley gehörte. Und außerdem gibt es da noch einen Plastikbeutel mit einer Flasche und einer Spritze darin. Ich habe ihn nicht geöffnet, aber ich wette, dass die Flasche Austernsoße enthält."

„Du warst ziemlich fleißig."

„Ich dachte, ich bringe sie zu dir, damit du keinen Streifenwagen schicken musst." Ich ging durch das Büro, um einen an der Wand hängenden Kalender zu studieren, aber als ich über meine Schulter zu Noreen blickte, war sie nicht mehr da. *Was zum?* Ich drehte mich um und schaute von einem Ende des umgebauten Schiffscontainers zum anderen. Sie war weg! Wie das? Es gab keinen zweiten Ausgang außer dieser Tür. In dem Moment bemerkte ich, dass die Tür leicht angelehnt war. Sie hatte sich rausgeschlichen, während ich durch das Telefon abgelenkt gewesen war.

„Verdammt!", fluchte ich, riss die Tür auf und trat hinaus, gerade rechtzeitig, um Noreens Auto anspringen zu hören. Die Reifen drehten durch und schleuderten Kies auf die Straße, als sie durch das Tor auf die Straße schlingerte.

„Fitz?"

„Sorry. Anfängerfehler. Ich habe ihr den Rücken zugedreht und sie ist abgehauen."

„Und die Beweise?"

„Die sind noch hier." Plastikbeutel und EpiPen lagen noch an derselben Stelle, an der ich sie zurückgelassen hatte. Ich konnte nur annehmen, dass ihre Autoschlüssel in ihrer Manteltasche waren.

„Ich bin schon unterwegs und gebe gleich eine Fahndung nach Bellamy heraus. Sie wird nicht weit kommen."

Kaum hatte ich aufgelegt, bog Logans Wagen in den Hof ein. Er hielt vor dem Büro und ließ den Motor laufen, während er das Fenster herunterkurbelte. Neben ihm auf dem Beifahrersitz saß Anitas Geist. Ich warf ihr einen kurzen Blick zu, bevor ich meine Aufmerksamkeit wieder Logan zuwandte.

„Audrey? Ist alles in Ordnung? Was machen Sie denn hier?"

„Ich wollte mit Noreen sprechen."

Er schaute über mich hinweg zur offenen Tür des Büros und dann zu dem leeren Platz, auf dem eben noch Noreens Auto gestanden hatte. Er hob die Augenbrauen, als wollte er sagen: *Und, wo ist sie?*

„Sie ist abgehauen. Logan. Ich sage Ihnen das nur ungern, aber Noreen hat Sie bestohlen. Soweit ich das beurteilen kann, wurden etwas mehr als zehntausend Dollar von Ihrem Konto veruntreut."

Er blinzelte, dann schaltete er die Zündung aus. „Gott sei Dank."

„Was?" Freute er sich etwa, dass sie ihn bestohlen hatte?

Er sah mich mit müdem Blick an. „Ich dachte schon, es wäre Tyler. Ich wusste, dass mit den Konten etwas nicht stimmte, ich wusste nur nicht, was. Oder wer dafür verantwortlich war."

„Wieso dachten sie, dass es Tyler wäre?"

„Er kam außerhalb der Arbeitszeit hierher und teilte sich einen Schreibtisch mit Noreen. Und ich habe mich gefragt, ob er irgendwie an die Passwörter gekommen ist oder so."

„War das das Geheimnis, das Sie vor Anita hatten?"

Er zuckte erschrocken zurück. „Sie wusste es?"

Anita sah ihn mit so viel Liebe und Mitgefühl an, dass mir schwer ums Herz wurde. „Ich wünschte, er hätte es mir gesagt", sagte sie.

„Sie wusste, dass Sie ihr etwas verheimlichen. Sie wusste nur nicht, was."

„Ich wollte sie nicht beunruhigen. Und ich wollte auf keinen Fall unseren Sohn beschuldigen, falls er es nicht war."

„Aber Sie dachten, er könnte es gewesen sein. Nicht Noreen?"

„Noreen kümmert sich seit fünf Jahren um die Finanzen des Unternehmens. Ich vertraue ihr. Ich habe ihr vertraut. Aber mein Sohn hat sich in letzter Zeit so seltsam verhalten." Er schnaubte. „Geheimniskrämerisch. Wie der Vater so der Sohn, denke ich."

Anita legte den Kopf schief. „Das ist wohl wahr. Er blieb lange weg oder ging früh am Morgen, aber ich dachte, er sei mit seinen Freunden unterwegs. Ich wusste nicht, dass er außerhalb der Geschäftszeiten zur Firma fuhr."

Ich nagte an der Unterlippe und überlegte, wie viel ich ihm sagen sollte. Und in dem Moment wurde mir etwas klar. Anita schien nicht zu wissen, was ihr Sohn so trieb, was bedeutete, dass Ben es ihr nicht gesagt hatte. Ich schaute mich kurz um und suchte nach ihm, während ich mich fragte, warum er nicht bei Anita war.

Als Logan meine Unentschlossenheit bemerkte, öffnete er die Wagentür und stieg aus, um sich vor mich zu stellen. Anita folgte ihm. „Also los. Erzählen Sie mir alles. Mir ist die Wahrheit lieber als dieses Unwissen."

„Ich habe keine Beweise ..." Ich zögerte.

„Aber Sie haben eine Theorie. Geht es darum, wer Anita getötet hat?"

„Sie haben meinen Mörder gefunden?", fragte Anita eifrig.

„Ich bin mir nicht sicher." Ich warf einen Blick zurück

ins Büro, wo der Plastikbeutel und der EpiPen warteten. Es sah wirklich so aus, als hätte Noreen Anita getötet, und ihre Flucht bestätigte dies, doch sie hatte aufrichtig überrascht gewirkt, dass diese Gegenstände in ihrer Tasche waren. Und wenn sie Anita getötet hätte, hätte Sie dann nicht die Beweise entsorgt, anstatt sie mit sich herumzutragen?

„Audrey?", forderte Logan mich auf und riss mich aus meinen Grübeleien.

„Richtig, tut mir leid. Ja, wegen Tyler. Ich glaube, er hat ein Verhältnis mit Lacey Stevens."

Logan taumelte rückwärts, als hätte ich ihm einen Schlag ins Gesicht versetzt. „Tyler und … Lacey? Aber sie ist …"

„Siebenundvierzig. Und Tyler ist zwanzig. Wie ich schon sagte, noch habe ich dafür keine Beweise", warnte ich ihn, als ich sah, wie sich Logans Hände zu Fäusten ballten. „Aber es könnte Tylers Verhalten erklären. Er schleicht herum, um bei ihr zu sein, und versucht, nicht erwischt zu werden. Das verleiht dem Ganzen noch einen zusätzlichen Reiz."

„Ich habe Anita davor gewarnt, sich mit ihr anzufreunden." Logan trat wütend gegen einen Stein. „Sie macht nichts als Schwierigkeiten."

Ich riskierte einen Blick auf Anita, die wie erstarrt dastand und schockiert wirkte.

„Aha?" Interessiert trat ich näher.

Logan sah mich an und nickte. „Oh ja. Als sie das erste Mal in die Stadt kam, erledigte ich gerade einen Auftrag im Hotel und bin ihr begegnet."

„Und?"

„Und sie hat mir ein Angebot gemacht. Sie sagte, sie könne im Hotel ein Zimmer mit Personalrabatt besorgen. Und ich könnte sie gern begleiten."

Meine Augen wurden kugelrund. Das hatte ich nicht erwartet. „Haben Sie das Anita erzählt?"

„Natürlich."

„Und sie hat sich trotzdem mit einer Frau angefreundet, die so unverhohlen Interesse an ihrem Ehemann gezeigt hatte?"

Logan nickte grimmig. „Wie gesagt, ich habe sie gewarnt. Aber Anita war immer so nachsichtig. So versöhnlich. Lacey war neu in der Stadt und Anita hatte Mitleid mit ihr, weil sie niemanden kannte und keine Freunde hatte. Also nahm sie sie unter ihre Fittiche."

„Hat Lacey es irgendwann noch einmal versucht? Bei Ihnen, meine ich?"

Er schüttelte den Kopf. „Nein, zum Glück nicht. Offensichtlich hat sie ihre Aufmerksamkeit stattdessen meinem Sohn geschenkt."

14

„Sie müssen sich beruhigen", flüsterte ich, ohne den Mund zu bewegen, während Anita vor mir hin und her stürmte und wütend rot anlief. Sie hatte fünf Minuten lang darüber geschimpft, was sie mit Lacey machen würde, wenn sie sie in die Finger bekam. Natürlich waren das alles leere Drohungen, da sie körperlos war, aber ich konnte sie gut verstehen. Wenn die beste Freundin mit dem eigenen Kind rummachte, konnte einem das den Boden unter den Füßen wegziehen.

Logan hatte in der Zwischenzeit den Truck in den Schuppen gefahren und belud ihn, während wir auf Galloway warteten. Ich hatte ihm gesagt, dass er nicht ins Büro gehen könne, bis die Polizei eintreffe, und er hatte geantwortet, dass er zu nervös sei, um zu warten, also würde er lieber Holz aufladen. Ich wartete draußen mit Anita.

„Haben Sie Ben gesehen?", fragte ich.

„Nein. Warum?"

„Er wollte Ihnen von Lacey erzählen. Wir glauben,

dass Tyler Ihre Halskette genommen und ihr geschenkt hat."

Anita verzog das Gesicht. Ich konnte mir nicht vorstellen, wie weh es tat, wenn man vom eigenen Kind bestohlen wurde, das dann diesen Gegenstand auch noch an jemanden weiterverschenkte, der die beste Freundin gewesen war und einen hinter dem Rücken betrogen hatte.

„Warum haben Sie sich überhaupt mit ihr angefreundet?", fragte ich. „Vor allem, nachdem Sie wussten, dass sie sich an Ihren Mann rangemacht hat."

„Oh, ich bin nicht nachtragend. Normalerweise", fügte sie hinzu und dachte dabei offensichtlich an die Sache mit Tyler. „Ich vertraue meinem Mann. Er erzählt mir immer sofort, wenn so etwas passiert. In seinem Beruf kommt so etwas hin und wieder vor. Er taucht bei einer Kundin auf und die ist eine gelangweilte Hausfrau, die ein bisschen Spaß haben will und ihr Glück bei ihm versucht. Logan ist ein attraktiver Mann. Ich weiß, dass er den Frauen gefällt." Sie kniff die Augen zusammen. „Ich frage mich, ob das der Grund war, warum Lacey immer wieder davon anfing, dass Logan eine Affäre hätte." Dann weiteten sich ihre Augen. „Sie hat versucht, uns auseinander zu bringen!"

„Aber warum? Wenn Sie doch mit Tyler zusammen war?"

„Ich weiß es nicht. Aber als Sie heute Morgen ihren Streit im Restaurant mitbekommen haben, klang das so, als hätten sie sich getrennt?"

„Ja, so schien es."

„Aber Sie glauben doch nicht, dass sie mich umgebracht hat, oder?“, flüsterte Anita und schlug sich entsetzt die Hand auf den Mund.

„Ich kann sie nicht von der Liste der Verdächtigen streichen, auch wenn es extrem erscheint. Sie hatte zwar die Möglichkeit dazu, aber mir ist nicht klar, welches Motiv sie haben könnte. Sie musste Sie nicht aus dem Weg räumen, um ihre Beziehung mit Tyler fortzusetzen.“

„Was, wenn sie gar nicht Tyler will? Was, wenn sie Logan will? Und sie dachte, sie könne ihn nur bekommen, wenn sie mich loswird?“

Diese Möglichkeit konnte ich nicht ausschließen. Nicht bevor wir mit Lacey gesprochen hatten. Und mit Tyler. Und herausgefunden hatten, was genau vorgefallen war. Ben und ich könnten uns irren. All das war reine Spekulation. Und wir könnten Lacey einer Tat beschuldigen, die sie nicht begangen hatte.

„Selbst wenn sie es getan hat, war es umsonst. Logan würde nie etwas mit ihr anfangen. Er sagte, dass sie etwas an sich habe, was er nicht mochte. Er tolerierte sie mir zuliebe, aber das war's“, fuhr Anita fort, ohne auf eine Antwort zu warten.

In dem Moment bog Galloways Auto auf den Parkplatz ein und Anita schielte kurz zu ihm hin, bevor sie sich wieder zu mir umdrehte. „Ich wette, Ben ist auf der Suche nach Lacey, um herauszufinden, was sie wirklich vorhat.“

„Möglicherweise“, pflichtete ich ihr bei.

„Ich werde ihn suchen.“ Mit diesen Worten verschwand sie und überließ es mir, Galloway allein zu begrüßen.

„Fitz." Galloway winkte mir zu, als er aus dem Auto stieg.

„Galloway." Ich grinste und zeigte dann auf die Bürotür. „Drinnen, auf dem Boden."

Er nahm einige Beweismitteltüten aus seiner Tasche, zog sich ein Paar Latexhandschuhe an und öffnete die Tür. Ich blieb auf der Schwelle stehen und sah zu, wie er den EpiPen in einer Tüte verstaute und den Plastikbeutel in einer anderen.

„Sie ist dir also entwischt", fragte er, während er sich wieder aufrichtete.

„Sie hat mich reingelegt", gab ich zu. „Ich dachte, sie würde sich stellen. Wegen der Veruntreuung", fügte ich hinzu. „Aber dann ist ihre Tasche vom Schreibtisch gefallen und … Nun, ich schätze, sie dachte, dass sie damit ziemlich schuldig aussieht. Wegen Mord."

„Ich lasse die Fingerabdrücke untersuchen. Mal sehen, was dabei herauskommt." Er griff nach Noreens Handtasche und sammelte ihre verstreuten Sachen wieder ein. „Wir werden auch ihre Tasche und deren Inhalt gründlich untersuchen", erklärte er. „Mal sehen, ob sie etwas verheimlicht. Du sagtest, du hättest weitere Beweise für ihre Unterschlagung?"

Ich erzählte ihm von den Konten der Historischen Gesellschaft und dass Noreen die Diebstähle gestanden hatte, als ich sie damit konfrontierte.

Galloway schüttelte den Kopf, als er die Handtasche und zwei Beweismitteltüten einsammelte. „Was hat sie sich nur dabei gedacht? Sie musste doch wissen, dass sie irgendwann auffliegen würde."

„Ja, nicht? Anfangs hat sie die Gelder veruntreut, um

eine Kreuzfahrt zu bezahlen, die sie ironischerweise dann nicht gemacht hat. Ich bin mir ziemlich sicher, dass das ganze Geld auf ihrem Konto liegt."

„Das ist doch schon mal was, nehme ich an. Wir können dafür sorgen, dass das Geld an die Leute zurückgeht, die sie bestohlen hat."

„Was passiert als Nächstes?"

„Wir werden einen Wirtschaftsprüfer bitten, sämtliche Konten von Noreen und ihren Kunden, ob groß oder klein, zu überprüfen. Wenn wir dann bestätigt haben, was du uns gesagt hast, werden wir Anklage erheben."

„Und der EpiPen? Und die Flasche und die Spritze?"

„Die Leute im Labor können überprüfen, ob die Flasche Austernsoße enthält und ob es sich um dieselbe handelt, die auch im Nudelbecher verwendet wurde. Sie können auch feststellen, ob die Spritze benutzt wurde. Und wie ich schon sagte, wir werden nach Fingerabdrücken suchen."

„Glaubst du, das hängt alles zusammen? Dass ihr keine Fingerabdrücke finden werdet, weil sie abgewischt wurden?" Ich erinnerte mich an Noreens überraschten Gesichtsausdruck. Entweder war sie eine verdammt gute Schauspielerin oder sie hatte keine Ahnung, dass diese Gegenstände in ihrer Tasche waren.

„Was denkst du?"

„Ich denke, dass sie reingelegt wurde. Wenn Noreen den Nudelbecher präpariert hätte, hätte sie die Sachen nicht in ihrer Tasche gelassen, sondern sie entsorgt. Sie weiß, wie sie ihre Spuren verwischen kann. Das hat sie bei ihren Veruntreuungen schließlich auch getan. Zugegeben, nicht sehr gut, aber gut genug, dass ihre Kunden es nicht bemerkt haben." Ich kaute auf meiner Lippe. „Was ist mit Keagan? Könnte er es gewesen sein?"

„In diesem Stadium der Ermittlungen ist alles möglich. Er wurde wegen Kunstbetrug angeklagt, aber wenn sich keiner seiner Kunden meldet, denen er eine Fälschung verkauft hat, müssen wir diese Anklage möglicherweise wieder fallenlassen."

„Was? Das ist doch verrückt."

„Er behauptet, dass die Gemälde, die wir in seinem Atelier gefunden haben, Reproduktionen und keine Fälschungen seien."

„Aber was ist mit dem zweihundert Millionen Dollar teuren Konzertgemälde?"

„Wir versuchen gerade, den Staatsanwalt dazu zu bringen, Anklage wegen Hehlerei zu erheben. Aber die Chancen stehen schlecht. Anita wusste nicht, dass das Bild gestohlen oder wertvoll war. Tatsächlich war nicht sie die Eigentümerin, sondern die Historische Gesellschaft, weil es so in Kelshs Testament steht. Die Historische Gesellschaft gab das Gemälde an Keagan weiter, damit er es restaurierte. Wir müssen jetzt beweisen, dass er wusste, was es war, und dass er es auf dem Schwarzmarkt verkaufen wollte. Wir recherchieren auch Dudley Kelshs Hintergrund. Er könnte der ursprüngliche Dieb gewesen sein."

Ich pfiff leise. „Und, könnt ihr das? Beweisen, dass Keagan etwas im Schilde führte?"

„Wir arbeiten daran. Er hatte bereits mit einer Fälschung des Gemäldes begonnen, vermutlich um es der Historischen Gesellschaft zu geben und seine Spuren zu verwischen. Selbst wenn jemand das Bild irgendwann wiedererkannt hätte, hätte es untersucht und als Reproduktion eingestuft werden können, sodass Keagan nichts zu befürchten hatte, weil man davon ausgehen würde, dass die Fälschung aus dem Kelsh-Nachlass stammt und nicht erst nach dem Fund des Originals entstanden ist. Aber wir durchsuchen gerade Telefon- und E-Mail-Aufzeichnungen, Bankkonten, alles. Er muss sich sofort mit einem potenziellen Käufer in Verbindung gesetzt haben, sobald er es in die Hände bekommen hatte. Vermutlich sogar mit mehreren, um es dann an den Meistbietenden zu verkaufen. Sobald wir eine Aufzeichnung dieser Transaktionen oder Kommunikationen finden, haben wir ihn."

„Glaubst du, er hat Anita getötet?"

Er seufzte schwer. „Wenn sie die Wahrheit über das Gemälde herausgefunden hat, dann hatte er sicherlich ein Motiv. Und er hatte definitiv die Möglichkeit dazu. Wie Noreen auch. Wir brauchen also Beweise. Der EpiPen, die Spritze und das Fläschchen geben uns vielleicht genau das, was wir suchen – ein Fingerabdruck, selbst ein Teil davon, wird uns helfen. Ein kleines bisschen DNA, wie ein Schweißtropfen. Ein Haar oder eine Faser. Irgendetwas, das einen von ihnen mit diesen Gegenständen in Verbindung bringt." Er hielt die Beweismitteltüten hoch. „Und dann haben wir ihn."

„Ich habe noch einen weiteren Verdächtigen, den du dir vielleicht ansehen solltest." Ich warf einen Blick über die Schulter. Logan belud noch immer seinen Truck und war außer Hörweite. „Aber das ist nur ein Verdacht."

Galloway ging zur Tür hinaus, um die Beweise in sein Auto zu legen. „Wer?"

Ich folgte ihm und erzählte ihm die ganze Geschichte von Lacey und Tyler und endete mit: „Und jetzt sind Ben und Anita unterwegs, um zu sehen, was sie über die beiden herausfinden können."

Er knallte den Kofferraumdeckel zu, lehnte sich dagegen und musterte mich. „Du warst ziemlich fleißig."

„Ich weiß", meinte ich grinsend. Es war schön, ihn zu sehen, ich hatte ihn gestern Abend vermisst. Mein Herz schlug bis zum Hals und trotz der Tatsache, dass wir gerade in einem Mordfall ermittelten, war mir schwindelig vor Aufregung. Vielleicht lag es aber auch an der bevorstehenden Prüfung.

Als hätte er meine Gedanken gelesen, sagte er: „Ich bin froh, dass ich dich vor der Prüfung noch kurz sehen konnte." Sein voller Mund zeigte Spuren eines Lächelns, das bis zu seinen funkelnden grauen Augen reichte, deren blaue und stählerne Flecken im Sonnenlicht glänzten.

„Oh? Warum?" Es war so untypisch für mich, schüchtern zu sein, dass ich mich selbst überraschte und fast geschnaubt hätte.

„Damit ich das tun kann." Er gab mir einen sanften Kuss, sein Mund streifte meinen, bevor er mir winzige Küsse auf die Wange bis zum Ohr verteilte. Sein warmer Atem verwirrte mein Haar, als er flüsterte: „Ich habe dich vermisst."

Es war, als ob er in meinem Kopf war. „Ich habe dich auch vermisst", gab ich zu. Abgedroschen, aber wahr. Er hob eine Hand, um mein Gesicht zu streicheln, und in seinen Augen blitzte ein Hunger auf, der eine erwidernde Wärme in meinem ganzen Körper auslöste. Ich schlang die Arme um seinen Hals und stellte mich auf die Zehenspitzen, meine Lippen waren nur noch wenige Zentimeter von seinen entfernt, als der Alarm ertönte und uns auseinandertrieb.

Galloway hielt mein Handy hoch, wischte, um den Alarm auszuschalten, und reichte es mir dann. Ich schnappte nach Luft. „Du hattest deine Hand in meiner Tasche und ich habe es nicht einmal gemerkt." Ich hielt inne. „Mach das noch mal."

Er lachte und gab mir einen Klaps auf den Hintern. „Du hast eine Prüfung vor dir, erinnerst du dich?"

„Das war meine einstündige Erinnerung. Wir haben noch genug Zeit."

„Eine Stunde?" Galloway legte den Kopf schief. „Bist du sicher?"

„Was meinst du damit?"

„Audrey, es ist ein Uhr fünfundvierzig. Du hast also noch fünfzehn Minuten."

„Was? Niemals!" Ich starrte auf die Uhrzeit auf meinem Handy. Heiliger Strohsack, er hatte recht. Wo war die Zeit geblieben? Und was war mit meinem Wecker passiert? Ich könnte schwören, dass ich ihn auf ein Uhr eingestellt hatte.

Galloway packte mich an den Schultern und küsste mich noch einmal, bevor er mich herumdrehte und in Richtung meines Wagens schob. „Los jetzt. Ruf mich an, wenn du fertig bist."

„Mach ich." Ähnlich wie Noreen verließ ich den Parkplatz von Finley Constructions mit durchdrehenden Reifen und hochfliegendem Kies.

15

Das konnte doch nicht wahr sein. Ich schlug mit der Faust auf das Lenkrad und starrte auf das Armaturenbrett. Der Benzintank war leer. Leer! Wo waren der Piepton und das Blinklicht, die mich warnen sollten? Keine Spur von ihnen. Vielleicht hatten sie sich mit meinem Benzin aus dem Staub gemacht. Ohne Vorwarnung war die Tanknadel in den roten Bereich gewandert, ohne auch nur einen Mucks von sich zu geben. Ohne Kraftstoff hatte ich keine Servolenkung, also hielt ich das Lenkrad mit beiden Händen fest umklammert, um den ausrollenden Wagen auf den Standstreifen zu lenken und dort zum Stehen zu bringen.

Ich schnappte mir meine Tasche, schloss den Wagen ab und rannte zum Rathaus, so schnell mich meine Beine trugen. Ich traute mich nicht, auf die Uhr zu schauen, ich war definitiv spät dran. Meine Prüfung hätte von jedem beaufsichtigt werden können und anfangs hatte ich es für eine gute Idee gehalten, sie auf dem Polizeirevier abzulegen. Doch dann hatte Ben mich darauf hingewiesen, wie abgelenkt ich dort sein würde. Und wie laut es dort vermutlich sein würde. Der zweitbeste Ort war das Rathaus gewesen, wo man mir gegen eine Gebühr bereitwillig einen Raum zur Verfügung gestellt hatte.

Der Schweiß rann mir den Rücken hinunter, der Atem rasselte in meinen Lungen und meine Tasche prallte mir bei jedem Schritt gegen die Hüfte. Ich schlidderte um eine Ecke, verlor fast das Gleichgewicht, konnte mich aber wieder fangen und lief weiter, das Rathaus bereits in Sichtweite. Ich flog die Treppe hinauf und stürmte durch die Eingangstür – atemlos, mit hochrotem Kopf und zerzaustem Haar.

„Audrey ...“ – ich stützte mich keuchend auf den Tresen und rang nach Luft – „Fitzgerald.“

Die Frau hinter dem Schalter sah mich an und wandte dann ihre Aufmerksamkeit dem Monitor zu, der rechts von ihr stand. „Ah ja. Audrey Fitzgerald, mit aufsichtführendem Dienst. Sie wissen, dass dafür eine Gebühr fällig ist?“

„Ja“, schnaufte ich, während ich bereits nach meinem Portemonnaie griff, es aufklappte und einen Fünfziger herausholte. „Hier.“

Während sie meine Quittung ausfüllte und das Geld in die Kasse legte, schaute ich auf die Uhr an der Wand hinter ihr, deren Sekundenzeiger nach oben wanderte. In wenigen Sekunden würde es zwei Uhr sein.

Eine Tür, die zur Rückseite des Gebäudes führte, öffnete sich, und ein grauhaariger Mann trat hindurch. „Louise, ist hier irgendwo eine Audrey Fitzgerald. Ah, sind Sie Audrey?“, fragte er, während er mich dabei beobachtete, wie ich mir die Haare aus dem überhitzten Gesicht strich.

Ich war wahrscheinlich tomatenrot im Gesicht, weil ich einen neuen Streckenrekord hatte aufstellen müssen, um pünktlich hier zu sein. Ich nickte.

„Bitte, kommen Sie mit. Ich zeige Ihnen kurz alles und dann geht es auch schon los. Kann ich Ihnen noch etwas bringen? Ein Wasser vielleicht?"

Ich hätte ihn küssen können. „Wasser wäre wunderbar, vielen Dank. Es tut mir leid, aber ich musste mich ein bisschen beeilen."

Er lächelte beschwichtigend. „Nun, Sie haben es geschafft, also können Sie sich jetzt entspannen. Die Prüfung wird online durchgeführt und wir können jederzeit damit beginnen. Lassen Sie sich also einen Moment Zeit, um sich zu sammeln, und ich hole Ihnen ein Glas Wasser. Müssen Sie vielleicht noch kurz zur Toilette?"

Eigentlich nicht, aber kaum hatte er es vorgeschlagen, meldete sich dieses nervöse Ding von Blase. Ich eilte zur Toilette, trank ein Glas Wasser, gab meine Tasche ab und wurde schließlich in einen Raum mit einer Reihe von Computern geführt, die durch einen Vorhang voneinander getrennt waren und in einzelnen kleinen Kabinen standen. Frank – so hieß der Mann, wie ich inzwischen erfahren hatte – zeigte auf die Kabine am anderen Ende, neben dem Fenster.

„Wir haben Ihnen diesen Platz hier unten reserviert. Dort finden Sie einen Bleistift, etwas Papier und einen Taschenrechner. Wenn Sie so weit sind, drücken Sie einfach die Eingabetaste auf der Tastatur. Sie sind bereits eingeloggt und können gleich loslegen. Sobald Sie die

Eingabetaste gedrückt haben, haben Sie neunzig Minuten Zeit, um die Prüfung abzuschließen. Noch Fragen?"

„Nein, alles klar. Danke."

Frank ließ sich auf einem Stuhl neben der Tür nieder und nahm einen John-Grisham-Roman zur Hand. Ich zog meinen Stuhl hervor, stellte die Höhe ein, starrte auf den Bildschirm vor mir und drückte dann mit einer leicht zitternden Hand auf die Eingabetaste.

Als ich achtzig Minuten später auf den Stufen des Rathauses stand, schaute ich auf den Ausdruck in meiner Hand und erlaubte mir einen kleinen Freudenschrei. Der Vorteil der Online-Prüfung war, dass ich die Ergebnisse sofort erhalten hatte. Ich war jetzt eine richtige Privatdetektivin.

Ich holte mein Handy heraus und wählte eine Nummer. „Mom? Ich habe bestanden!", rief ich.

„Oh, mein Schatz, das ist wunderbar, ich bin so stolz auf dich. Dein Vater wird begeistert sein."

„Ja, ich …"

„Süße, es tut mir leid, aber jetzt ist kein guter Zeitpunkt. Ich rufe dich heute Abend zurück, okay? Bis dann."

Stirnrunzelnd starrte ich auf das Display meines Handys und las die Worte unter der Nummer meiner Mutter. *Der Anruf wurde beendet.* Meine Mutter hatte mir aufgelegt. Achselzuckend versuchte ich es bei Laura. Keine Antwort. Dasselbe bei Dustin. Ich machte mir nicht einmal die Mühe, es bei Dad zu versuchen. Er ging nie an sein Handy, wenn er arbeitete. Mit einem Seufzer rief ich

Galloways Nummer auf, vielleicht hatte er ja Zeit. Aber nein, ich wurde sofort zur Mailbox umgeleitet.

Mit einem leichten Anflug von Verärgerung ging ich die Stufen des Rathauses hinunter, stolperte über die letzte Stufe und auf den Bürgersteig, wo ich mit einer Frau zusammenstieß, die gerade ihren Hund ausführte.

„Es tut mir so leid!", rief ich und rappelte mich wieder auf. „Sind Sie okay?"

„Ja, alles gut." Sie eilte davon, wobei sie den Pudel am Ende der Leine mit sich zog.

In der Bäckerei ein paar Häuser weiter gönnte ich mir zur Feier des Tages einen eisgekühlten Karamell-Macchiato und eine Bärentatze, bevor ich den Pannen-dienst anrief. Mit vollem Mund machte ich mich zu der Stelle zurück, an der ich mein Auto am Straßenrand abge-stellt hatte, während ich über die offensichtlich defekte Tankanzeige nachdachte und mich verfluchte, weil ich nicht bemerkt hatte, dass der Tank leer war. Das zeigte nur, wie abhängig wir von Maschinen geworden waren. Ich hatte mich so sehr an die Warnanzeige gewöhnt, die aufleuchtete, kurz bevor der Tank leer war, dass ich gar nicht mehr auf die Tankanzeige schaute.

Innerhalb einer halben Stunde hatte ich meine Bären-tatze aufgegessen, meinen eisgekühlten Karamell-Macchiato getrunken und ein nettes Gespräch mit dem Automechaniker geführt, der mir mit einem Kanister Benzin zu Hilfe kam. Er empfahl mir, mein Auto in meiner Werkstatt überprüfen zu lassen, denn er meinte, dass ich über den ausgehenden Kraftstoff hätte informiert werden müssen.

Obwohl ich niemanden hatte, mit dem ich feiern

konnte, war ich immer noch begeistert von meiner bestandenen Prüfung und fuhr nach Hause. Nun, da ich eine geprüfte Privatdetektivin war, stand mir eine ganz neue Welt an Datenbanken zur Verfügung. Datenbanken, in denen ich das Strafregister von Verdächtigen überprüfen durfte.

„Hey, Thor." Ich begrüßte meinen Kater und kraulte ihn hinter den Ohren, bevor ich in mein Arbeitszimmer ging, wobei Thor sich um meine Knöchel schlängelte.

„Was rieche ich denn da?", fragte er. „Du hast etwas Süßes gegessen. Mit Zimt. Und Mandeln. Hast du mir auch etwas mitgebracht? Wo ist es?" Ich hatte meine Tasche auf den Boden neben dem Schreibtisch fallen lassen und er steckte bereits den Kopf hinein und suchte nach einem Leckerchen.

„Tut mir leid, Kumpel, nichts Süßes für dich."

Sein Kopf schoss hoch und er starrte mich an. „Wie kannst du es wagen?" Als er mit eingezogenem Schwanz aus dem Zimmer stürmte, musste ich kichern, weil sein runder Bauch an beiden Seiten herausragte. Er brauchte definitiv eine Diät, was meine Schuldgefühle darüber zunichtemachte, dass ich ihm nichts von meiner Bärentatze aufgehoben hatte.

Ich schaltete den Computer ein und legte einen kurzen Boxenstopp auf der Toilette ein, bevor ich zum Schreibtisch zurückkehrte, um eine gewisse Lacey Stevens zu überprüfen. Es dauerte länger als erwartet, denn zunächst musste ich mich als richtige Privatdetektivin registrieren, um die verschiedenen Datenbanken nutzen zu dürfen. Aber nachdem ich die Konten eingerichtet hatte, lief alles wie am Schnürchen. Die Zeit verging wie im Flug und die Schatten an der Wand verrieten mir, dass es schon später Nachmittag war, als endlich etwas über Lacey Stevens auftauchte. Etwas sehr Interessantes.

Zum einen wurde sie von ihrem letzten Arbeitgeber gefeuert, zum anderen wurde sie der Brandstiftung verdächtigt, aber nie angeklagt. Ihre Schuld konnte nicht bewiesen werden, aber sie hatte offensichtlich eine Affäre mit dem Besitzer des Restaurants gehabt, in dem sie gearbeitet hatte. Als er die Beziehung beenden wollte, war Lacey wie eine Furie auf ihn losgegangen, hatte ihn gestalkt und belästigt, bis er sie schließlich nicht nur feuerte, sondern sogar eine einstweilige Verfügung gegen sie erwirkte. Und dann brannte sein Restaurant ab.

Ich ging zum Whiteboard und brachte die Informationen über Lacey auf den neuesten Stand. Sie mochte ein verrückter Psycho sein, aber war sie auch eine Mörderin? Ich konnte mir immer noch kein Motiv für sie vorstellen und wenn Ben oder Anita nicht bald zurückkämen, würde ich selbst mit ihr reden und der Sache auf den Grund gehen.

Ich kehrte an den Computer zurück und überprüfte Noreen. Da ich nun die entsprechende Genehmigung hatte, würde ich von nun an immer als Erstes meine Verdächtigen auf Einträge im Strafregister überprüfen, versprach ich mir. Ich sichtete gerade Noreens Ergebnisse, die nichts Schockierendes enthielten, als Ben zurückkehrte.

„Und?", fragte er und legte mir eine Hand auf die Schulter, sodass ich zusammenzuckte. „Wie ist die Prüfung gelaufen?"

Ich drehte mich in meinem Sitz um und strahlte ihn an. „Ich habe bestanden!"

„Juchhu!", jubelte er, „ich wusste, dass du es schaffst. Gut gemacht, Fitz. Wir sollten feiern."

Ich machte ein langes Gesicht. „Ich wünschte, das könnten wir. Aber du bist ein Geist, wie kannst du also mit mir feiern? Und aus meiner Familie nimmt niemand Anrufe entgegen – obwohl ich es Mom erzählt habe."

„Hey, ich kann immer noch feiern, ich kann nur nicht trinken, was bedeutet, dass umso mehr für dich übrig bleibt. Hast du schon einen Blick nach draußen geworfen? Der Sonnenuntergang ist spektakulär. Warum trinkst du nicht ein Bier und schaust dir mit mir zusammen den Sonnenuntergang auf der Terrasse an?"

„Das ist das beste Angebot, das ich heute bekommen habe." Ich stand auf, dehnte den steifen Rücken und ging in die Küche. Die Schuhe hatte ich längst ausgezogen und unter dem Schreibtisch verschwinden lassen. Ich schnappte mir ein Bier und ging hinaus auf die Terrasse. Ben hatte sich nicht geirrt, der Himmel war wie gemalt. Streifen in Orange, Rosa und Violett, die sich leuchtend über den Horizont zogen.

Ich ließ mich auf einer der Holzliegen nieder, schwang die Beine hoch und lehnte mich zurück, während mich die Wärme der untergehenden Sonne umspülte. „Das ist perfekt", meinte ich und trank einen Schluck Bier.

„Wie wahr", stimmte Ben mir zu und legte sich neben mich.

„Kannst du es fühlen?", fragte ich.

„Was fühlen?"

„Die Wärme der Sonne."

Er drehte den Kopf und sah mich an. „Nein, Fitz. Ich kann überhaupt nichts mehr spüren."

Und mit diesen Worten war meine Stimmung dahin. War es egoistisch von mir, Ben hierzubehalten, obwohl er mir versichert hatte, dass es nichts mit mir zu tun hatte und es seine persönliche Entscheidung war, nicht weiterzuziehen? Ich war mir nicht sicher, ob ich ihm das abnahm. Aber ich war mir auch nicht sicher, ob ich bereit war, ihn gehen zu lassen.

„Ich meine, im physischen Sinne", fuhr Ben fort. „Emotional fühle ich nach wie vor. Ich kann zum Beispiel den Sonnenuntergang sehen und das gibt mir ein gutes Gefühl. Ich kann mich an das Physische erinnern, ich kann mir die Wärme vorstellen, aber es sind die Emotionen, die Erinnerungen an die vielen Sonnenuntergänge, bei denen ich hier gesessen und ein Bier getrunken habe, um mich von einem hektischen Tag zu erholen, die das Fehlen der körperlichen Empfindungen wettmachen."

Ich weiß, dass er mich beruhigen wollte, dass er nicht wollte, dass ich traurig wurde. Dennoch erinnerten seine Worte an die Tragödie seines Todes, dass er die Sonne auf seiner Haut und den Wind in seinem Haar nicht mehr spüren konnte. Dass er niemals heiraten, Kinder haben und alt werden würde. Ich bemerkte nicht, dass mir eine Träne entwichen war und über meine Wange kullerte, bis er versuchte, sie wegzuwischen. Die Kälte auf meiner warmen Haut war erschreckend und ich sog den Atem ein.

„Entschuldigung."

Ich lächelte. „Ist schon gut." Ich trank noch einen Schluck Bier. „Erzähl mal. Was hast du denn so getrieben?

Hast du irgendetwas herausgefunden?" Über den Fall zu sprechen war eine todsichere Ablenkung.

Er sprang auf und lief auf und ab. „Ja. Ich war auf der Suche nach Anita, habe sie aber zu Hause verpasst. Tyler war jedoch da, also dachte ich mir, ich bleibe dort und schaue mal, was ich herausfinden kann."

„Und?"

„Er ist wirklich gut in *Call of Duty*."

„Du hast ihn beim Videospielen beobachtet?"

Ben hatte wenigstens den Anstand, verlegen dreinzuschauen. „Eine Zeit lang, ja."

Ich schüttelte den Kopf und nahm noch einen Schluck. „Bitte sag mir, dass du etwas entdeckt hast."

„Ich habe tatsächlich etwas wirklich Cooles entdeckt!"

„Aha?"

„Es ist schwer zu beschreiben, aber ich kann … Telefone sehen."

„Ich kann auch Telefone sehen, na und?"

„Nein, ich meine, ich kann in die Telefone hineingehen und die Daten sehen. Obwohl ich die Gegenstände nicht mehr anfassen kann, ist es fast so, als ob ich durch die Datenwellen hindurch laufen könnte."

Ich blinzelte überrascht. „Das könnte wirklich nützlich sein", sagte ich mehr zu mir selbst als zu ihm. Keine Abhörmaßnahmen, einfach Ben hineinschicken. „Wie hast du das entdeckt?"

„Ich saß gerade neben Tyler auf seinem Bett und er schaute ständig auf sein Handy, vermutlich um zu sehen, ob Lacey ihm eine Nachricht geschickt hatte. Das hatte sie aber nicht. Und dann warf er das Telefon weg und ich wollte es automatisch auffangen, weil er es dorthin geworfen hatte, wo ich saß. Natürlich segelte es direkt durch mich hindurch, aber als es das tat, traf mich eine Art Blitz, wie Millionen von Datenübertragungen auf einmal, Nachrichten, Fotos. Ein riesiges Durcheinander."

„Und dann?"

„Ich hielt die Hand ganz dicht über das Telefon, aber nicht wirklich darauf. Und als ich mich konzentrierte, konnte ich steuern, was ich sah."

„Und? Was hast du gesehen?" Ich rutschte an den Rand meines Liegestuhls und schwang die Beine hinunter.

„Nachrichten zwischen ihm und Lacey. Alles andere als jugendfrei."

„Igitt."

„Und Fotos."

„Ihhhh." Ich erschauderte.

„Aber ich habe das Rätsel um die verschwundene Halskette gelöst."

„Es war so, wie wir gedacht haben, oder?"

Er nickte. „Auf Tylers Handy gibt es ein Foto, auf dem Lacey die Halskette trägt."

16

Ich überlegte gerade, wie wir die Halskette von Lacey zurückbekommen könnten, als es klingelte. Auf dem Weg zur Tür wäre ich fast über Thor gestolpert, der in die gleiche Richtung stürmte. „Da ist jemand, da ist jemand!", miaute er.

„Ich weiß, ich weiß", rief ich lachend und riss die Tür auf, wobei mir im Nachhinein einfiel, dass ich erst durch den Spion hätte schauen sollen.

„HERZLICHEN GLÜCKWUNSCH!" Die Menschenmenge, die mich von der anderen Seite aus anschrie, erschreckte mich so sehr, dass ich zurücksprang, über Thor stolperte und mit einem dumpfen Aufprall auf meinem Hintern landete. Die Bierflasche glitt mir aus den Fingern und fiel auf den Boden, wo sie eine Schaumspur hinterließ. Ich sah zu meiner Familie auf, die wie erstarrt in der Tür stand.

„Ich dachte, du würdest wenigstens dein Bier retten, Audrey", stichelte Dustin, trat vor und reichte mir eine Hand, um mich hochzuziehen.

„Ich hatte nicht erwartet, dass ich meine Tür öffnen und angeschrien werden würde", protestierte ich. Dustin hob die Flasche auf und trank, was noch darin gewesen war.

„Sorry, Aud." Laura umarmte mich. „Wir wollten dich nicht erschrecken. Wir putzen das wieder auf, keine Sorge. Aber was noch wichtiger ist: Herzlichen Glückwunsch, kleines Schwesterchen, wir sind so stolz auf dich."

Mein Lächeln konnte nicht breiter werden, trotz der Schmerzen im Hintern. Konnte man eigentlich auf den Pobacken blaue Flecken bekommen? Dieser Frage würde ich später nachgehen. Hinter Laura und Brad standen Mom und Dad, dann Dustin und Amanda und ganz hinten Galloway. Ihre jeweiligen Kinder rannten an mir vorbei, wobei sie pflichtbewusst in die Bierpfütze traten.

„Hey, ihr seid alle gekommen?" Ich umarmte jeden einzeln, als sie eintraten. „Wir sind gerade draußen und genießen den Sonnenuntergang."

„Wir?", fragte Amanda.

Mist. Ben und ich. Aber das konnte ich ihr natürlich nicht sagen. „Thor und ich." Ich zeigte auf meinen Kater, der jetzt auf dem Rücken lag, die Pfoten in der Luft, und von Madeline, Nathaniel und Isabelle ziemlich grobe Bauchstreicheleinheiten erhielt.

Mom schickte uns alle auf die Terrasse und übernahm die Reinigungsarbeiten für das Bier, das nun im ganzen Haus verteilt worden war. Dad stellte seine Kühlbox ab und öffnete den Deckel, um den Blick auf Cider und Bier freizugeben.

„Danke, Dad. Das ist perfekt." Ich nahm mir eine

Flasche Cider, reichte Galloway ein Bier und ging dann die Treppe hinunter auf den Rasen, wo die Kinder bereits ausgelassen herumtobten.

„Man sollte meinen, dass sie nach einem ganzen Tag in der Kita müde sind", seufzte Laura und sah den Kleinen zu. „Ich werde schon vom Zusehen müde."

„Geht mir genauso."

Galloway legte einen Arm um meine Schultern und zog mich an sich. Glücklich lehnte ich mich an ihn. Es war wunderbar gewesen, mit Ben auf der Terrasse zu sitzen, aber mit meiner ganzen Familie und Galloway? Das war perfekt.

„Wir haben Pizza bestellt", sagte Dustin und reichte Laura eine Dose Limonade. „Ich hoffe, du hattest keine anderen Pläne."

„Nein", meinte ich grinsend. Und selbst wenn, hätte ich sie gerne geändert, um Zeit mit meiner verrückten Familie zu verbringen. „Ich nehme also an, dass ihr mich alle absichtlich ignoriert habt?"

„Entschuldigung." Laura drückte meine Hand. „Wir wollten dich überraschen."

„Das ist euch weiß Gott gelungen." Ich rieb mir den Hintern, der sich jetzt irgendwie taub anfühlte, und alle lachten.

„Gut gemacht, Audrey." Amanda gesellte sich zu uns auf den Rasen, ihre Absätze versanken im Gras. „Deine Mom hat recht, wir sind alle sehr stolz auf dich. Das war bestimmt nicht alles so einfach. Nicht nur die Arbeitsbelastung, sondern auch … du weißt schon … Ben."

„Danke, Amanda." Ich erhob meine Cider-Flasche zu einem stillen Toast.

Die Sonne schob sich weiter über den Horizont. Als die Farben verblassten, saßen wir auf der Terrasse und sahen zu, bis die letzten Strahlen verschwanden und die Nacht hereinbrach.

Hinter uns öffnete sich die Schiebetür und Mom rief: „Okay, alle reinkommen. Das Abendessen ist fertig."

Galloway half mir auf und wir gingen gehorsam hinein … und mir fiel die Kinnlade herunter. Luftballons und Luftschlangen schmückten den Essbereich, mindestens zehn Pizzen standen auf dem Tisch, dazu zwei Flaschen Champagner.

„Mom." Meine Augen füllten sich mit Tränen und ich blinzelte heftig, um sie zu vertreiben.

„Mein Schatz, du bist jede Mühe wert. Es tut mir so leid, dass du das Gefühl hattest, wir würden dich heute alle ignorieren. Weil wir genau das getan haben", meinte sie lachend. „Aber wir mussten das hier doch planen."

„Wann habt ihr das alles beschlossen?" Ich wedelte mit der Hand in Richtung der Heliumballons, die an den Enden ihrer beschwerten Bänder tanzten.

„Gestern Abend. Nachdem ihr beide gegangen ward."

„Deine Mom hat mich heute angerufen, um mir Bescheid zu geben", flüsterte Galloway mir ins Ohr.

„Ihr seid die Besten. Ich bin so froh, euch als Familie zu haben."

„Mann", schnaubte Dustin. „Jetzt lasst uns essen, bevor du noch sentimental wirst."

Die Kinder hatten eine Picknickdecke auf dem Boden ausgebreitet und Thor versuchte, so viel Pizza wie möglich zu stehlen. Kein Wunder, dass er immer dicker wurde. Nachdem sich die Erwachsenen an den Tisch gesetzt hatten, schaute ich auf den leeren Stuhl zu meiner Linken, der komplett eingedeckt war. „Erwarten wir noch jemanden?"

„Der ist für Ben." Mom schwieg einen Moment. „All das war nur durch ihn möglich. Er verdient einen Platz am Tisch." Stille kehrte ein. Alle sahen mich an und warteten auf meine Reaktion. Ben, der ein paar Meter entfernt stand, zeigte mir den Daumen nach oben. Ich wünschte, ich könnte meiner Familie die Wahrheit sagen, dass sein Geist hier war, aber ich war mir nicht sicher, ob sie bereit waren, das zu hören. Ich vermutete vor allem, dass Amanda eine Art psychiatrische Behandlung veranlassen würde, wenn ich ihr die Wahrheit sagte.

Stattdessen lächelte ich also, zog den Stuhl heraus und sagte: „Natürlich hat er einen Platz am Tisch verdient." Und weil ich ihm Platz gemacht hatte, kam Ben und setzte sich neben mich. „Danke, Fitz." Ich erhob meine Cider-Flasche in seine Richtung. „Auf Ben." Die anderen taten es mir gleich und stießen mit klirrenden Flaschen und Gläsern auf Ben Delaneys Geist an.

Nachdem wir die Pizzen vertilgt hatten, reichte Mom mir ein kleines Geschenk. „Das ist für dich. Zur Feier des Tages."

„Mom!", protestierte ich. „Ihr müsst mir doch nichts schenken."

„Ich weiß, dass wir das nicht mussten, aber wir wollten es. Mach schon, pack es aus."

Ich blinzelte und wurde schon wieder ganz sentimental. Also riss ich hastig das silberne Geschenkpapier mit der passenden Schleife ab und entdeckte eine lange, schmale Schachtel. Ich klappte sie auf und schnappte nach

Luft: eine Smartwatch mit weißem Armband und roségoldenem Zifferblatt. „Sie ist wunderschön", flüsterte ich.

Mama strahlte. „Wir haben dich schon tausendmal dein Handy fallen lassen sehen. Also dachten wir, eine Smartwatch würde dich vielleicht davon abhalten, so oft nach deinem Handy zu greifen."

„Praktisch und stilvoll." Ich zwinkerte ihr zu. „Sie ist perfekt, Mom. Und Dad. Danke."

„Das hier ist von uns." Laura warf mir ein Paket zu, das gegen meine Brust prallte, bevor ich es auffangen konnte. Es war in Kindergeburtstagspapier eingewickelt, aber sie zuckte nur mit den Schultern, als ich ihr einen Blick zuwarf. Ich riss es auf und musste laut lachen. Darin befand sich ein Scherzartikel – ein Stift, der mit unsichtbarer Tinte schrieb.

„Jeder Schnüffler braucht einen unsichtbaren Stift", meinte Laura kichernd.

„In der Tat. Danke, ein weiteres perfektes Geschenk." Ich lächelte so breit, dass mir das Gesicht schmerzte.

Amanda überreichte mir ein größeres, elegant verpacktes Geschenk. „Ich denke, das könnte sich als nützlich erweisen."

„Danke, Amanda und Dustin." Beim Abreißen des Papiers kam ein Lederbuch zum Vorschein, auf dessen Vorderseite meine Initialen prangten. Ich fuhr mit der Hand darüber, bevor ich es öffnete und der Kalender darin zum Vorschein kam. „Das ist wunderschön, danke." Das war es wirklich. Jeder von ihnen hatte das perfekte Geschenk für mich, und dabei hatte ich nicht einmal Geburtstag.

„Vergiss mich nicht", raunte Galloway mir ins Ohr und

reichte mir zu meiner Überraschung ebenfalls eine Schachtel.

„Das wäre aber nicht nötig gewesen", protestierte ich, bevor ich das Geschenkpapier aufriss und ungläubig auf sein Geschenk starrte. „Ein Elektroschocker!", quietschte ich vor Freude. Und nicht nur das, er war auch noch pink.

„Ein Elektroschocker und eine Taschenlampe", meinte er. „Wenn man bedenkt, wie dein Schießtraining gelaufen ist, halte ich es für eine gute Strategie, das Ganze – vorerst – einfach zu halten."

„Damit kann sie aber nicht sich selbst erwischen, oder?", fragte Amanda.

Ich warf ihr einen wütenden Blick zu, obwohl ihre Frage gar nicht so weit von meinem eigenen Gedanken entfernt war. Aber wenn ich mich doch selbst erwischen würde, hätte das wenigstens nicht so verheerende Folge wie ein Schuss.

„Nicht, wenn sie vorsichtig ist", antwortete Galloway.

„Kann ich ihn mal sehen?", fragte Dustin.

Ich reichte ihn ihm und sah zu, wie er um den Tisch herumging und alle faszinierte. Ich hoffte nur, dass ich ihn nie benutzen müsste.

„Warum ein Elektroschocker und kein Taser?", fragte ich Galloway.

Er schnaubte. „Hast du gesehen, wie du eine Waffe abfeuerst? Ein Taser funktioniert nach demselben Prinzip. Er ermöglicht es dir, dich aus der Ferne zu verteidigen. Aber die Wahrscheinlichkeit, dass du denjenigen triffst, auf den du zielst, geht gegen Null. Ein Elektroschocker kann zwar nicht aus der Ferne eingesetzt werden, aber wenn dir ein Angreifer zu nahe kommt, kannst du ihn mit einem schnellen Stromstoß überwältigen. Oder sie. Selbst ein Warnschock ohne Kontakt kann ausreichen, um jemanden von einem Angriff abzuhalten, vorausgesetzt, es ist ein schneller Stoß. Du willst ja schließlich nicht die ganze Ladung aufbrauchen."

„Das Ding wäre am Samstag bei Mills sehr nützlich gewesen."

Es war eine beiläufige Bemerkung, aber Galloways Gesicht verfinsterte sich, und seine Augen blitzten. Ben verfolgte eifrig den Elektroschocker am Tisch, während alle ihren Kommentar dazu abgaben.

„Das wäre perfekt gewesen. Und Mills hätte es hundertprozentig verdient gehabt."

Ich drückte seinen Oberschenkel unter dem Tisch. Galloway war wütend gewesen, als er entdeckt hatte, was Mills getan hatte, und hatte sich gerade noch beherrschen können, das Gesicht des Mannes zu bearbeiten ... mit der Faust. Aber nun lief eine förmliche Untersuchung und Mills würde am Ende bekommen, was er verdiente, da war ich mir sicher.

In diesem Moment begann Isabelle zu weinen und Laura eilte zu ihr, um sie auf den Arm zu nehmen. „Wir sollten uns so langsam auf den Weg machen. Es ist schon spät und die junge Dame hier ist müde." Sie beruhigte das nörgelnde Kleinkind, das den Kopf an die Schulter der Mutter legte und Mühe hatte, die Augen offen zu halten.

„Ja", stimmte Dustin zu und stand auf. „Zeit, unsere Racker zu baden und ins Bett zu bringen."

„Danke, dass ihr gekommen seid, Leute." Ich lächelte und wollte gerade die Teller abräumen, als Dustin „Fang!" rief und den Elektroschocker über den Tisch warf.

Man könnte meinen, mein eigener Bruder würde mich nicht kennen. Seit wann konnte jemand „Fang!" rufen, dann etwas nach mir werfen und erwarten, dass ich es tatsächlich fing? Aber mein Instinkt ließ mich es trotzdem versuchen. Ich ließ die Teller scheppernd auf den Tisch fallen und streckte beide Hände aus, um den Elektroschocker zu fangen. Doch ich war zu ungeschickt und die Waffe zeigte in die falsche Richtung, nämlich in meine. Als sich die Finger meiner linken Hand um den Griff legten, verbanden sich die Zacken mit meinem rechten Unterarm und … die Welt begann sich zu drehen.

Es gab eine Kakofonie von Geräuschen, von denen ich kein einziges verstehen konnte. Als zwei Zillionen Volt jede Ader in meinem Körper zerrissen, fing meine Haut Feuer. Sie schmolz mir von den Knochen und meine Haare brutzelten buchstäblich auf meinem Kopf, zusammen mit tausend Ploppgeräuschen. Meine inneren Organe sortierten sich neu, jedes einzelne wetteiferte um den Platz in meiner Kehle. Ich war mir ziemlich sicher, dass meine Eierstöcke zusammen mit all meinen Eizellen ihren Koffer gepackt und erklärt hatten, dass sie ausziehen würden. In diesem Leben würde es keine kleine Audrey geben, vielen Dank.

Die Zeit verlangsamte sich, jede Sekunde dauerte eine Stunde, bis meine Seele knusprig gebraten war.

„Verdammt. Ich hätte ihn nicht aufladen sollen."

„Gibt es keinen Sicherheitsschalter?"

„Oh mein Gott, sieh dir nur ihre Haare an … Ist das normal?"

„Hey, Fitz. Wie geht es dir?" Es war Bens Stimme, auf die ich mich konzentrierte, denn er strich mir die Haare aus dem Gesicht und mit seiner geisterhaften Berührung kam eine wohltuende Kühle.

„Mach das noch mal", sagte ich ihm und drehte das Gesicht in Richtung seiner Hand.

„Was?"

„Berühre mich. Deine Haut ist so kalt. Das fühlt sich gut an." Ich seufzte. Meine Augen waren immer noch geschlossen, entweder das oder ich war blind geworden, aber ich hörte das erschrockene Flüstern. „Mit wem redet sie?" „Sollen wir einen Krankenwagen rufen?"

„Es geht ihr gleich wieder gut." Galloways Stimme klang stark und souverän. „Lassen wir ihr einfach etwas Luft zum Atmen. Vielleicht solltet ihr eure Kinder nach Hause bringen? Lest ihnen eine schöne, beruhigende Gute-Nacht-Geschichte vor, damit sie sich nicht daran erinnern, wie ihre Tante durch die Luft geflogen ist."

Oh mein Gott. Die Kinder hatten es gesehen. Oh, die armen Babys, ich hatte sie für ihr Leben traumatisiert.

„Machst du Witze?", sagte Brad. „Sie fanden das sehr lustig. Madeline denkt, sie hätte getanzt."

Ich stöhnte. Ich war mir nicht sicher, was schlimmer war: dass meine Nichten und mein Neffe gesehen hatten, wie ich mich selbst außer Gefecht gesetzt hatte, oder dass sie dachten, ich hätte eine Art seltsamen Interpretationstanz aufgeführt. Eine weitere Audrey-Geschichte, an der sich künftige Generationen laben könnten.

„Warum redet sie mit sich selbst?", wollte Amanda wissen. „Hat ihr Gehirn etwas abbekommen?"

„Sie ist verwirrt, das ist alles. Das geht vorbei", antwortete Galloway. „Aber im Ernst, ihr solltet nach Hause gehen. Es geht ihr gleich wieder gut, versprochen. Aber das sollte uns allen eine Lehre sein: Elektroschocker sind kein Spielzeug. Sie werden nicht mehr auf Leute geworfen."

„Entschuldigung." Dustin klang wirklich zerknirscht und ich hätte Galloway geküsst, wenn meine Glieder sich nicht so matschig angefühlt hätten. Ich hegte außerdem den heimlichen Verdacht, dass ich mich vollgepinkelt hatte, denn während sich der größte Teil meines Körpers anfühlte, als würden sich tausend glühende Nadeln in mich hineinbohren, verspürte ich in meiner Leistengegend ein Gefühl der Erleichterung. Eine feuchte, wohltuende Erleichterung. Ich stöhnte beschämt.

„Audrey?" Das war jetzt Moms Stimme.

Ich öffnete mit krampfhafter Anstrengung ein Augenlid und sah, wie Galloway Mom zur Tür führte. „Ich werde mich gut um sie kümmern, ich schwöre es. Aber es ist das Beste, wenn ihr jetzt alle geht. Es tut mir leid."

„Pass gut auf sie auf", sagte Dad schroff und schob dann Mom weiter. Ich lag auf dem Boden und hörte, wie meine Familie ging, hörte, wie die Haustür geschlossen wurde, dann kam Galloway zurück und kniete sich neben mich.

„Wie fühlst du dich?"

„Wie der Käse, der vom Cracker gefallen ist", krächzte ich und blinzelte ihn an.

Er lachte leise. „Nun, jetzt weißt du aus erster Hand, wie es sich anfühlt, mit einem Elektroschocker außer Gefecht gesetzt zu werden."

„Leider."

„Kannst du aufstehen?", fragte er.

„Sind meine Gliedmaßen noch dran? Ich kann sie nämlich nicht spüren."

„Oh, das wirst du wieder", versprach er.

„Was meinst du damit?" Seine Worte hatten ein unheimliches Gespür für das richtige Timing, denn kaum hatte ich danach gefragt, spürte ich, wie das erste Kribbeln zurückkehrte. Zehntausende von Nadeln. „Heiliger Bimbam", wimmerte ich, schüttelte die Hände und versuchte, das schreckliche Gefühl zu vertreiben. Aber hey, wenigstens konnte ich mich wieder bewegen.

Ich rappelte mich auf, schaute auf meinen Schritt hinunter und war froh, dass ich mich nicht eingenässt hatte. Mit Galloways Hilfe kam ich auf die Beine und er führte mich zu einem Stuhl. „Setz dich und sammle dich erst einmal", befahl er. „Ich räume in der Zwischenzeit auf. Obwohl …" Er hielt beim Einsammeln des schmutzigen Geschirrs inne, „wenn das ein ausgeklügelter Trick von dir war, um dem Aufräumen zu entgehen, dann gratuliere ich dir, es hat funktioniert."

Ich schnaubte. „Ja. Du hast mich erwischt." Ich sah dankbar zu, wie Galloway den Tisch abräumte, den Geschirrspüler einräumte, die leeren Flaschen einsammelte und sie in die Recycling-Tonne warf, und als er das alles erledigt hatte, war ich zu fünfundneunzig Prozent wieder normal.

Galloway stellte eine dampfende Tasse Kaffee vor mich hin und setzte sich dann auf den Stuhl gegenüber. „Besser?"

„Viel besser." Ich pustete in das heiße Gebräu, bevor ich einen Schluck nahm. „Ich hatte eine Idee."

„Erstaunlich, wo du dir gerade dein Gehirn gebraten hast.“

Ich verdrehte die Augen. „Scheinbar steckt in jedem ein Komiker. Nein, im Ernst. Ich habe über Dudley Kelsh nachgedacht.“

„Was ist mit ihm?“

„Woher hatte er das Bild? Er musste wissen, was es war. Hat er deshalb seinen Nachlass der Historischen Gesellschaft vermacht? Damit es nach seinem Tod gefunden wurde?“

„Du glaubst, er war der Dieb?“

„So verrückt das auch klingt, es ist möglich. Ich meine, ich hätte Keagan nie für einen Kunstfälscher gehalten, aber du sagtest, er habe im Atelier in seinem Haus eine ganze Reihe von Fälschungen angefertigt, um ahnungslose Käufer abzuzocken. Da glaubt man, man kauft einen Rembrandt, aber in Wirklichkeit kauft man einen Keagandt.“

„Stimmt.“

„Und Noreen!“ Ich fuchtelte mit der linken Hand herum und stieß dabei fast meinen Kaffee um. „Wer würde denken, dass die süße, kleine, sanftmütige Noreen ihre Kunden abzockt und sie bestiehlt?“

„Auch das stimmt.“

„Und Lacey Stevens.“ Ich hielt kurz inne und atmete aus. „Ich bin mir wirklich nicht sicher, was ich von ihr halten soll“, gab ich zu. Ich erzählte Galloway von meiner Überprüfung ihres Strafregisters, dass sie von ihrem letzten Chef gefeuert und der Brandstiftung verdächtigt, aber keine Anklage erhoben worden war. Aber ihr ehemaliger Chef und Liebhaber hatte einen Beschluss gegen sie erwirkt. „Trotz alledem fällt mir jedoch kein Motiv für den Mord an Anita ein."

„Du meintest doch, sie habe Logan Avancen gemacht. Vielleicht war das der Grund. Vielleicht will sie eigentlich ihn haben, aber Logan ist ein ehrlicher Mann, der seine Frau auf keinen Fall betrügen würde. Der einzige Weg, dieses Problem zu lösen, ist also?"

„Dafür zu sorgen, dass die Ehefrau verschwindet."

„Genau."

„Aber warum schläft sie dann mit dem Sohn?" Das war es, was mich verwirrt hat. Hatte sie eine Affäre mit Tyler angefangen, in der Hoffnung, seinen Vater eifersüchtig zu machen? Aber das wäre sinnlos, wenn Logan nicht einmal davon wüsste. Ich unterdrückte ein Gähnen und kratzte mich am Kopf, als ich bemerkte, dass mit meinen Haaren etwas nicht stimmte, und strich mir über den ganzen Kopf, wobei sich meine Augen vor Entsetzen weiteten. „Was ist mit meinen Haaren passiert?" Ich sprang auf und rannte ins Bad.

„Verdammter Mist." Mein Spiegelbild bestätigte meine Vermutung. Ich trug jetzt krause Locken im Stil der Achtziger.

Galloway tauchte hinter mir auf und lächelte über meinen Kopf hinweg mein Spiegelbild an. „Das gefällt mir. Das sieht irgendwie sexy aus."

„Pah, du bist verblendet." Aber ich drehte den Kopf von einer Seite zur anderen und versuchte, die anziehende Frau zu erkennen, da ich mir nicht sicher war, ob er es ernst meinte oder mich auf den Arm nahm. Dann wurde ich von seinen Händen abgelenkt, die meine Arme hinunter und über meinen Bauch glitten.

„Ich könnte eine Dusche gebrauchen", murmelte ich.

Mit seinem Mund an meinem Hals vibrierte seine Stimme in mir. „Mir gefällt, wohin das führt."

„Mir auch." Ich drehte mich in seinen Armen um, schlang die Arme um seinen Nacken und er hob mich mühelos hoch. Meine Beine umklammerten seine Taille, mein Mund verschmolz mit seinem. Und als sich dieses Mal die Welt um mich herum drehte, war es auf eine angenehme Weise.

17

„So schnell wieder zurück?" Die Kellnerin im Firefly Bay Hotel Restaurant hielt lächelnd das Tablet einsatzbereit, um meine Bestellung aufzunehmen.

„Das Frühstück gestern war einfach zu gut", meinte ich grinsend. „Da konnte ich einfach nicht widerstehen." Außerdem hatte ich immer noch nicht eingekauft. Doch es gab noch einen Grund, warum ich dieses Restaurant gewählt hatte, um meinen Hunger zu stillen. Ich war fest entschlossen, dem Rätsel um Lacey Stevens auf den Grund zu gehen.

„Was kann ich Ihnen denn heute bringen?"

„Ich nehme die Pfannkuchen."

„Mit Speck?"

„Ja, bitte. Und Kaffee. Schwarz."

„Kommt sofort."

Bevor sie ging, meinte ich schnell: „Eine Frage noch: Arbeitet Lacey Stevens heute?"

„Ja, sie ist heute Morgen die verantwortliche Köchin.

Sie sorgt die ganze Woche für Frühstück und Mittagessen."

„Wäre es vielleicht möglich, kurz mit ihr zu sprechen?"

Die Kellnerin runzelte die Stirn. „Nun ... sie arbeitet. Aber ich kann sie wissen lassen, dass Sie mit ihr sprechen möchten. Gibt es ein Problem?"

„Oh nein, nein, nichts dergleichen."

Die Kellnerin nickte. „Okay. Ich werde ihr Bescheid sagen. Ihre Bestellung wird nicht lange dauern."

Mein Kaffee kam und während ich die lebensrettende Wirkung des Koffeins genoss, beobachtete ich Ben, der von Tisch zu Tisch huschte, um zu sehen, was die anderen Gäste zum Frühstück aßen. Er war in letzter Zeit vom Essen regelrecht besessen und ich fragte mich, ob er sich zu viele Kochsendungen ansah.

Die Küchentür schwang auf. Ich warf einen Blick hinüber und sah zu meiner Überraschung, dass Lacey hereinkam und etwas trug, von dem ich annahm, dass es meine Bestellung war. Und ihr dicht auf den Fersen? Anita.

Lacey stellte den Pfannkuchen vor meine Nase, richtete sich auf und wischte sich die Hände an ihrer weißen Schürze ab. „Ich habe gehört, Sie wollten mit mir reden. Ich habe aber nur eine Minute."

„Dann werde ich mich kurz fassen", versprach ich. „Haben Sie Anita Finley getötet?"

Sie schnaubte, nicht im Geringsten überrascht von meiner Frage. Dann zog sie den Stuhl gegenüber heran und setzte sich. „Nein, das habe ich nicht."

„Aber Sie haben eine Affäre mit ihrem Sohn."

„Es gibt kein Gesetz, das es verbietet, dass zwei

Erwachsene freiwillig Sex miteinander haben", schoss sie zurück.

„Nein, das gibt es nicht. Aber Anita war Ihre Freundin. Warum sind Sie also eine Beziehung mit ihrem Sohn eingegangen? Wo Sie doch ihrem Mann Avancen gemacht haben."

Lacey seufzte, verdrehte die Augen und starrte zur Decke. Dann legte sie die Handflächen auf die Tischplatte und beugte sich zu mir herüber. „Ich bin eine Frau in einem gewissen Alter, die Bedürfnisse hat. Und es geht absolut niemanden etwas an, wie ich diese Bedürfnisse befriedige. Mit Tyler zu schlafen, hat nichts mit Anita zu tun."

„Aber warum? Warum Tyler?" Ich musste das einfach verstehen.

„Er ist wunderschön und er ist jung." Ihre Stimme wurde leiser. „Und junge Männer halten länger durch."

Anita keuchte vor etwas, was ich für Empörung hielt, aber ich ignorierte sie.

Lacey fuhr fort. „Als ich Logan zum ersten Mal gesehen habe, habe ich es natürlich versucht. Der Mann sieht umwerfend aus – und es ist klar, von wem Tyler sein Aussehen hat. Und hey, wenn er sich auf eine Tändelei eingelassen hätte, wäre das für mich völlig in Ordnung gewesen, aber es hätte nichts bedeutet. Sex ist einfach nur Sex."

„Das ist es nicht!", protestierte Anita. „Es ist ein Akt der Liebe zwischen zwei Menschen."

„Und das?" Ich zeigte auf den Diamantanhänger, den ich unter ihrer Bluse erkennen konnte. Derjenige, mit dessen Suche mich Anita beauftragt hatte.

„Ist es das, worum es hier geht? Diese verdammte Halskette?" Lacey zog eine Augenbraue hoch und ich tat mein Bestes, um mich davon nicht ablenken zu lassen. Wie machten die Leute das nur?

„Hier, Sie können sie haben." Lacey riss sich die Kette vom Hals und warf sie auf den Tisch. „Tyler hat sie mir geschenkt. Damals wusste ich noch nicht, dass es Anitas kostbare Halskette war."

„Hätte es eine Rolle gespielt, wenn Sie es gewusst hätten?" Ich nahm die Kette und schloss die Finger darum.

Lacey zuckte mit den Schultern. „Ob Sie es glauben oder nicht, meine Freundschaft mit Anita hatte nichts mit Tyler zu tun und umgekehrt. Sie war meine Freundin und ich werde sie vermissen." Zu meiner großen Überraschung wurden Laceys Augen feucht und sie fächelte sich Luft zu, bevor ihr die Tränen kamen.

„Nun." Anita schnaubte verblüfft. Ich schaute sie an, aber Anita studierte ihre Freundin aufmerksam. „Ich glaube nicht, dass sie es war", sagte sie schließlich und verschränkte die Arme vor der Brust. Ich war mir da nicht so sicher.

„Sie haben mich wahrscheinlich überprüft", schniefte Lacey und wischte sich über die Augen. „Dann wissen Sie bestimmt, was bei meinem letzten Job passiert ist …"

„Sie meinen Ihre Affäre mit Ihrem Chef und der Brand in seinem Restaurant?", fragte ich nach.

Sie versteifte sich. „Oh, die Affäre gebe ich zu, aber alles andere ist nicht so abgelaufen, wie er es gesagt hat. Er war hinter mir her und das Ganze war lustig, solange es dauerte, aber ich war diejenige, die irgendwann Schluss gemacht hat. Aber er konnte das nicht akzeptieren. Und dann ist er völlig durchgedreht und behauptete, ich würde ihm nachstellen und ihn belästigen. Es würde mich nicht wundern, wenn er sein Restaurant selbst niedergebrannt hat."

„Warum sind Sie dann weggezogen, wenn Sie unschuldig sind?"

„Hallo! Irgendwas bleibt immer kleben. Er wollte mir wehtun, aber als das nicht funktionierte, hat er die Polizei belogen und eine einstweilige Verfügung gegen mich erwirkt. Niemand hätte mich mehr eingestellt, wenn sich das erst einmal herumgesprochen hätte. Auch wenn die Vorwürfe völlig aus der Luft gegriffen waren."

„Oh, Lacey", seufzte Anita, „das ist ja furchtbar, meine Liebe. Warum hast du mir das nicht gesagt?"

„Wusste Anita darüber Bescheid?", fragte ich pflichtbewusst.

Lacey ließ die Schultern sinken. „Was passiert ist, ist passiert. Ich bin nach Firefly Bay gekommen, um neu anzufangen. Ich wollte keinen alten Ballast mitbringen."

„Warum haben Sie Tyler nicht die Halskette zurückgegeben? Als er sie darum gebeten hat?"

„Um ihn dafür zu bestrafen, dass er sie seiner Mutter gestohlen hat. Ich wollte sie ihr zurückgeben. Und jetzt würde ich mich sehr freuen, wenn sie sie bei ihrer Beerdigung trägt. Ich bin schließlich nicht herzlos."

„Oh", flüsterte Anita.

„Also Tyler und Sie …"

Lacey schaute aus dem Fenster. „Wir haben Schluss gemacht. Wir hatten viel Spaß zusammen, aber jetzt, wo seine Mom tot ist? Ich kann nicht gut mit solchen Gefühlen umgehen, wissen Sie? Ich kann ihm bei seinem

Kummer nicht helfen. Dafür braucht er eine Freundin und das war ich nie gewesen. Außerdem … muss ich auch um meine Freundin trauern. Und die Sache mit Tyler zu beenden, schien mir das Richtige zu sein … letztendlich."

Ich wollte gerade sagen, dass es vielleicht das Richtige gewesen wäre, gar nicht erst eine Affäre mit dem Sohn der besten Freundin anzufangen, aber ich biss mir auf die Zunge. Man konnte die Vergangenheit nicht ungeschehen machen, sosehr man es sich auch wünschte.

Lacey stand auf. „Ich muss jetzt zurück an die Arbeit. Oder gibt es sonst noch etwas?"

„Nein. Danke, dass Sie mit mir gesprochen haben."

Anita und ich sahen ihr nach. Dann holte ich mein Handy heraus und hielt es ans Ohr. „Und?", fragte ich. „Was denken Sie?"

„Ich war so wütend auf sie. So wütend." Anita rutschte auf den Stuhl, auf dem eben noch Lacey gesessen hatte. „Und ich werde ihr nicht verzeihen, dass sie mit meinem Jungen geschlafen hat. Aber ich verstehe sie. Lacey machte nie einen Hehl daraus, dass sie einen starken Appetit hatte, wenn es um Männer ging. Ich weiß, dass sie schon früher One-Night-Stands mit Gästen des Hotels hatte. Und sie hat nichts von der Halskette gewusst."

„Das sagt sie zumindest."

„Ich glaube ihr." Anita schaute auf meine Pfannkuchen. „Essen Sie die lieber, bevor sie kalt werden. Sie ist wirklich eine ausgezeichnete Köchin."

Nachdem ich das Hotel verlassen hatte, schlenderte ich die Uferpromenade entlang, in der Hoffnung, die hundert Pfund, die ich gerade zugenommen hatte, wieder loszuwerden, als ich Bob Moore und Ron Holt, Mitglieder der Historischen Gesellschaft, mit Angelruten traf.

„Meine Herren", grüßte ich. „Ein schöner Tag dafür."

„Guten Morgen." Bob blieb stehen und stellte seine Angelkiste ab, Ron folgte seinem Beispiel. „Sie sind Audrey, richtig? Die junge Frau, die mit dem Kelsh-Haus hilft."

„Korrekt. Obwohl das Haus jetzt ein Tatort ist."

„Haben Sie schon die Nachrichten gesehen?", fragte Ron. „Dass Keagan wusste, dass das Gemälde, das Anita dort gefunden hatte, Millionen wert ist? Und dass er uns deswegen angelogen hat?"

Ich nickte. „Ich habe es schon gehört."

„Der Verein hat in den letzten Tagen wirklich einiges einstecken müssen." Bob schüttelte den Kopf, als könne er nicht glauben, was sich in letzter Zeit alles abgespielt hatte.

„Ich glaube, Mary hat alles unter Kontrolle", lächelte ich. „Sie sagte etwas über Wahlen."

Bob und Ron starrten sich an.

„Was?", wollte ich wissen.

Bob schüttelte erneut den Kopf. „Mary will schon seit Jahren unbedingt Präsidentin des Vereins werden. Wie oft hat sie sich schon selbst nominiert, Ron? Dreimal? Viermal?"

„Viermal, glaube ich." Ron stimmte in das Nicken ein.

„Und dann? Hat niemand für sie gestimmt?", fragte ich.

Diesmal schüttelten sie den Kopf.

„Warum nicht?"

„Nun, Anita war eine so gute Präsidentin. Warum sollten wir da für jemand anderen stimmen?"

„Oh, es gab also gar keine freie Stelle?"

„Alle zwei Jahre müssen wir die Mitglieder des Komitees neu wählen. Dazu gehören alle offiziellen Positionen wie Präsident, Schatzmeister und Sekretär", erklärte Ron.

„Und jedes Mal werden dieselben Leute gewählt", ergänzte Bob.

„Mary war also nie über ihr Amt als Sekretärin des Vereins hinausgekommen?"

„Nein." Ron nickte wieder, bevor er sich an Bob wandte. „Ich schätze, dass sie dieses Mal Glück haben könnte? Sowohl der Posten des Präsidenten als auch der des Vizepräsidenten sind unbesetzt."

Anita stöhnte. „Sie haben recht, wissen Sie. Mary wird sich freuen."

Jetzt war ich an der Reihe, zu nicken. „Ich habe sie gestern im Verein gesehen. Sie meinte, sie bereite sich auf die Wahlen vor."

„Sie meint es nur gut." Anita seufzte. „Sie ist nur ein bisschen anmaßend. Das Problem ist, dass es ihr im Laufe der Jahre gelungen ist, so ziemlich jedes einzelne Ausschussmitglied zu verärgern, sodass natürlich keiner von ihnen für sie stimmen wird."

„Wird sich das jetzt ändern, was meinen Sie?"

„Das hängt davon ab, ob jemand anderes nominiert wird." Anita zuckte mit den Schultern. „Wenn niemand anderes den Job will, wird er wahrscheinlich an Mary gehen. Wir alle wissen, dass sie ihn unbedingt haben will.“

„Was wird sich ändern, meine Liebe?“, fragte Bob, und da wurde mir klar, dass ich mich vor ihnen mit Anita unterhalten hatte. *Erwischt!*

„Sorry“, meinte ich und grinste verlegen. „Ich habe mit mir selbst geredet. Das mache ich öfters. Ich muss dabei ein bisschen verrückt aussehen.“

„Ha!“, lachte Ron. „Das machen wir doch ständig, nicht wahr, Bob?“

„Ja, das machen wir“, stimmte Bob glucksend zu.

Ich lächelte die beiden älteren Männer an und schaute dann auf meine Smartwatch. „Es war schön, mit Ihnen zu plaudern, aber ich muss jetzt los. Viel Glück beim Angeln.“ Ich machte mich schon auf den Weg.

„Werden Sie dem Komitee beitreten?“, fragte Bob, bevor ich gehen konnte.

„Ich weiß nicht, ob ich die Zeit dazu habe.“ Ich wollte ihre Gefühle nicht verletzen, indem ich geradeheraus Nein sagte.

Anita schaute mich an. „Das wäre eine wunderbare Idee, Audrey. Sie sollten mitmachen.“

Ich versuchte, ihr mit den Augen zu vermitteln, dass das auf keinen Fall passieren würde. Ich winkte den Männern zu und eilte davon, bevor sie mich zum Einverständnis zwingen konnten. Leider konnte ich Anita nicht abschütteln.

„Wenn Sie dem Komitee beitreten würden“, fuhr sie neben mir fort, „könnte ich Ihnen helfen!“

„Das wird nicht passieren“, sagte ich zwischen zusammengebissenen Zähnen. Außerdem dachte ich, dass Anita weiterziehen würde, sobald wir den Mord an ihr aufgeklärt hätten und ihr Mörder vor Gericht gestellt werden könnte. Ich war mir nicht sicher, ob ich mit dem Gedanken an zwei Geister zurechtkäme, die mich ein Leben lang verfolgten. Nicht, dass Ben ein Problem war. Aus egoistischen Gründen hatte ich ihn gern um mich, aber ein körperloses Wesen war genug.

„Das bringt mich jedoch auf eine Idee", sagte ich und kehrte zu meinem Auto zurück.

„Und auf welche?" Ben war inzwischen zu uns gestoßen und die beiden Geister machten es sich in meinem Fahrzeug bequem.

„Irgendetwas stimmt mit Mary nicht." Ich setzte rückwärts aus der Parklücke und fuhr nach Hause.

Ben brach in Gelächter aus.

„Was?", fragte Anita. „Was ist so lustig?"

„Irgendetwas stimmt mit Mary nicht?" Er holte zwischen zwei Lachanfällen kurz Luft und ich konnte nicht anders, als mitzulachen.

„Das ist ein Film", erklärte ich Anita. „Ben, du wirst es ihr erklären müssen. Ich weigere mich schlichtweg, das zu tun."

Während Ben Anita die Handlung des Films erzählte, rief ich Galloway an.

„Guten Morgen, meine Schöne", meldete er sich beim ersten Klingeln.

„Hey, Süßer", antwortete ich grinsend. „Ich habe dich heute Morgen vermisst."

„Tut mir leid, ich musste früh raus. Und du sahst so friedlich aus, dass ich es nicht übers Herz gebracht habe, dich zu wecken."

„Oh, ist das nicht süß?“ Ben gab im Hintergrund Kussgeräusche von sich.

„Halt die Klappe“, brummte ich.

„Ich hoffe, du sprichst mit Ben“, meinte Galloway.

Mist. „Sorry. Ja. Er benimmt sich wie ein Teenie.“ Ben streckte mir die Zunge heraus und ich verdrehte die Augen.

„Was kann ich für dich tun?“, wollte Galloway wissen.

„Hat irgendjemand Noreens Handtasche durchgesehen, nachdem du sie gestern mitgenommen hast? Wurde alles als Beweismittel protokolliert?“

„Ja, sowohl die Tasche als auch ihr Inhalt. Warum?“

„Ich habe eine Theorie.“ Es war eine ziemlich abwegige Theorie, aber sie nagte in meinem Hinterkopf. Meine Ausbildung zur Privatdetektivin hatte mich gelehrt, diese lästigen kleinen Gefühle nicht zu ignorieren, ebenso wenig wie die lästigen Stimmen, obwohl diese lästigen Stimmen im Moment zu zwei Geistern gehörten. „Würdet ihr beide bitte still sein?“, zischte ich.

„Entschuldigung“, meinte Anita prompt.

„Kann ich was dafür, wenn sie einen detaillierten Bericht über *Verrückt nach Mary* haben will?“

Sie keuchte. „Das tue ich nicht!“

„Doch, tun Sie!“

„Leute! Bitte! Warum geht ihr beiden nicht schon mal vor und lasst mich in Ruhe telefonieren?“

„Hervorragende Idee, Fitzgerald.“ Ben zwinkerte mir zu und die beiden verschwanden.

Ich richtete meine Aufmerksamkeit wieder auf das Telefonat. „Sorry. Zwei Geister, die über Filme diskutieren, machen es nicht gerade leicht, ein Gespräch zu führen."

Galloway lachte. „Ich nehme an, sie sind jetzt weg?"

„Ja."

„Okay, also erzähl mir von deiner Theorie."

„Befand sich ein einzelner Ohrring in Noreens Tasche? Vor allem einer mit Perlen?"

„Moment, ich sehe mal nach." Ich hörte, wie er tippte, dann ein paar Sekunden Stille, während er las, was auf seinem Bildschirm erschien. „Ja, das stimmt. Warum?"

„Weißt du, was mir daran seltsam vorkommt?"

„Was, dass eine Frau einen einzelnen Ohrring in ihrer Handtasche hat? Vielleicht hat sie ihn abgenommen, um zu telefonieren, oder vielleicht hat sie nur einen verloren und den anderen herausgenommen, damit sie nicht mit einem Ohrring herumläuft?"

„Beides triftige Gründe", pflichtete ich ihm bei. „Aber Noreen Bellamy hat keine Ohrlöcher."

Einen Moment lang herrschte Schweigen, dann sagte Galloway: „Es ist nicht ihr Ohrring?"

„Korrekt."

„Aber du weißt, wem der Ohrring gehört, nehme ich an?"

„Ich glaube schon. Was ist mit dem EpiPen und der Spritze? Habt ihr auf ihnen Fingerabdrücke finden können?"

„Nein, sie wurden abgewischt."

Ich schüttelte seufzend den Kopf. „Ich glaube wirklich nicht, dass Noreen die Mörderin ist. Warum sollte sie sich die Mühe machen, ihre Fingerabdrücke von der Mordwaffe abzuwischen und sie dann in ihrer Handtasche lassen?"

„Da stimme ich dir zu. Ich würde sagen, sie wurde dort deponiert."

„Was sagt Noreen dazu?"

„Sie hat die Unterschlagung eingeräumt, bestreitet aber kategorisch, Anita etwas ins Essen getan und ihren EpiPen gestohlen zu haben. Ich bin geneigt, ihr zu glauben. Nichts deutet darauf hin, dass Anita ihr auf die Spur gekommen war. Noreen legte dem Komitee immer wieder geänderte Gewinn- und Verlustrechnungen vor und die Mitglieder segneten sie ab. Noreen hatte kein Motiv, Anita umzubringen. Außerdem war das Komitee nicht ihr einziges Opfer. Jeder ihrer Kunden hätte den Verdacht haben können, dass sie ihn bestiehlt. Was hätte sie tun sollen, sie alle töten?"

Gutes Argument. „Und Keagan?"

„Dieselbe Geschichte. Vor allem Anita hatte keinen Grund, dem zu misstrauen, was Keagan ihr über das Gemälde erzählt hatte. Weder sie noch das Komitee hatten herumgeschnüffelt oder Fragen gestellt. Außerdem war er mit der Reproduktion, die er ihnen geben wollte, fast fertig. Hätten wir ihn nicht geschnappt, wäre alles nach Plan verlaufen, also auch bei ihm kein Motiv, Anita zu töten." Dann herrschte einen Moment lang Schweigen, bevor er fragte: „Wie ist es mit Lacey gelaufen? Warst du bei ihr?"

„Ja. Ich habe Anitas Halskette zurück." Ich tätschelte meine Tasche, in die ich sie gesteckt hatte. Logan und Tyler würden sich freuen, wenn sie sie zurückbekämen.

Ich informierte Galloway über alles, was Lacey mir erzählt hatte.

„Unsere drei Hauptverdächtigen scheinen also unschuldig zu sein", sagte Galloway.

„Ich habe eine neue Spur. Sie könnte aber auch ins Leere führen", fügte ich hastig hinzu.

„Geht es um den Ohrring?"

„Ja. Ich glaube, er gehört Mary Wilson." Ich erinnerte mich an meinen ersten Besuch in der Historischen Gesellschaft heute Morgen und war mir sicher, dass Mary beide Ohrringe getragen hatte. Doch als ich später noch einmal zurückgekommen war, hatte sie nur noch einen getragen.

„Und sie ist wer?"

„Die Sekretärin der Historischen Gesellschaft. Eine Frau, die anscheinend unbedingt Präsidentin werden will."

„Und du glaubst, sie hat die amtierende Präsidentin umgebracht, damit sie ihren Platz einnehmen kann?" Seine Stimme verriet, wie weit hergeholt dieser Gedanke seiner Meinung nach war.

„Es sind schon seltsamere Dinge passiert", gab ich zurück. „Aber ihren Ohrring in Noreens Tasche zu finden, bedeutet nichts. Noreen könnte ihn auf dem Boden gefunden und aufgehoben haben, da sie ihn erkannt hatte und Mary zurückgeben wollte. Oder Mary könnte neben Noreen gestanden haben, als er herunterfiel und in ihrer Tasche landete. Er könnte absolut nichts bedeuten."

„Ich werde Noreen danach fragen. Mal sehen, ob sie weiß, wie er in ihre Tasche gekommen ist", sagte er.

Nachdem ich das Gespräch beendet hatte, dachte ich darüber nach, was ich über Mary Wilson wusste, und das war nicht viel. Sie war Mitte sechzig, eine rundliche Frau mit arthritischen Knien, die sich auf einem kanariengelben Motorroller fortbewegte. Ich erinnerte mich, dass Anita uns beim Dinner am Freitagabend vorgestellt hatte, und gestern hatte sie mir freien Zugang zum Computer der Gesellschaft gewährt, was nicht dem Verhalten von jemandem entsprach, der etwas zu verbergen hatte.

Wieder zu Hause angekommen, eilte ich in mein Büro und rief die Dateien auf, die ich auf den USB-Stick kopiert hatte.

„Was ist los?", fragte Ben, der hinter mir stand und über meine Schulter mitlas.

„Ich suche nach allem, in das Mary verwickelt war. Innerhalb der Historischen Gesellschaft", fügte ich hinzu.

„Mary war an all unseren Projekten beteiligt", sagte Anita, die über meine andere Schulter blickte. Zwischen den beiden lief mir ein eiskalter Schauer über den Rücken.

„Inwiefern beteiligt?"

„Was meinen Sie damit?" Ich konnte die Verwunderung in Anitas Stimme hören und sah sie an.

„Hat Mary eines der Projekte oder Veranstaltungen geleitet? Wofür war sie verantwortlich?" Denn wenn Mary tatsächlich die Präsidentschaft anstrebte, hätte sie sich bestimmt überall eingemischt.

„Oh, richtig. Lassen Sie mich kurz nachdenken. Sehen Sie ..." Ich spürte, wie sich die Luft hinter mir bewegte und wusste, dass Anita auf und ab ging. „Mary ist ein sehr enthusiastisches Mitglied des Vereins."

„Das habe ich bereits verstanden.“

„Aber als Präsidentin habe ich bei den meisten – wenn nicht sogar bei allen – Veranstaltungen die Führung übernommen.“

„Gab es etwas Bestimmtes, das Mary besonders am Herzen lag? Bei dem sie Sie vielleicht gedrängt hat, es ihr zu überlassen?“

„Warum? Worauf willst du hinaus?“, fragte Ben.

„Bob und Ron sagten, dass Mary sehr daran interessiert war, aufzusteigen. Dass sie sich vorgenommen hatte, Präsidentin der Historischen Gesellschaft zu werden.“

„Ja, ja, das stimmt“, bestätigte Anita, was ich bereits wusste. Dann erstarrte sie und sah mich erschrocken an. „Sie glauben doch nicht, dass es Mary war? Dass sie mich getötet hat, damit sie Präsidentin werden kann?“

Ich zuckte mit den Schultern. „Ich möchte nur wissen, ob es etwas gab, woran sie gearbeitet hat oder arbeiten wollte, was ihr aber verwehrt wurde und was sie zum Ausrasten gebracht haben könnte. Das sie zum Handeln veranlasst haben könnte. Gegen Sie.“

Ben nickte und verschränkte die Arme vor der Brust. „Du suchst nach einem Motiv. Abgesehen von dem allgemeinen Sie-will-Präsidentin-werden-Grund.“

„Ja. Warum jetzt? Wenn sie es war, warum jetzt? Was hat sich geändert?“

„Und du glaubst, dass ein Hinweis in den Akten des Vereins zu finden ist?“, fragte er nach.

Ich drehte mich wieder dem Bildschirm zu. „Das hoffe ich zumindest.“

„Oh“, flüsterte Anita.

Ich verrenkte mir den Hals, um sie anzuschauen. „Ihnen ist etwas eingefallen?"

Sie nickte, die Hand auf dem Mund und die Augen weit aufgerissen.

„Was ist es?", fragte ich.

Sie ließ die Hand sinken und sagte leise: „Das Karussell. Die Restaurierung des Karussells. Marys Großvater hat es gebaut und sie wollte die Restaurierung leiten."

„Aber?"

„Aber ich habe ihr gesagt, dass das nicht nötig ist, weil Logan Zimmermann ist und er und Tyler das allein schaffen. Wir brauchten ihre Hilfe nicht."

„Autsch", zischte Ben.

Anita wirkte verzweifelt. „Wie konnte ich nur so unsensibel sein? Jetzt erinnere ich mich. Das Treffen, bei dem wir es besprochen haben. Mary hatte all diese Originalfotos mitgebracht, die beim Bau des Karussells aufgenommen worden waren. Sie war so stolz. Und ich habe sie enttäuscht. Es hatte keine Priorität, wir hatten so viel zu tun, dass ich sie abtat und sagte, Finley Constructions würde sich darum kümmern. Ich habe mir die Fotos nicht einmal angeschaut."

„Wann war das?"

„Letzten Monat." Sie zeigte auf die Liste der Dateien auf dem Bildschirm. „Es sollte im Protokoll des letzten Monats dokumentiert sein."

Ich öffnete das Dokument und überflog die Abschrift des Protokolls. Über die Restaurierung des Karussells war nur ein knapper Satz geschrieben worden. „Und Mary führt das Protokoll?"

„Richtig."

„Und wird es anschließend verteilt oder lesen Sie es bei der nächsten Sitzung vor?"

„Nein, es wird verteilt, sobald es fertig ist, und wir verabschieden es bei der nächsten Sitzung. Dieses Protokoll wurden letzte Woche verschickt."

Ich kaute auf meiner Lippe. „Aber das wäre für Mary kein Schock gewesen. Sie war diejenige, die das Protokoll geführt hat. Aber ich denke, wir können uns darauf einigen, dass das Karussell wahrscheinlich ein Stressfaktor für sie war."

„Ich fühle mich furchtbar", flüsterte Anita und Ben legte ihr tröstend den Arm um die Schultern. „Sie hat hart für den Verein gearbeitet und ich habe ihren Beitrag zu etwas, das ihr sehr am Herzen lag, nicht beachtet."

„Ich werde mit ihr reden." Ich schnappte mir meine Tasche und meine Schlüssel und ging nach draußen. Ich war mir ziemlich sicher, dass die sanftmütige Mary Wilson unsere Mörderin war.

18

„Wieder zurück, meine Liebe?" Ich fand Mary genau dort, wo ich sie vermutet hatte, in der Historischen Gesellschaft. Sie saß im Sitzungssaal, die Fotos des Karussells vor sich auf dem großen Eichentisch ausgebreitet.

„Wie ich sehe, arbeiten Sie am Karussell." Ich nickte in Richtung der Fotos.

„Ja, ja", meinte sie und stand lächelnd auf. „Dieses Projekt liegt mir sehr am Herzen."

„Ich habe gehört, dass Ihr Großvater beim Bau des Originals geholfen hat."

„Geholfen?" Sie versteifte sich. „Er hat es selbst gebaut."

„Oh, Entschuldigung, mein Fehler." Ich ging zur gegenüberliegenden Seite des Tisches und betrachtete die Schwarz-Weiß-Abzüge. „Er war eindeutig ein sehr begabter Handwerker." Ich hob ein vergilbtes Blatt Papier auf, auf dem der handgezeichnete Entwurf für das Karussell zu sehen war.

Marys Augen blieben auf der Blaupause in meiner Hand haften. „Ja. Das war er."

„Es muss Sie ziemlich verärgert haben, als das Projekt ohne Ihr Zutun an Finley Constructions übergeben wurde."

Sie seufzte. „Ja, ein wenig. Würden Sie das bitte wieder hinlegen? Das Papier ist sehr alt und ziemlich empfindlich."

„Natürlich." Ich legte es wieder auf den Tisch. „Haben Sie deshalb Anita getötet?"

Sie blinzelte nicht einmal. „Ich wollte sie nicht töten. Ich wollte nur, dass sie für eine Weile außer Gefecht gesetzt wird."

„Warum?"

„Damit ihr Mann zu Hause bleibt und sich um sie kümmert."

Endlich fiel der Groschen. „Und Ihnen die Restaurierung überlässt. Warum wollten Sie nicht, dass Finley Constructions sie durchführt?"

„Es war ja nicht so, dass ich sie grundsätzlich nicht wollte. Ich wollte nur mitbestimmen, wen wir engagieren. Ich wollte jemanden, der sich wirklich dafür interessiert und einen Blick hierfür hat ..." Sie zeigte mit dem Finger auf die Fotos auf dem Tisch. „Jemand, der die historische Relevanz zu schätzen weiß, den es interessiert. Für Anitas Mann war es nur ein weiterer Auftrag."

„Wollte er die Originalpläne denn nicht sehen?" Das überraschte mich. Für jemanden, der ein Restaurierungsprojekt in Angriff nimmt, wäre es von unschätzbarem Wert, eine Originalansicht als Grundlage zu haben.

Mary konnte mir nicht in die Augen sehen und als ich

sie weiter musterte, dämmerte es mir allmählich. „Sie haben ihm gar keine Chance gegeben, nicht wahr? Haben Sie Anita überhaupt gesagt, dass es sie gibt?"

„Ich habe es versucht!", rief sie. „Bei der letzten Besprechung, aber sie hatte es zu eilig und war mehr daran interessiert, über das Kelsh-Haus zu sprechen als über alles andere. Als es an der Zeit war, über das Karussell zu sprechen, sagte sie nur, dass Finley Constructions sich zu einem günstigen Preis darum kümmern würde. Und bevor ich auch nur einen Ton sagen konnte, war sie schon zum nächsten Tagesordnungspunkt übergegangen."

„Das ist alles meine Schuld", flüsterte Anita. Ben und sie hatten sich zu mir gesellt, und während ich mich mit Mary unterhielt, hatte Anita die alten Fotos studiert. „Die sind wirklich großartig und ich habe sie nicht beachtet. Sie hat recht. Ich habe ihr keine Chance gegeben. Und Logan hätte gerne die Originalpläne gesehen. Das kann er immer noch. Das werden Sie ihr doch sagen, oder?"

„Also, was ist passiert? Sie haben sich nach dem Dinner am Freitagabend hierher geschlichen und einen der Nudelbecher präpariert. Woher wussten Sie, dass Anita ihn mitnehmen würde?"

„Ich habe ein Gespräch zwischen Lacey und ihr angehört. Anita meinte, sie könne am nächsten Tag vorbeikommen und sie abholen, wenn sie zum Kelsh-Haus fahre, aber nur, wenn sie sonst niemand haben wolle."

Anita schnappte nach Luft. „Das ist richtig. Das habe ich gesagt. Das hatte ich ganz vergessen."

„Und wann haben Sie ihren EpiPen gestohlen?"

„Am Freitagabend beim Dinner. Ich habe sie und Lacey beobachtet, wie sie mit Ihnen gesprochen haben.

Sie hatten gerade einen Bissen von Eleanors Meeresfrüchte-Überraschung probiert. In diesem Moment kam mir die Idee, Anitas Allergie gegen sie zu verwenden, sie krank zu machen. Ich wusste, dass Lacey immer viele Nudelbecher machte, weil Anita sie so gern mochte, also war dieser Teil einfach. Ich wusste auch, dass sie ihren EpiPen immer bei sich trug. Ich musste nur zur Garderobe gehen und ihn aus ihrer Handtasche nehmen."

„Und ihn in Noreens Tasche stecken."

Sie schnaubte. „Nein, ich habe die Sachen erst gestern in Noreens Tasche getan. Die ganze Zeit über dachte ich, Anita hätte übertrieben, als sie sagte, ihre Allergie sei tödlich. Ich habe nur einen winzigen Tropfen Austernsoße in den Nudelbecher gegeben. Aber wie sich herausstellte, hatte sie recht gehabt. Ohne ihren EpiPen ..." Sie seufzte. „Nun, ich konnte es nicht ungeschehen machen, oder? Was geschehen ist, ist geschehen. Also musste ich die Beweise loswerden. Ich dachte mir, dass die Polizei früher oder später vorbeikommen würde, und als Noreen hereinkam, wartete ich, bis sie in die Küche ging, um sich einen Kaffee zu kochen. Dann habe ich den EpiPen und die Austernsoße in ihre Tasche gesteckt."

„Weißt du was, Fitz?", sagte Ben über Marys Schulter, hinter der er stand. „Sie gibt das Ganze viel zu leicht zu. Und sieh nur, wie ruhig sie ist. Sie ist nicht verzweifelt. Keine Tränen. Keine Gewissensbisse."

Er hatte nicht ganz unrecht. Ich behielt Mary im Auge, hörte aber Ben und Anita zu, die fragte: „Und was bedeutet das?"

„Das bedeutet, dass sie nicht vorhat, dass Audrey das irgendjemandem erzählt. Fitz, du musst hier weg."

Ich erstarrte. Er hatte recht. Ich hatte mich von Mary einlullen lassen, doch ob absichtlich oder nicht, sie hatte eine Frau getötet, und nun stand sie hier, die Ruhe in Person, und erzählte mir alles. Und kaum hatte ich das gedacht, überraschte mich Mary, indem sie eine Waffe zog.

„Wow!" Ich hob beide Hände. Ich hatte nicht damit gerechnet, dass diese runde, harmlos aussehende Frau eine Schusswaffe trug. Und wo genau hatte sie sie aufbewahrt?

„Es war sehr nett, mit Ihnen zu plaudern, Audrey, aber jetzt ist es an der Zeit, zu gehen." Sie machte eine Bewegung mit der Pistole, um mir zu zeigen, dass ich meinen Hintern zur Tür bewegen sollte. Doch ich blieb stur an Ort und Stelle stehen.

„Es ist noch nicht zu spät", sagte ich.

Sie lachte. „Was? Ich soll mich stellen? Nein, ich denke nicht, dass ich das tun werde."

„Die Polizei weiß bereits über Sie Bescheid", bluffte ich. „Haben Sie nicht bemerkt, dass etwas fehlt?"

„Dass etwas fehlt? Was meinen Sie damit?"

Ich legte Daumen und Zeigefinger auf meine beiden Ohrläppchen. Sie hielt die Waffe in einer Hand und ahmte die Bewegung mit der anderen nach, erstarrte aber, als sie den fehlenden Ohrring bemerkte.

„Sie haben es nicht bemerkt, aber als Sie die Beweise in Noreens Tasche versteckt haben, haben Sie einen Ihrer Ohrringe verloren."

„Pah. Indizien."

„Noreen ist in Gewahrsam. Oh, nicht für den Mord an Anita, obwohl Sie ihr den anhängen wollten. Sie hat Geld von den Konten ihrer Kunden abgezweigt. Auch von denen der Historischen Gesellschaft. Und als die Polizei sie festnahm, entdeckten die Beamten den EpiPen, die Austernsoße und die Spritze. Aber das Merkwürdige daran? Alle drei Gegenstände waren abgewischt worden. Keine Fingerabdrücke. Also schauten sie genauer nach und fanden einen Perlenohrring in ihrer Tasche."

Sie presste die Kiefer zusammen. „Sie können nicht beweisen, dass es meiner ist."

„Er gehört nicht Noreen. Sie hat keine Ohrlöcher. Und ich habe gestern zufällig bemerkt, dass Ihnen ein Ohrring fehlt. Ein fehlender Perlenohrring. Ich würde wetten, dass Ihre DNA am Ohrring zu finden ist."

Das verunsicherte sie und sie begann, auf und ab zu gehen. Während sie abgelenkt war, nutzte ich die Gelegenheit, um den Elektroschocker aus meiner Tasche zu holen und ihn hinten in meinen Hosenbund zu stecken. Ich musste nur nahe genug herankommen, um ihn zu benutzen, bevor sie den Abzug der Waffe betätigen konnte. Entweder das oder beten, dass sie schlecht zielte.

„Was war das?" Sie wirbelte herum und hob die Waffe. „Was haben Sie da gerade gemacht?"

„Was? Nichts!", protestierte ich.

„Geben Sie mir Ihre Handtasche", verlangte sie. „Schieben Sie sie über den Tisch."

Ich tat, wie mir geheißen, sah zu, wie sie in der Tasche kramte und mein Handy herausholte, wobei sie auf das Display schielte und sich scheinbar vergewisserte, dass es dunkel war und ich keinen Anruf getätigt hatte. Dann warf sie es auf den Boden und trat mit dem Absatz darauf, sodass der Bildschirm unter ihrem Gewicht knirschte.

„Hey!", rief ich. „Das war teuer." Und mein zweites Handy, das innerhalb weniger Monate ruiniert wurde.

„Das macht nichts. Dort, wo Sie hingehen, brauchen Sie es nicht mehr." Sie richtete die Waffe erneut auf mich. „Und jetzt los."

„Damit kommen Sie nicht durch, Mary. Stellen Sie sich, bevor Sie alles nur noch schlimmer machen."

„Bewegung!" Zum ersten Mal in der ganzen Situation erhob sie die Stimme, was mich erschreckte, aber ich rührte mich dennoch nicht. Wenn sie mich erschießen wollte, musste sie es hier tun und nicht an einem geeigneteren Ort, an dem sie die Beweise verstecken konnte.

„Mal sehen, was ich damit machen kann", sagte Ben und kroch hinter Mary.

„Womit?", fragte ich, da ich nicht sehen konnte, was er vorhatte.

„Mit deinem Handy. Der Bildschirm ist mit Sicherheit kaputt, aber einige Apps funktionieren vielleicht noch."

„Mit wem reden Sie?", wollte Mary wissen und schaute hinter sich und dann wieder zu mir.

„Mit niemandem."

Anita ging zu Ben, der auf der anderen Seite von Mary stand. „Aber wie wollen Sie Hilfe rufen, wenn Sie nichts anfassen können?"

„Ich habe herausgefunden, dass ich nicht nur die Daten, sondern auch die Technik beeinflussen kann. Ich verstehe zwar die Wissenschaft nicht, aber wenn ich meine Hand in ein Telefon stecke, kann ich alles sehen, was auf dem Telefon gespeichert ist."

„Wirklich?" Anita klang aufgeregt. „Ich will das auch mal versuchen."

„Leute", warnte ich sie. „Jetzt ist wohl kaum der richtige Zeitpunkt dafür."

„Versuchen Sie es mit Marys Handy. Sie muss doch irgendwo eins haben. In der Zwischenzeit versuche ich, Galloway ein Signal zu senden."

„Mit wem reden Sie?", wiederholte Mary, schob sich um den Tisch herum und kam auf mich zu. *Ja, komm nur näher, nah genug, damit ich dich braten kann.*

„Das bilden Sie sich nur ein", antwortete ich. „Ich habe nichts gesagt."

Sie fuchtelte mit der Waffe herum und ich hätte mich fast darauf gestürzt, aber sie stand nicht nah genug vor mir. Ich ignorierte den Schweiß, der mir den Rücken hinunterlief, und das Rauschen meines Pulses in den Ohren, während ich versuchte, die Nerven zu behalten.

„Sie wollen mich austricksen", schnappte sie. Noch ein Schritt. Okay, vielleicht auch zwei, sie hatte schließlich ziemlich kurze Beine.

„Und, wie läuft's?", fragte ich Ben und warf einen kurzen Blick in seine Richtung, bevor ich meine Aufmerksamkeit wieder der sich nähernden Oma zuwandte, die mich mit einer Waffe bedrohte.

„Irgendetwas passiert, aber ich bin mir nicht sicher, was." Ben schaute über die Stuhllehnen hinweg nach oben. „Für mich ist das alles statisch, aber vielleicht geht ja etwas durch. Kommst du mit ihr klar?" Er beobachtete Mary mit einem Stirnrunzeln.

„Alles gut."

„Das tun Sie nur, um mich abzulenken!", schimpfte Mary. „Nun, das wird nicht funktionieren. Ich sagte, los jetzt!"

Nun stand sie nah genug vor mir. Ich nahm die rechte Hand hinter den Rücken und griff nach dem Elektroschocker, während ich gleichzeitig mit der linken Hand nach vorne griff, ihr Handgelenk packte und ihren Arm nach oben riss, sodass die Waffe auf die Decke und nicht auf mich gerichtet war.

Wir kämpften, taumelten erst nach links, dann nach rechts. Dann gelang es mir, den Elektroschocker zwischen uns zu klemmen und die Zacken gegen ihren Bauch zu drücken, bevor ich den Abzug betätigte. Sie vibrierte, als achthunderttausend Volt durch sie hindurchschossen, und ich hatte fast Mitleid mit ihr. Fast. Dann gab es einen lauten Knall, als wir beide nach hinten kippten und ihr Eigengewicht mich aus dem Gleichgewicht brachte. Wir landeten so hart auf dem Boden, dass meine Zähne klapperten.

„Fitz! Bist du okay?" Ben stand neben mir und versuchte, Mary von mir wegzuziehen, aber seine Hand ging einfach durch sie hindurch.

„Puh", stöhnte ich. „Mir geht es gut." Ich verkeilte die Hände unter Marys Schultern, rollte sie von mir herunter und kämpfte mich auf die Beine. Mein Elektroschocker lag einige Meter entfernt auf dem Boden, ebenso wie ihre Pistole. Ich beeilte mich, beides aufzuheben, wobei ich die Stirn runzelte, als ein Tropfen Blut auf den Teppich tropfte.

„Was?" Ich griff nach unten und berührte den Tropfen, dann schaute ich wieder zur Decke hinauf. Ich hatte keine Ahnung, was ich dort oben zu sehen erwartete. Vielleicht eine aufgehängte Leiche, um das tropfende Blut zu erklären? Vielleicht hatte ich auch nur ein paar Gruselfilme zu viel gesehen. Trotzdem war keine Leiche an der Decke zu sehen und Mary gab drei Meter entfernt auf dem Boden seltsame Geräusche von sich. Wessen Blut war das also?

„Audrey, Sie wurden angeschossen!", keuchte Anita.

„Was? Nein, das wurde ich nicht", rief ich. Ich müsste ja schließlich wissen, wenn ich angeschossen worden wäre, und ich hatte nichts gespürt. Obwohl meine Ohren immer noch wegen des Knalls klingelten, nahm ich an, dass die Kugel weit geflogen war, vielleicht in die Wand oder die Decke.

„Du blutest, Fitz", bestätigte Ben und deutete auf meinen Arm.

Ich schaute nach unten und wurde fast ohnmächtig. Da war sie, eine kugelförmige Furche quer über meinen Oberarm. Das Blut floss nicht gerade in Strömen, aber doch recht ordentlich. Ich drückte die Hand auf die Wunde und sah Ben entsetzt an. „Und was machen wir jetzt?", quietschte ich. Mary würde nicht lange außer Gefecht sein, aber ich wusste aus Erfahrung, dass ich gut zwanzig Minuten gebraucht hatte, um die Auswirkungen der Betäubung loszuwerden.

„Sichere die Waffen, hol ein sauberes Geschirrtuch aus der Küche und wickle es um deinen Arm. Übe dabei starken Druck auf die Wunde aus, um die Blutung zu stoppen."

„Okay." Ich steckte meinen Elektroschocker wieder in den Bund meiner Jeans und nahm die Waffe mit, während ich aus dem Sitzungssaal in die Küche eilte und die Schränke durchwühlte, bis ich einen ordentlich gefalteten Stapel Geschirrtücher fand.

„Halt das", sagte ich zu Ben und reichte ihm die

Pistole, aber natürlich konnte er sie nicht halten, und sie fiel auf den Boden. „Verdammt!", schrie ich und sprang zur Seite, um mir nicht aus Versehen ins Bein zu schießen. Ich ignorierte die Waffe vorerst und nahm ein Geschirrtuch, wickelte es um meinen Oberarm und zog es keuchend fest.

Dann eilte ich zurück in den Sitzungssaal, sah nach Mary, die immer noch stöhnend und ächzend auf dem Boden lag, und durchsuchte ihre Tasche, die an der Lehne eines Stuhls hing. Bingo, ein Handy.

„Firefly Bay Police Department."

„Detective Galloway, bitte."

„Einen Moment."

Zehn Sekunden meldete Galloway sich. „Galloway."

„Ich bin's." Ich war noch nie so erleichtert gewesen, seine Stimme zu hören. Das Adrenalin, das durch meinen Körper gepumpt worden war, war abgeklungen, mein Arm pochte, und das Telefon in meiner Hand war schwer wie ein Ziegelstein. Ich zog mir einen Stuhl heran, setzte mich und stützte den Ellbogen auf den Tisch.

„Audrey? Warum rufst du auf dem Festnetz an?"

„Mein Handy ist kaputt."

„Was ist passiert? Wo bist du?"

Ich erzählte ihm, was passiert war, wobei meine Stimme nur ein bisschen zitterte. Nachdem er mir gesagt hatte, ich solle an Ort und Stelle bleiben – als ob ich etwas anderes vorhätte – legte er auf und ich setzte mich zu Anita und Ben und beobachtete Mary auf dem Boden. Sie sabberte nicht mehr, was schon mal ein gutes Zeichen war, und auch das Stöhnen hatte nachgelassen. In der Ferne hörte ich Sirenen, die sich näherten.

„Hören Sie das, Mary?", fragte ich im Plauderton und trat leicht gegen ihren Fuß. „Das sind die Polizisten, die kommen, um Sie zu verhaften."

Ihre Augenlider flatterten und ich wartete, während sie versuchte, sich zu konzentrieren.

„Das ist richtig. Sie sind verhaftet wegen des Mordes an Anita Finley. Und wegen des versuchten Mordes an meiner Wenigkeit. Ich kann nicht glauben, dass Sie auf mich geschossen haben, Mary. Das war so unangebracht."

Ben schnaubte, dann zuckten wir beide zusammen, als ein helles Licht den Raum erfüllte. Der Moment war gekommen. Der Mord an Anita war aufgeklärt worden. Nun war es an der Zeit für sie, weiterzugehen.

„Ist das für mich?", keuchte Anita.

Ben nickte. „Das ist es."

„Was ist mit Ihnen? Kommen Sie nicht mit?"

„Nein. Ich bleibe noch. Ich bin hier noch nicht fertig."

„Bye, Anita", rief ich lächelnd und winkte schwach.

„Ich danke Ihnen vielmals. Für alles. Passen Sie auf meine Jungs auf, ja?"

„Das werde ich."

Dann trat sie einen Schritt vor. „Mummy? Bist du das?" Das Licht wurde intensiver, bis es blendete und ich die Augen schließen und wegsehen musste.

„Sie ist weg", sagte Ben.

Ich blinzelte. Natürlich war das Licht verschwunden und Anita auch, gerade rechtzeitig, bevor Galloway hereinplatzte, Young und Walsh dicht auf den Fersen, die Waffen gezogen.

Nachdem er sich vergewissert hatte, dass Mary keine Bedrohung darstellte, steckte Walsh seine Waffe in den

Halfter, steckte den Kopf aus der Tür und rief den draußen wartenden Sanitätern zu, dass alles in Ordnung sei.

„Audrey Fitzgerald, so sieht man sich wieder." Einer der Sanitäter legte seine Tasche auf den Tisch und wickelte das Geschirrtuch von meinem Arm ab, um die Wunde zu untersuchen.

„Jayce", begrüßte ich ihn grinsend. „Das muss doch nicht im Krankenhaus behandelt werden, oder? Es ist nur ein Kratzer."

Der zweite Sanitäter, der sich um Mary kümmerte, sah auf, als er meinen Namen hörte. „Sind Sie das, Audrey? In was sind Sie denn jetzt schon wieder hineingeraten?"

„Hey, Ned", erwiderte ich den Gruß. „Ach, wissen Sie, nur das Übliche."

Jayce schaute Ned an. „Schusswunde am Oberarm. Und was hast du?"

„Keine äußeren Anzeichen einer Verletzung", antwortete Ned. Er nickte in Richtung meiner Wunde. „Durchschuss?"

„Nein, nur ein Streifschuss. Ein paar Stiche und sie ist so gut wie neu", sagte Jayce. „Was haben Sie mit ihr gemacht, Audrey?"

„Elektroschocker."

„Aha." Ned nickte. „Ich werde ihre Vitalwerte überprüfen, aber es sollte ihr bald wieder gut gehen."

„Gut, denn sie ist verhaftet", knurrte Galloway.

Ich griff mit meiner freien Hand nach oben, verschränkte die Finger mit seinen und drückte zu. „Ist schon gut. Wenn es ein Trost ist, ich glaube nicht, dass sie mich erschießen wollte. Die Waffe ging los, nachdem ich sie getasert hatte."

„Sie hätte gar nicht erst eine Waffe auf dich richten dürfen", meinte er.

„Stimmt."

Es stimmte auch, dass Mary nicht die Absicht gehabt hatte, Anita zu töten, aber als es passiert war, war sie nicht gerade von Reue erfüllt gewesen. Tatsächlich hatte sie Noreen Beweise untergeschoben, um sie zu belasten, und dann wollte sie … was? Mich töten, um mich daran zu hindern, jemandem zu erzählen, was ich herausgefunden hatte? Und das alles wegen eines Karussells? Das schien so extrem.

„Du solltest dir lieber überlegen, welche Steakmesser du haben willst", meinte Galloway und sah zu, wie Jayce einen Verband um meinen Arm wickelte.

„Was?"

„Deine Krankenhaus-Vielnutzerkarte ist so langsam voll. Letztes Mal hast du mir gesagt, du wärst nur einen Besuch von einer kostenlosen Darmspiegelung und einem Satz Steakmesser entfernt", erinnerte er mich, wobei sich seine Lippen zu einem frechen Grinsen verzogen.

Jayce lachte laut. „Stimmt, ich bin mir ziemlich sicher, dass Sie das gesagt haben."

„Nicht Sie auch noch", brummte ich mit einem Augenzwinkern. „Die Steakmesser könnte ich allerdings gut gebrauchen."

„Jayce, kannst du mir helfen, sie auf die Beine zu stellen?", meinte Ned, nachdem er Marys Blutdruck gemessen und ihre Brust abgehört hatte.

Galloway und ich sahen zu, wie die beiden Sanitäter

sie auf die Beine hoben und sich vergewisserten, dass sie sicher stand, bevor sie sie an Young und Walsh übergaben. Sie nahmen sie sofort fest und legten ihr Handschellen an. Das war es fast wert gewesen, erschossen zu werden. Fast.

Ned kam mit einem Grinsen auf dem Gesicht näher. „Sind Sie abfahrbereit?", fragte er. „Wir lassen Ihnen sogar die Wahl. Können Sie zum Krankenwagen gehen oder soll ich die Trage holen?"

„Pah. Ich kann laufen. Ehrlich gesagt, ist es nur eine Fleischwunde, das hat Jayce selbst gesagt. Nur ein paar Stiche."

„Na dann, kommen Sie mal mit." Sie sammelten ihre Ausrüstung ein und dann folgte ich den Sanitätern zum Krankenwagen, wobei Galloway einen Arm um meine Taille legte. Nicht, dass ich sie gebraucht hätte, aber es war trotzdem schön.

„Noch eine Frage, dann können wir losfahren." Ned half mir auf die Liege im hinteren Teil des Wagens und legte mir den Sicherheitsgurt an. Galloway nahm neben meinem Kopf Platz.

„Und die wäre?", fragte ich.

„Blaulicht und Sirene?"

„Leute, man könnte fast meinen, ihr würdet mich gar nicht kennen", meinte ich grinsend. „Blaulicht und Sirene während der ganzen Fahrt."

WAS KOMMT ALS NÄCHSTES?
DER GEIST IST WILLIG

Ein schlechter Tag mit Kaffee ist besser als ein guter Tag ohne Kaffee.

Eine Privatdetektei in der Küstenstadt Firefly Bay zu leiten, sollte eine ziemlich einfache Aufgabe sein. Eine, bei der ich das Sagen habe – bildlich gesprochen, denn wenn man mir, dem kleinen Tollpatsch, die Verantwortung für eine Schusswaffe überträgt, ist Ärger vorprogrammiert. Nach ein paar hektischen Monaten wünsche ich mir nichts mehr als einen ruhigen Tag, an dem meine Fälle nicht anstrengender sind als die Entscheidung, ob es am Abend Pizza oder Tacos (oder beides) gibt.

Ich hätte wissen müssen, dass mein Tag nur übel enden kann, als jemand meine Kaffeebestellung mit koffeinfreiem Kaffee vertauscht (ernsthaft, wer tut so etwas?) und die Ex-Freundin meines Freundes – Captain Cowboy Hot Pants, auch bekannt als Detective Kade Galloway – und

Ermittlerin für interne Angelegenheiten, Savannah McIntosh, auftaucht, um einen Fall zu lösen.

Bevor ich Café Latte sagen kann, weicht Galloway meinen Anrufen aus, habe ich einen Waschbären am Hals, der beschlossen hat, dass „mi casa es su casa" ist, verliebt sich mein geisterhafter bester Freund unsterblich und verschwindet ein junges Mädchen, Kira Meléndez.

So viel zu einem einfachen Tag. Ich habe den leisen Verdacht, dass mein Leben bald eine ganz neue Stufe der Verrücktheit erreichen wird.

Bald erscheint DER GEIST IST WILLIG!
Klicken Sie HIER, um Ihr Exemplar zu erhalten, damit Sie diese Serie noch heute lesen können!

Jane Hinchey ist eine australische Autorin, die es liebt, Cozy Mystery Crimes zu schreiben, in denen es viel zu lachen gibt - wer sagt denn, dass ein Mord keinen Spaß machen kann? Ihre Bestseller-Reihe 'Die Geisterdetektivin' vereint all dies in einem faszinierenden Schmelztiegel aus paranormaler Gefahr, rasanter (aber nicht zu gefährlicher) Action und viel augenzwinkerndem, bissigem Humor.

Jane lebt in der Welt der Sterblichen mit ihrem nicht-paranormalen Mann, zwei Katzen, deren paranormaler Status noch nicht geklärt ist (sie hat sie einmal dabei erwischt, wie sie versucht haben, ein Portal in der Küche zu öffnen), und einer Schildkröte namens Squirt (die riesig ist!).

Manchmal, wenn das übernatürliche Chaos nach einer anderen Art von Geschichte verlangt, schreibt sie unter dem Namen Zahra Stone, wo die Figuren, die einem begegnen, ebenso sexy wie tödlich sind.

Kontaktieren Sie Jane über ihre Website und abonnieren Sie ihren Newsletter - http://www.janehinchey.com/deutsch
VIP-Lesergruppe - https://janehinchey.com/littledevils
Facebook – facebook.com/janehincheyauthor

Begleiten Sie die angehende Privatdetektivin Audrey Fitzgerald, einen sprechenden Kater und ihren geisterhaften besten Freund bei der Lösung der rätselhaften Ereignisse, die sich in Firefly Bay zutragen. Beginnen Sie mit Buch 1, Ghost Mortem.

Begleiten Sie die lustigen Abenteuer der unerschrockenen Hexe Harper Jones und ihres Katers Archie, während sie die Morde und Geheimnisse in Whitefall Cove untersuchen. Beginnen Sie mit Buch 1, Witch Way to Murder & Mayhem.

Treffen Sie Midnight, die Hexe in den Wechseljahren, die zur magischen Kopfgeldjägerin wird! Beginnen Sie mit Buch 1, Minutes to Murder & Mayhem.

Melden Sie sich für meinen Newsletter an und erhalten

Sie eine besondere, exklusive Geschichte, *Cupcakes &*
Curses und jede Menge Katzenbilder!
Janehinchey.com/subscribe

Oder vielleicht möchten Sie sich mit anderen Krimi-
Liebhabern austauschen und von neuen Büchern und
Verlosungen erfahren, sobald sie erscheinen! Dann treten
Sie bei Janes VIP-Lesergruppe auf: https://
janehinchey.com/littledevils